魅丽文化
心晴坊

水深火热

小花喵 著

江苏凤凰文艺出版社
JIANGSU PHOENIX LITERATURE AND ART PUBLISHING

图书在版编目（CIP）数据

水深火热 / 小花喵著 . -- 南京：江苏凤凰文艺出版社，2023.2
ISBN 978-7-5594-7416-2

Ⅰ . ①水… Ⅱ . ①小… Ⅲ . ①长篇小说 - 中国 - 当代
Ⅳ . ① I247.5

中国版本图书馆 CIP 数据核字 (2022) 第 242356 号

水深火热

小花喵 著

责任编辑 张 倩
出版统筹 曾英姿
选题策划 石 颖
特约编辑 张 冉
封面设计 悠 悠
插画绘制 悠 悠
出版发行 江苏凤凰文艺出版社
南京市中央路 165 号，邮编：210009
网 址 http://www.jswenyi.com
印 刷 湖南天闻新华印务有限公司
开 本 880mm × 1230mm 1/32
印 张 9
字 数 251 千字
版 次 2023 年 2 月第 1 版
印 次 2023 年 2 月第 1 次印刷
书 号 ISBN 978-7-5594-7416-2
定 价 45.00 元

目录

C O N T E N T S

目录

C O N T E N T S

第一章 不要受伤

夜很深。

屋内暖似阳春，屋外大雪纷飞。

这是烟城今年最大的一场雪，落了一天一夜。

一团团一簇簇的雪花飞落下来，仿佛被撕扯开的棉花球从漆黑的夜空翻滚而下，窗上晶莹模糊的一层水雾，盈盈流淌，玻璃后的那个世界，雪白而宁静。

办公桌上的台灯散发着橘黄色的亮光，对着电脑屏幕已一整晚，江淼按揉几下酸胀的太阳穴，眼底剔透的光泽早已被繁重的学习备课悉数抽空。

她拢了拢盖在身上的白色披肩，撑着桌沿起身时，门口传来细微的动静。

伴随着开门关门，有人换了拖鞋，轻盈的步子，缓慢朝她靠近。

她抿嘴偷笑，笑容甜如蜜，光着脚丫子偷偷藏在门后。她听着来人探身走进来，稍重的呼吸声在夜间被拉扯至最大。

“淼淼？”嗓音沙哑，呼吸有些急。

江淼安安静静地藏在暗处，直到男人转身欲往其他房间寻人，她突然蹦出来，两手从身后紧紧抱住他健壮的腰，线条流畅的腰腹肌肉，呈块状分布均匀，宛如一块块坚硬的磐石。

他身上带着户外的湿冷沁凉，可她丝毫不在意，脸颊轻轻贴着他的背脊，撒娇的软音：“你回来了……”

男人拉开她雪白的胳膊，转身将她搂在怀里，大手按着她的后脑勺贴近他胸口的位置，下巴搁在她头顶上。

两人二十厘米的身高差距，预示着他有绝对的掌控权，如果他不想放手，她便没有丝毫抵抗的可能。

“这么晚，怎么还不睡？”

她声音轻轻的：“我在等你。”

男人低笑：“人民教师可是祖国的园丁，自己作息不规律，怎么教育人？”

江淼在他怀里抬头，视线锁定他右脸颊上还在往外渗血的伤口，不满地皱眉，手轻抚着伤口边缘，心疼得一塌糊涂。

“你受伤了……”

他拉过她的手，吻了吻掌心，轻描淡写地带过：“小伤，不足挂齿。”

江淼最烦他这种漫不经心的腔调，上次也是，出警回来后在电话里一口一个报平安，结果她收到消息跑去医院看他时，他正光着上身坐在床边换药。

后背被锋利的铁丝划破一道大口子，护士小心翼翼包扎后仍是不断透过纱布渗出血来，看着很吓人。

她着实受到惊吓，站在床边哭得稀里哗啦，素来严肃刚硬的男人被她梨花带雨的哭相刺得心肝儿疼，一手轻拍她的背，无奈地轻声哄着。

门口站军姿的两名消防兵默契地移开了视线。

“你每次都这样，说了也不当回事。”江淼气惨了，小手握拳轻捶他的肩，埋怨地剜他一眼，“我以后不管你了，你要再这样不爱惜自己身体，我就改嫁！”

“你敢？”

男人声音一沉，揽在她后腰的胳膊倏地缠紧，轻易提起她的身子，落在脚背，他用下巴粗硬的胡楂磨蹭她的脸。

“我说过了，跟着我就是一辈子，除非我真有个三长两短……”

江淼一听这话就急，两手捂着他的嘴，眼眶都红了：“你再胡说！”

男人识相地闭嘴，长满厚茧的手捏了捏她的脸，叹了口气：“好了，以后都听你的，去睡吧，明天还有早课。”

江淼情绪低迷，慢慢退开，闷闷地走向办公桌去收拾东西。

等男人从浴室出来，带着一身朦胧的湿气走进房间，小女人还没睡，安静地坐在床边，见他进来，忙从医药箱里拿出医用碘酒，冲他拍了拍身侧的位置。

于是，对外不苟言笑的消防中队长秒变听话的小狼狗。他坐在床边，腰间围着白色浴巾，肩宽腰窄，肌肉坚实，身上满布着深浅不一的伤疤，那是为了人民安康，以血肉之躯一次次与死神周旋后留下的血印勋章。

屋内有暖气，江淼只穿了条薄薄的睡裙，齐腰长发柔顺地散在背后，露出一张精致温婉的脸。她五官秀美，皮肤白里透粉，微笑时颇有“清水出芙蓉”之感。

她已经不是第一次帮他处理伤口，尽管男人表现得从容不迫，可沾了碘酒的棉签每碰到他的皮肤，她总会不自觉地手抖一下，嗓音又细又柔：“疼吗？”

“不疼。”

江淼抿唇：“你皮厚。”

他跟着笑，低头盯着她淡粉的嘴唇看了会儿，忍不住喉头一滑，不由分说地将她横抱在腿上。

江淼勾着他的脖子，水眸清亮，音色软糯：“纪炎。”

“淼淼……”

他啄了口她的小嘴，意犹未尽……

江淼被抱出浴室时，仅剩下丁点残余的理智。

男人身体强壮如坚石，可以轻易承受住她的重量，便由着她覆在他身上，咬他的脖子。

她的脸埋在他肩窝处，轻声唤他："纪炎。"

他一手枕着头，鼻音浓烈："嗯。"

"你不要受伤。"

他勾了下唇，应允她："好。"

她沉默片刻，又加了句："也不准死。"

"不敢死……"他的手安抚似的抚摸她的长发，难得有心情同她调笑，"死了你会改嫁。"

江淼气得掐他腰间硬邦邦的肌肉："你尽胡扯……"

他笑了声，轻轻拍打着她的背，像是在哄小孩睡觉一样，可她却不安分地爬上来，寻到他热热的唇，偷吻了下他的嘴角，本想解了馋就跑，却被他死死按着后脑勺。

良久，男人恋恋不舍地放开她，摸了摸她的脸："睡吧……"

她放软呼吸，安稳地睡在他身上。

"晚安。"

第二章 遇见

雪又下了一夜。

清晨的铃声烦人得紧，让人抓狂到恨不得把闹钟一把扔出窗外。

睡眠不足的江淼摇摇晃晃地从床上坐起身，至少有五分钟，脑子是完全空白的。

床上只剩下她一人，她似已习惯这种场景，面色淡然地翻身下床。

偌大的房子，除了毛拖鞋细碎的擦地声，四周寂静得可怕。

洗漱完毕后，她穿过客厅去厨房倒水喝，可路过餐桌时，她忽然停下步子，随手拿过桌上的字条。

是他的笔迹，行云流水的字迹，写个留言都跟领导安排工作一样。

“早餐在冰箱里，包子豆浆进微波炉热两分钟，切好的火龙果在餐桌上，天冷，出门记得戴好围巾帽子，鞋穿暖和点。”

江淼放下纸条，看向白瓷碟中大小均匀的红心火龙果，叉了一块送到嘴里细细品尝，香甜柔软的果实润进唇舌，一下腻到人心坎里。

她笑容甜如蜜，拿出手机翻出他的微信，明知道他基本不用这些，依旧忍不住向他表达自己的心意，她发了个小猫咪撒娇的动图，盯着手机界面傻笑了好一阵。

吃过早餐后，她听话地将自己从头到脚包成个肉粽，厚重的毛线帽，长发包在圈圈缠绕的围巾里，遮住大半张脸，只露出一双漂亮的杏眼。

她把他的字条折好揣进大衣口袋里，走出公寓楼时，外面飘扬的雪花冰凉凉地贴在她脸上。然后，她看见昨晚自己那辆因停车场停满而被迫停在楼下的小车上，只落了薄薄的一层雪。

车停了一夜，按理说应该落满积雪。

除非，有人一大早就帮她清理干净了。

江淼上车，等温热的暖风吹干脸颊上的湿气，她低头，清脆地笑出声来。

其实严格来说，江淼跟纪炎，一个小学老师，一个消防中队长，如果不是各种机缘巧合，这辈子都不会有直线相交的可能。

但缘分的奇妙之处便在于此，爱情来了，你想躲都躲不开。

那么，这个故事该从哪里说起呢？

大概，得从那个麻辣鲜香的火锅店开始……

江淼，二十三岁，小学语文老师，出生于书香世家，爷爷是历史学教授，奶奶是知名画家，父亲是地质学家，妈妈是高中教导主任。

她从小耳濡目染，培养出了满身书香气质，成长轨迹一路朝阳，顺得跟开了挂似的，自读书起就是他人口中那个“别人家的孩子”。

父亲常年在外，她打小在母亲严苛的教育下长大，性格温顺，长到二十岁，一句脏话都未曾说过，偶尔跟男生说两句话都会脸红。

她相貌清秀，吐字温声细语，在学校里颇受男生欢迎。

十八岁那年，她考上全国数一数二的师范院校。脱离母亲的掌控后，江淼化成随风飞翔的小鸟，被沿途各种稀奇古怪的事物吸引，然后，她结交了人生中第一个真正意义上的好朋友，她的大学室友，同为烟城人的颜茉莉。

茉莉名不副实，有着如此温柔静美的名字，偏生是个不服天不服地的狠角色。她出生于富商家庭，自小习惯了挥金如土，也习惯在纸醉金迷中享受人生，私生活可谓是丰富至极。

那么，个性相差甚远的两人是如何厮混到一起的呢？

故事其实特别简单，胆小软弱的江淼刚进大学时被一法律系的学长纠缠，她这人说不出狠话，顶多礼貌拒绝几次，结果被人当成是欲拒还迎的腔调，后来对方的纠缠手段不断升级，最后直接来寝室堵人。没承想这学长的女朋友带着一伙儿人跟来，不分青红皂白地揪着江淼大骂她是小三。

一大清早，刚刚从夜场出来，酒还没醒的茉莉恰好撞见这一场景，二话没说就冲了过去。后来的场面极为混乱。

等人走光了，江淼慢吞吞地凑过来，很小声地说了声"谢谢"，茉莉甩着一头帅气的脏辫，勾着她的脖子将她扯到身边，吊儿郎当地笑："小可爱，以后姐姐罩着你。"

所谓"近朱者赤，近墨者黑"，同茉莉这类人混久了，江淼的性子也不似先前那般腼腆柔弱，偶尔也能跟别人开个玩笑回回嘴。

但她始终有自己的坚持，比如不说脏话、不旷课、不去夜店，还有，不交男朋友。

毕业后，江淼跟茉莉都回到烟城，一个去了市中心小学任语文老师；一个去了老爸的公司，心安理得地当一名空降兵。

这么多年，茉莉操心江淼的恋爱已经不是一天两天了，工作中一旦遇到个优质男人都会第一时间想到江淼，各种软磨硬泡，只差一哭二闹三上吊了。

最开始江淼还能果断拒绝，再后来，她也被闹得没法子，偶尔一次松了口，只说见个面吃个饭，其他免谈。

茉莉知道江淼不爱那些高档餐厅，这姑娘看着纤弱，可口味却重得出奇，偏爱四川火锅，越辣越欢喜，于是给两人安排见面，特意选在一家人气很旺的川味火锅店。

江淼记得清楚，那日到了傍晚，天空突降大雨，不巧她没带伞，停好车后，顶着一头潮湿的水汽跑到店里。

茉莉说，相亲需要营造一种神秘感，于是关于男方的信息一个字都没说，只告诉她男人高大，穿着黑衬衣。

她颇有自信地说，他是那种江淼看一眼就能通电的惊人相貌。

火锅店里熙熙攘攘，让人唾液直流的麻辣香味扑鼻而来，江淼穿着素雅的白裙子，一边咽着口水一边环顾四周。

吃火锅本就是多人狂欢项目，所以大多是亲朋成群汇聚一桌，鲜少有单人入座的。

江淼的视线一路扫过来，下意识地将目光锁在窗边的男人身上。

他身材壮硕魁梧，穿着黑衬衣，侧脸轮廓清晰，剃着利落的寸头。

她犹豫了几秒，心想，应该是他吧……

距离见面的时间还有二十分钟，江淼很有时间观念，所以不管同何人相约，她向来是早到的那个，也习惯了等人，没承想这一次，对方竟比自己先到。

江淼抿了抿唇，第一印象很好。

她缓步走过去，那根缠绕在心头的细绳正不断收紧，明明不到十米的路程，感觉走了一个世纪那么久，因为她真的从来没有单独跟男生约会过，这是破天荒的头一次，说不紧张都虚伪。

身子站定，男人还看着窗外，并没有察觉她的到来。

她两手在身侧慢慢握紧，心都要跳到嗓子眼了。

半晌，她鼓起勇气先开口："那个……你好。"

男人闻声回头，一双幽深的眸子紧紧盯着她，空气中渗着一丝莫名的压迫感。

她蒙了一秒，这下终于看清楚男人的脸。

他皮肤黝黑，五官端正，粗发浓眉，一双瞳仁很黑的眼睛，虽然不大，却藏锋卧锐，犀利得跟猎鹰似的，光对视几秒都令人不禁小腿发软。

她能感觉到他紧绷的面容舒缓下来，柔软了些许。

"你好。"

他笔直地站起身，手臂伸向对面，动作僵硬地引导："请坐。"

江淼在他正对面坐下，瞄了眼他，脑子里胡乱想着，她这小个子站起来能不能到他肩头。然后，她又偷偷瞄了眼，确定自己最多到他胸口，一寸都没法上移。

男人坐下后，两人大眼瞪小眼，一时相对无言，淡淡的尴尬夹杂在用各类香料熬煮的底料中，呛得两人呼吸都乱了。

江淼坐立不安，两手在桌下死命抠抓，眼神不知道该往哪里放比较好。

她本就是个不善言辞的人，谁知对方也是个直愣愣的闷葫芦，这怪异的气氛，让人恨不得钻地缝了。

江淼微微扯开嘴角，柔声问："我是不是迟到了？"

纪炎一愣，满脸严肃地回她："没有，是我来早了。"

"哦。"

话题又一次戛然而止。

就这样，又不知尴尬了多久，估计连一旁的服务员都看不过去了，笑容满面地走过来："您好，请问现在可以点餐了吗？"

顶着冰山脸的男人肩头一松，如释重负，点头说："可以。"而后绅士地将点菜单递到江淼面前，"我不清楚你喜欢吃什么，所以，你先请。"

江淼也松了口气，一边低头认真看上面的菜品，一边温声询问他。

"你吃香菜吗？"

"吃。"

"你吃牛肉吗？"

"吃。"

"你吃内脏吗？"

"吃。"

"那你吃……"

"吃。"

江淼低声一笑，她话都没问完，男人已经急迫地回答她，像个没有感情的机器人。

见她抬眼偷看他，男人面露不自然，轻咳两声遮掩窘态："我不挑食，吃什么都可以。”

原本紧绷的气氛莫名轻松了不少，两人再对视也没觉得有多尴尬了。

先上锅底，再上菜品，火红的牛油汤底翻滚出浓郁的香气，江淼那张白净的小脸隐在飘散的雾气里，越发清秀动人。

沾满辣椒的牛肉下入沸锅中煮到刚刚好，可她小心翼翼地用勺子捞出，全是辣椒，根本看不见牛肉的影子。

来回几次都空勺而归，江淼急得额前都渗出汗了。

这时，沉默半晌的纪炎伸出了友谊之手。他拿了双干净的公筷，一筷子下去，捞出的都是牛肉，就跟定点捕鱼一样，一夹一个准。

煮得鲜嫩红亮的牛肉放进她碗里，男人随即轻声开口：“我叫纪炎。”

江淼伸筷子的手顿了顿，抬头微笑了下：“江淼。”

他声色偏低，字正腔圆，表情认真，像汇报工作似的：“我是一名消防员，大学毕业后加入消防救援队伍，至今没有离职的想法，如无意外，这个工作我会干到干不动的那一天。”

江淼睁大眼，有瞬间的讶异，第一，她没想到以茉莉散漫不羁的性子会给她介绍一名消防员；第二，他居然跟外公一样同是消防员。

她还记得，以前外公在世时，经常会给她讲他灭火救援的种种事迹，他说得绘声绘色，江淼听得满心憧憬，自小便对消防员有莫名的好感。

况且人人都知，消防员除了天上的事管不着，陆地上的事，大到抗震救灾，小到猫咪上树，全都一手抓，他们仿佛会十八般武艺，拼尽全力保一方平安。

江淼目光柔软地看着他：“那你平时应该很辛苦吧？”

突如其来的一句，弄得纪炎有点摸不着头脑。

“还好，我习惯了。”

她弯唇笑了下，然后用筷子夹起碗里的牛肉，放进嘴里细细咀嚼，辛辣的味道狂热地刺激着味蕾，小嘴辣得红彤彤的。

吃完这口后，她擦了下嘴角，坐得规规矩矩，直视他的眼睛，说：“我是小学语文教师，刚毕业不久，正在实习阶段。”

纪炎拿起水壶，给她的杯中倒满水，随口问：“小孩儿好教吗？”

“不太好。”

她摇了摇头，表情略显苦闷：“现在的孩子都挺调皮的。”

男人坚毅的脸庞终于有了一丝近似于笑的表情：“那你多吃牛肉，补充体力。”

“为什么？”江淼不禁困惑，“我又不会动手揍人。”

纪炎看她一眼，这姑娘目光澄亮，目不转睛地看着他。他扯了下嘴角，又夹了一筷子牛肉给她，淡声道：“吃吧。”

江淼轻轻应了声，低头吃牛肉时，视线轻扫过他的大手，带有厚茧的手手指粗长，感觉能顶她两个小手大。

然后，她视线上移，瞟过他粗壮的小臂。他衣袖挽到手肘，恰好露出那条粗长且狰狞的疤痕，似一条盘旋在上的蜈蚣。

她目光停住，呆呆地看了一瞬。男人顺着她的眼神看过来，也不加遮掩，平静地问她：“好奇这个？”

江淼点点头，诚实回答：“看着吓人。”

男人继续给她夹牛肉，轻描淡写地说：“前年去工地救援，被坠落的钢筋铁丝割到，不是什么大事。”

江淼有些动容，看着这条疤痕便能脑补出鲜血淋漓的骇人场景，她轻声问：“那一定很疼吧？”

纪炎看着她，眸色很深，仿佛能一秒探进人心底：“男人不能怕疼。”

江淼抿唇笑，觉着这回答活像初入军营的热血青年，语气坚定，跟高声喊口号一样。

她看着碗中堆得冒尖儿的麻辣牛肉，想了想，夹了两片放在他空空如也的碗里：“你也吃，你也补身体。”

男人被逗乐了，虽然面上还是那般从容不迫，但眼神柔和了不少。

他拿起筷子，刚要夹住那片火辣辣的牛肉，眼前蓦地出现个红衣女人的身影。

江淼也察觉到了，侧目看去，就见一个穿着正红色低胸连衣裙、卷发齐腰的女人正拧着包带，嘴唇微张，一副欲言又止的样子。

三人面面相觑，几秒后，女人终开了口："请问……你是纪炎吗？"

"我是，请问你是？"

女人的眼妆略浓，卷翘的睫毛快要戳到眼皮了，她笑容灿烂："我是江牧的表妹，江缈。"她又说，"抱歉我迟到了，外面大雨，有点堵车。"

男人愣了几秒，匆忙放下手中的筷子，回头看向江淼。

他的眼神自带审视意味，眯眼看人时有种说不出的压制力。他问江淼："你认识江牧吗？"

江淼很自然地摇头："不认识，他是谁啊？"

纪炎一时无言，太阳穴胀痛，他大概不会处理跟女人有关的事，以至于他思索了半晌才缓缓吐出几个字："那今天，是谁让你来的？"

江淼压根没弄明白发生了什么事，轻声回答："茉莉啊。"

纪队长面色一僵。

茉莉又是谁？

好吧。这下他终于整明白了，敢情是这江淼弄错人了。

他侧目看了眼妆容妖娆、衣着性感的女人，心底冷笑，恨不得把江牧给扔到太平洋里去。

当时介绍时是怎么说的来着，我表妹就清纯、朴素、乖巧，一看就是踏踏实实、适合结婚的人。

纪炎是脑子中了邪才会信他的鬼话。

江淼来回看着表情怪异的两人，默默放下筷子。

这时，手机突然响了，她从包里拿出来看了眼，是茉莉的电话，她说："不好意思，我接个电话。"她侧过身，小声接听，"喂。"

那头语气急切："淼淼，你到了吗？"

"到了。"

茉莉抱歉地道："Sorry啊，刚那哥们儿给我打电话，说外面暴雨，现在二环堵得厉害，到那儿不知道得几点了，你看，要不今天先取消，你俩改天再约？”

江淼脑子空了，她目光呆滞地看向纪炎，再蠢都知道自己闹出什么乌龙来。

她嗓音有些哑，快哭了：“你怎么不早说？”

“我也是刚收到信儿。”茉莉说，“哎，他说想要你微信，先跟你联络下感情，给吗？”

江淼一个字都没听进去，她现在满脑子都是：“我现在该怎么办？”“有墙给我撞吗？”“是不是装死就可以不用面对了？”

“喂？”那头催促。

江淼已疯。

“淼淼你还在吗？”

江淼已死。

她假装淡定地挂了电话，收好手机，拎上小包，缓缓起身，真诚地冲对面的男人来了个九十度鞠躬。

“对不起，我认错人了。”

纪炎紧紧抿住嘴，免得忍不住笑出声来，等情绪稍稍恢复平静，他若无其事地摆摆手：“不怪你，是我没问清楚。”

他见这姑娘憋得满脸通红，咬紧唇忍住泪意，心里也不是个滋味，毕竟搞这一出，也怪自己粗心大意。

“要不，你坐下来一起吃？”

江淼头皮炸开，忙不迭地拒绝：“不用了，谢谢。”

她几乎是落荒而逃，逃出座位后没跑两步，又转身低头道歉：“对不起，真的对不起。”

纪炎看着她一路跌跌撞撞往外跑，然后迷糊着一头撞上玻璃门，捂着额头停了几秒。他径直起身，犹豫着要不要去看看，可步子还没迈开，人就这么消失在他视野中。

江淼顶着瓢泼大雨跑回车上，狂乱跳动的心脏分分钟要冲出胸腔。

她顾不上一头湿发，只想开车赶快远离这是非之地。车子缓缓驶出，路过火锅店时，恰好可以看见窗边一黑一红的两人。

女人笑得春光灿烂，滔滔不绝，男人面无表情，低头吃菜。

江淼慢慢收回目光，有些忧伤地想，他也会给那女人夹牛肉吗？可那份牛肉是她点的啊……她不想给其他人吃。

那晚，淋了小雨的江淼光荣感冒，抱着被子坐在床上，喷嚏打得震天响，一量体温超过了三十九摄氏度。

酒吧外，茉莉斜靠着墙吞云吐雾，仍不忘打电话调侃她。

“哟，究竟是何方神圣，居然能让咱不爱男色的淼淼动了芳心……”

她吐了口烟，坏坏地笑：“叫什么名儿啊？报上来，我保证帮你查个底朝天。”

江淼在电话里猛摇头，鼻头红亮，嗓音嘶哑：“你别闹，消防员可不能随便开玩笑。”

“他说什么你都信？”茉莉哼笑，“这年头骗子多了去了，专骗你这种涉世未深的姑娘，骗财骗色一条龙，包你人财两空。”

江淼沉默几秒，很小声地说：“可他不像那种人……”

“小朋友，我都不知道该说你单纯还是傻了，我实话跟你说啊，这事不靠谱，你要真有这心思，不如跟我介绍那哥们多培养培养感情，人一‘海归’，多金，又帅得掉渣，包你满意。”

“我没兴趣。”

江淼硬邦邦地答，说完也不等那头大呼小叫，虚弱地开口：“我头晕得厉害，先睡了。”

“淼淼！”茉莉开启狮子吼。

可江淼实在难受得紧，挂了电话，一头栽进被子里，把自己包成个粽子，只留下一张红扑扑的小脸。

床的另一侧，乖乖躺着绿色小恐龙玩偶，它咧着大嘴冲她笑。江淼恍惚了几秒，从被子里伸出手，按着小恐龙的头轻轻抚摸几下。

奇怪的是，她的眼前倏地浮现出那个男人的眼神，深邃，坚毅，即便穿着便服，她都能瞬间想象出他一身职业装英姿飒爽的样子，像极了家里那些古旧的老照片中，一身正气、目光如炬的外公。

江淼相信自己的直觉。

他没有撒谎，他也一定不是坏人。

第三章 消防演习

年轻就是资本，乖乖养病几日，江淼满血复活。

周一升旗，校长在主席台上发表他的长篇大论，作为语文老师兼实习班主任的江淼站在班级最后，严肃地盯着正值活泼好动年纪的学生们。

这时，隔壁班同她年纪相仿的实习老师李宸慢慢凑过来。

她低头看了眼江淼的白色长裙和细高跟，压低嗓音问：“江老师，今天下午的消防演习你不会忘了吧？”

江淼蒙了几秒，后知后觉地眨眨眼：“今天吗？”

“二十五号，周一。”李宸笑了笑，“你还真是贵人多忘事。”

话说到这儿，主席台上的校长已经开始部署消防演习事宜了。

校长道：“虽说是演习，但一切都将按照真实火灾疏散方案进行，此外，烟城消防救援总队也将派出精锐战士为此次演习保驾护航……”

江淼低头打量自己今天的穿搭，开始懊恼早上出门太匆忙，没认真查看备忘录，长裙加上高跟鞋，明显不是消防演习的标配。

她轻叹一声，午休时得抽空回家换套方便易穿的衣服了。

上午第三节课是她的语文课，下课后，江淼本想先回家，谁知刚出教室门，班上两个最调皮的男生突然扭打在一起。

教室里，看热闹起哄的男孩子，尖叫吓哭了的小女生，场面乱得不可开交。

劝架的江淼嗓子都快喊哑了，最后还是隔壁班的数学老师闻声而来，两个大人费了九牛二虎之力，才把两个壮实的拉扯开。他们脸上光荣挂彩，嘴上还在骂骂咧咧。

恰逢班主任休孕假，她一个实习生只能硬着头皮将两人带到办公室，先向教导主任汇报情况，后通知家长来校。

将近中午一点，双方家长姗姗来迟，接着又是一阵无休止的争吵，江淼没处理过这类事件，一个头两个大，想插话又插不上，最后还是教导主任出面才将此事协调好。

家长走后，俩学生跟屁虫似的跟在她身后，又饿又累的江淼拖着步子走到一棵榕树下。

树下有个长藤椅，江淼坐上去，伸手按揉酸痛的脚踝，两个男生安安静静，一左一右端坐在她身侧。

江淼性子内敛，样貌清秀，说话又柔声细语，在学校里深受学生喜爱。

今天因为没及时把事情处理好，她挨了教导主任一顿训，犯事的两个男生看在眼里，心里颇感内疚。

一个男生发言："江老师，你饿不饿？我零花钱多，我给你买好吃的。"

另一个男生也不甘示弱："老师，我也有钱，你想吃啥我都给你买。"

江淼懒懒地看了他们一眼，坐直身子，目光平视前方。

她感觉今天上午是她度过最漫长的半日，她没力气说话，就摇了摇头。

俩男生更急了，叽叽喳喳的："老师，你别这样，我们以后绝对不打架了，你再生气也别饿肚子啊。"

"是啊是啊，我如果再打架，他就是小狗。"

另一个不爽了："你说谁是小狗？"

“就你就你……就是你……”

江淼暗叹一声，头又开始隐隐胀疼，刚要出口打断两人愈演愈烈的战火，左侧突然响起一阵整齐有力的脚步声。

“立正。”

“向右看齐。”

“报数。”

刚还在吵架的俩男生闻声看过去，萝卜头男生激动地搓着小手，璀璨的星星眼闪闪发亮：“你看你看，是消防员叔叔！”

另一个男生冷不丁地跳起来，一脸不屑：“有什么了不起的，不就是站军姿喊口令吗？我上我也行！”他一个箭步向前猛冲，迈着小短腿飞速朝消防员列队的方向狂奔。

萝卜头见他抢先一步，也不甘示弱地追上去，徒留藤椅上一脸蒙的江淼。

“唉，你俩站住……”

她话还没说完，两个胆大如牛的男生已经冲入阵营，还特意找了个靠边的位置，身子站得笔直，学人站军姿。

江淼一声长叹，拖着沉重的身子快步朝他们走近。

一队人马纹丝不动，目不斜视，不敢有多余的好奇。

队长模样的男人低头打量了一阵，眉间一紧，抬起帽檐，严肃开口：“你们两个，哪里来的？”

男生仰着头笑嘻嘻的，学着电视剧里的台词敬军礼：“报告队长，三年四班，肖虎。”

一句话，惹得全队哄堂大笑。

“安静。”男人沉声。

黝黑壮硕的消防员们即刻收了笑，只是嘴角颤得快裂开了。

男人锐利的目光瞥过去：“你们老师在哪里？”

“对不起，实在不好意思。”

细软清甜的女声从他身后传来，纪炎呼吸微颤，竟莫名觉得耳熟。

他缓缓转身，正在小口喘息的江淼抬眼，目光相撞那一刻，江淼的脑子完全空白了。

男人穿着火焰蓝的作训服，身形高大，帽檐下的五官轮廓硬朗，英气逼人，一双眼睛极具穿透力，黑亮如墨。

她两手不自觉地拽紧裙子，小嘴微张，既不可思议又万分悸动，心头似小鹿在猛烈撞击，令她喘不上气来。

这时，队伍靠边的江牧冲身旁的鹿白啧啧道：“看吧，又一个臣服于咱纪队男色之下的女人。”

鹿白笑：“说不好纪队就好这口，清纯可爱惹人疼。”

江牧哼哼：“拉倒吧你，我表妹纯洁如莲花，也没见他给个好脸色，上次见面后她还跟我哭诉，说纪大队长从头至尾说了不到五句话，敷衍都写在脸上了。”

午后的微风吹起她素白的裙边，裙袂在橙黄的阳光下泛着浅浅柔光。

江淼紧张得不知所措，男人站得笔直，镇定淡然。

他低声问：“他们是你的学生？”

江淼愣了下，点头：“是的。”

男人的目光从她脸上一晃而过，声音没有温度，淡得好似对待陌生人：“麻烦老师以后看紧一点，别让他们到处乱跑，都是小孩子，即使在学校，也不排除发生危险的可能。”

江淼自知失职，微低头，安静地接受他的训话。

虽然因为他的冷漠，她心底有微微的难受，但她也能理解，毕竟萍水相逢的两人不过是闹了场乌龙，他记不住她，也在情理之中，自己没什么可别扭的。

一想到这儿，原本低迷的情绪瞬间高涨，她抬头同他对视，抱歉地笑：“不好意思，打扰你们了。”

男人僵硬地挥手示意，表示不用放心上。

古灵精怪的俩男生终于意识到自己又闯了祸，惹得老师莫名挨人说，于是，两人灰溜溜地跑回江淼身边。

江淼又好气又好笑，眼睛一瞪，俩男生立马低眉顺眼。她这人本也没啥脾气，吓唬一下便够了，一手牵着一个，转身，风风火火地扬长而去。

纪炎盯着她飘远的背影看了片刻，突然回想起她在火锅店里仓皇逃跑的画面，男人嘴角勾起很小的幅度，像是在笑。

还真是个小学老师。

等他回身，迎接他的是一众意味深长的坏笑，为首的江牧更是看热闹不嫌事大，扯着喉咙大喊："报告。"

"讲。"

江牧眯了眯眼："女老师回头看你了。"

纪队长迫不及待地转过身，偌大的操场空荡荡，人早就没影了。

自知被耍的纪炎尴尬地扶了扶帽檐，一脚踹过去："就你话多！"

江牧捂着痛处倒吸气，其他人配合着笑得前俯后仰，鹿白在一旁幸灾乐祸地鼓掌。

男人倏地拔高音量："全体都有。"

刚还东倒西歪的队伍立刻排成一条笔直的线。

纪队长不紧不慢地命令道："三百个俯卧撑，现在开始报数。"

众人哀号，纷纷卧倒，高低起伏不一，不情不愿地报起数来。

夏日炎炎，做了近两百个后，体力较差的鹿白咬着牙硬挺，张嘴就骂："你不说话没人当你死了！"

江牧嘴里"呼哧"喘气，豆大的汗珠滚落地上："我敢打赌，纪队绝对是被我戳中小心思，恼羞成怒了。"

不知何时走到他跟前的纪炎扬声："江牧。"

"到！"

"你多加二百。"

江牧闷声不服："凭啥？"

纪队长展露微笑："我，恼羞成怒。"

江牧："……"

鹿白使劲憋着笑，哈哈哈，该！

江淼不知道自己是怎么回到办公室的，只觉得脚下轻飘飘，像个游荡在人间的鬼魂。等飘远的思绪回归原点，自己已在办公桌前静坐了十分钟。

隔壁桌的数学老师一个劲儿地偷看她，见她魂不守舍，以为是教导主任话说太重，资历尚浅的她一时接受不了。

男人挪着凳子慢慢凑过来，温声开导她："中午的事，你别给自己太大压力，于主任就那脾气，面冷心热，不是有意针对你。"

江淼听得满脸迷茫，消化了半晌，轻轻点头："我明白，谢谢陆老师。"

陆榅见她状态回暖，安下心来，返回自己座位，在柜子里一阵翻腾，终于找到几个蛋黄小面包。

他温和地笑："中午饭还没吃吧，我这有些小零食，你先垫垫肚子，小心低血糖。"

江淼礼貌地道谢，还在犹豫要不要接。

这时，办公室外一位打扮入时的女子疾步走来，目光径直掠过陆榅，绕到江淼桌前。

"听说你被于老狗狙击了？"

江淼抿唇："小事而已，不打紧。"

李宸口无遮拦："你也是不小心，就他那吃人不吐骨头的做派，逮着你，还不趁机发泄下自己无处安放的更年期情绪。"

"你小点声。"江淼小心翼翼地张望，比口不择言的人还要紧张。

"怕什么？"

李宸不以为意，拨弄两下刷上天的长睫毛，轻蔑地哼了一声："我当他面说，他也不敢拿我怎么样，他也就在学校里狐假虎威，到了我爸面前，哈巴狗一只。"

江淼已经没什么情绪可言了，头低埋，呈鸵鸟状，求众人忽视。

陆老师见气氛不妙，假惺惺地端起水杯去泡茶。

李宸对腼腆内向的陆老师素来无好感，明里暗里不知跟江淼叨叨过多少次，提醒她少跟这人接触。

其实相处久了，江淼也了解她的性子，傲慢刻薄，但人不坏，一来二往，还称得上是能聊天的朋友。

窗外传来一阵阵整齐划一、铿锵有力的口号声，李宸走到窗边，不知瞧着什么，眼睛亮起来，两手托着下巴，看得入神。

江淼问："看什么呢？"

李宸惋惜地摇头，低声感慨道："怪不得说长得好看的都上交给国家了，你看现在的消防员哥哥，一个赛一个的英俊，呼之欲出的荷尔蒙气息。"

顺着李宸的视线延伸过去，窗户正对的操场上，刚才偶遇的那队消防员在进行日常操练。

江淼见她一脸花痴笑，傻乎乎地问："你不是有男朋友吗？"

李宸失笑："欣赏懂不懂？"她笑着摸江淼的头，一副知心大姐姐做派，"好男人是本世纪的绝种产物，信谁，都不要信男人。"

江淼缩缩脖子，表示不解："你只比我大两个月，哪来这么多感慨？"

"我到现在已经记不清恋爱过多少次了。"李宸优雅转身，妖娆地撩了把长发，"切身体会，肺腑之言，你爱听不听。"这么说着，她又低头瞧了眼江淼脚上的细高跟，皱眉懊恼，"还是你聪明，提前做好战斗准备，是我失算了，要不然……今天我会是最火辣的开场。"

她凑近江淼耳边，气音娇媚："那个军官，看着很带劲。"

江淼脸一白，第一时间便知道她说的是谁，话几乎脱口而出："你别胡来。"

李宸乐呵呵的，捏她白嫩的小脸："急什么，又不是勾你的男人。"

"李宸。"江淼少见地板起脸，语气严肃。

对面的女人两手环胸，满眼新奇地将她从头到脚打量个遍："认识的？"

江淼沉默了。

认识吗？

应该……勉强算吧。

她知道他的名字，跟他同桌吃过饭，还吃了他特意为她夹的牛肉……

尽管，他可能早就忘了她这个认错人的路人甲。

一想起不久前他冷淡陌生的态度，江淼垂眸，竟是说不出的落寞。

“不认识。”她小声应道。

李宸暧昧地笑，屈指在她鼻尖上轻轻一刮：“都快哭了，还嘴硬。”

江淼没有过感情经历，脸上藏不住事，更不懂如何不动声色地遮掩情绪。

她闷闷地推开李宸的手，坐回桌前，假意翻开课本，一副心无旁骛认真备课的模样。

李宸知道她脸皮薄，话也点到为止，只是临走前不经意地往她桌上瞄了眼，捂嘴偷乐，弯腰，话音带笑：“江老师，你的书拿反了。”

江淼：“……”

她一秒红了脸。

丢死人了。

下午两点整，烟城中心小学消防演习正式拉开序幕。

教学楼弥漫起呛人的烟雾，刺耳的警报声随即响起，各班班主任尽职守护岗位，引导学生们用湿布捂住口鼻，弯腰进入安全通道，手扶墙面，依次下楼。

楼道里是堪比火灾真实现场的滚滚浓烟，心智尚浅的孩子们在可视度极低的恶劣环境下，极易产生恐慌和躁动情绪，尽管各班老师及同行的消防员不断安抚他们，仍有胆小的孩子一路尖叫哭喊，原本秩序井然的队伍也瞬间成鸟兽散。

学生们连滚带爬地朝楼下疯跑，带领班级刚过三楼的江淼听闻楼上的躁动，高声提醒学生背靠墙站好，避免高年级的学生蜂拥而下，造成不可逆转的踩踏事件。

她在浓白的烟雾中扯着嗓子嘶吼，不小心吸入几口白烟，呛得眼眶通红。

一高年级学生飞速蹿下楼时，校服上的松紧带恰好同另一学生的手缠在一起，后面那人被迫跟着往下滚。

江淼眼疾手快地拽住那孩子的胳膊，由着惯性朝前跑了两步，下最后一级台阶时鞋跟一滑，人直直地摔在地上，滚了两圈撞到墙上，孩子被她紧抱在怀里，所幸没受伤。

“老师，老师。”女学生拖着哭腔大声喊她。

江淼脑子晕乎乎的，浑身上下酸疼难忍，脚下的鞋跟断了，脚脖子红肿似鹅蛋。

沿途维持秩序的消防员恰好撞见这一幕，先查看她的伤势，后打开对讲机欲向上级汇报情况。

“怎么回事？”浑厚的男声在他身后响起。

消防员起身朝他敬了个礼，声音断断续续，江淼只依稀听见“女老师受伤”这几个字。

纪炎垂眸，微凉的视线从那只断裂的高跟鞋上一扫而过，嘴角下抿。

他低声交代了些什么，消防员得令，火速下楼。

纪炎半蹲下来，同靠在墙边的江淼平视：“伤到脚了？”

模糊的视野中，帽檐下的眼神锋利深邃，带着令人窒息的压迫感。

江淼的白裙上沾满黑灰，她随手抹了把脸，脏兮兮的污痕横在脸上，反倒衬得白皙的肌肤光滑似雪。

脚踝处钻心的疼意袭来，她瞪着湿漉漉的杏眼看他，像只遭人欺负的小麋鹿。

“嗯。”

纪炎垂眸盯着她瞧了几秒，突然朝她伸出手，江淼呼吸一窒，缩着脖子往后躲，未曾想那只大手轻落在她脚边，两指在凸起的红印处用力按压。

江淼差点哭出声，咬牙低哼：“疼。”

纪炎观察片刻，收回手，淡声道：“没伤着骨头。”话说到这，他顺手拎起那只丢在角落、已然报废的高跟鞋，放在她身侧，“鞋子要看场合穿，中招了，难受的是自己。”

他的眼睛没有温度，声音更是冷冽严厉，温暖的话从他嘴里出来，却比当头浇一盆冷水还能叫人心灰意冷。

江淼没应，低头不看他。

他身上的对讲机时不时发出嘈杂的人声，纪炎沉声应答，目光一直锁在她身上。

头顶的烟雾逐渐散去，演习中的学生们也已陆续离开教学楼。

空荡荡的楼道，只剩他们两人。

良久，纪队长轻声叹息，低头询问她：“能走吗？”

江淼点头：“应该可以。”

纪炎拽紧她的胳膊往上一拉，她感觉自己在他手中就跟绒布玩偶似的，被他轻而易举地提拉起来。

站是勉强站稳了，她试探着往前挪一步，可受伤的脚根本承不住力，撕裂般的疼意入侵到骨肉里，她脚一软，跪地的前一秒被纪炎打横抱在怀中。

江淼瞪着圆圆的眸子，话音发颤：“你……做什么？”

纪炎言简意赅：“节省时间。”

他胸口硬邦邦的，粗壮的手臂比石头还要坚硬，箍得她动弹不得。

纪炎脚下生风，下楼的步子又快又稳，她身体的重量落到了他手上，几乎等同于零，丝毫不影响他的动作。

蓝白相间的两人下到一楼，刚出教学楼，便接受到来自全校师生的注目礼。

江淼哭丧着脸，这下想死的心都有了。

她的脸缓缓侧向男人，鼻尖轻轻抵着他的胸口。

夏日衣薄，两人如此紧密地贴在一起，她能嗅到他身上浅淡的烟草味，不难闻。

纪炎下颚紧绷成一线，沉着呼吸问："医务室在哪儿？"

江淼指向百米外的小楼房："那儿。"

纪队长嘴角微颤，没再说话。

身后，一男一女疾步追上来，纪炎被来人霸道地挡住去路，被迫停下步子。

满脸担忧的李宸瞪了江淼一眼，又气又心疼。

"怎么摔的？让你换鞋你不听，那群孩子疯起来没个正形，你这年纪哪里玩得过他们？"

"哟，都肿成这样了，疼不疼？"

而换作另一人，呈现出完全不同的画风。

陆榅扶了下眼镜，镜面后的眼睛泛起徐徐冷光，瘦削的脸颊颧骨突出，微笑起来有种说不出的冷意。

"纪队长，演习刚结束，校长待会儿肯定要找你，你把人交给我，我送江老师去。"他顿了下，又道，"我跟医务老师熟。"

纪炎冷眼看着笑容温润的陆榅，视线突然落在他垂在身侧的手上，不知何时已经紧握成拳，青筋凸显。

男人敏锐地察觉到他的审视，手自然地藏在身后，笑容依旧无懈可击。

纪炎说："举手之劳，我过去很快。"

陆榅脸色一变，嘴角笑意僵硬。

李宸在一旁阴阳怪气地帮腔："陆老师，您就别赶着献殷勤了，人队长胳膊顶你两个粗，就你这身皮包骨，远看是帮人，近看是害人，小心害江老师二次受伤。"

陆榅抿紧唇，没再多说什么。

纪炎推开医务室的门，屋内却空无一人。

纪炎将她平稳地放在床上，顺手为她整理枕头高度，将人扶起，她轻躺在重叠的枕上，舒服地长吁一口气。

原本计划将人送到便走，可医务老师不见踪影，放个受伤的人独处一室，总归不妥。

他眼前倏地晃过某个男人阴鸷的眼睛，怪异的，让人觉得浑身不自在。

男人端坐在病床边的小沙发上，安静地陪她等了会儿。

滋滋作响的对讲机里，“纪队”两字快被人吼出天际，纪炎沉默不语，见她被吵得皱起眉，冷声回了句：“就来。”

他干净利落地关掉对讲机，全世界陷入一片安宁寂静。

江淼咬了咬唇，小声问他：“你不用归队吗？”

纪队长反问：“你一个人可以？”

她点头：“嗯。”

男人目光沉沉地看了她会儿，突然直起身，江淼以为他要走，结果男人转身走向医药箱，返回病床时，手上多了瓶消炎常用喷雾，以及活血化瘀的膏药贴。

纪队长人高马大，伫立在床边，光那架势都让人心生怯意，以至于他动作僵硬地圈住她受伤的脚时，江淼抗拒似的挣扎了几下。

“弄疼了？”他眼眸很黑，微微皱眉。

江淼呆愣地摇头，思绪已经飞向天边。

江淼的脚小巧白嫩，落在他掌心，刚好能一手包裹。可当他的视线上移至脚踝，一大块瘆人的淤青突兀碍眼，四周布满殷红的血丝。

他微弯腰，神色专注地喷上消炎喷雾，冰凉的药雾喷洒在伤处，她咬着牙，嘴里“嘶嘶”抽气。

纪炎低眸看她，小鼻子大眼紧巴巴地皱在一起，眼眶微湿，长发凌乱，下巴处还沾着显眼的黑印，像个流浪街头的小乞丐。

忍过那阵刺骨的疼意，江淼小心翼翼地抬眼偷看他，却不巧跟人撞个正着，她张了张嘴，又抿紧，欲言又止。

“想说什么？”男人问。

江淼垂眸，静了两秒，心跳跟发了狂似的，撞得她全身燥热。就在她以为自己快要暴毙时，她居然硬着头皮把话说了出来。

“纪炎，我记得你。”

纪炎的眼底滑过一丝近乎笑的微光，低低“嗯”了声。

她又说：“我叫江淼。”

“我知道。”纪队长面不改色，慢悠悠地撕开膏药贴布一角，本想给她贴上膏药，谁知江淼不配合地动了两下，只不过这一动，逼出她强忍许久的泪光。

江淼吸吸鼻子，幽幽开口道：“你记得我，那之前为什么还……”

话戛然而止，但并不妨碍纪炎听懂她的意思，他轻轻按住她的腿，认真贴膏药的同时，也认真回答她说：“聊天也要分场合，还是，你喜欢有人围观？”

江淼眨着眼：“那现在呢？”

纪炎沉默，等手上的事情做完，他扯过被子轻轻盖住她的脚。然后，垂眼看她，扯了下唇，要笑不笑。

“你想聊什么？”

江淼深吸一口气，绷在心尖上，小声问：“聊什么都可以吗？”

纪炎安静地看着她，忽然转身走向饮水机，低身接了杯水。

“违法的不能聊。”纪炎正儿八经道，他走过来，将盛满水的水杯递给她，“喝吧。”

她接过水杯的同时，抬头看他。

窗外灼热的日光透过玻璃蔓延至房间各个角落，衬得她白皙清透的肌肤似蒙了层浅浅的粉色。

“我不会的。”她乖乖地喝了口水，咽下微凉的液体，把水杯规矩地放在床头，仰头看他，一脸正气，“我是遵纪守法的三好市民。”

纪队长抿唇，莫名有种想往她脸上贴朵小红花，摸头以示鼓励的冲动。他张了张嘴，话还没出口，门口传来气运丹田的一声吼叫，吓得两人心头一颤。

“报告。”屋外站着标准军姿的消防员，冲他敬了个礼。

纪炎皱眉：“讲。”

“纪队，校长找你，想让你为这次消防演习做总结发言。”

纪队长最烦这些官方的场面戏，不耐烦地出声：“江牧呢？”

消防员黝黑的脸上滑过一丝憋不住的笑意，轻咳两声：“报告，江哥人还没上场，腿先软了。”

纪炎冷笑一声：“出息。”

他转身看向躺在病床上的江淼，低声说：“我先走了。”

江淼虽心有不舍，但也明白事情轻重，点头应了声：“嗯。”

纪炎沉默地看了她几秒，终归什么也没说，利落转身，随着前来报信的消防兵疾步离去。

急促的脚步声慢慢消失在寂静的走廊里。

全世界都安静下来。

她听见自己轻弱的呼吸声，以及胸腔内混乱不堪的颤动声，沉重又猛烈。

她一点点拉开盖在腿上的被子，露出已肿成馒头的纤细脚踝，还有，工工整整贴在上头的膏药贴。

江淼看向窗外，勾唇笑出了声。

疯了。

那天的最后，江淼没等到医务老师，反而等来了一脸八卦的李宸，她费了九牛二虎之力将江淼运上计程车，且一路护送她回家。

李宸对他们在医务室发生的事好奇得不行，怎奈江淼嘴紧，她嘴都要冒烟了，硬是一个字都撬不出来。

直到将人送到公寓门前，口干舌燥的李宸气闷地捶她一记：“臭丫头，被人喂了哑声粉啊？嘴这么严。”

江淼笑眯眯的，友好地为她引路：“进来坐会儿吧，喝口茶润润嗓……”

她用手指推推江淼的额头，又顺手捏捏她的脸，软滑细腻，也不知怎么保养的，皮肤这么水灵，真是让人羡慕嫉妒。

“茶就免了。”李宸轻声嘱咐道，“这几天你就乖乖养病，赶紧好起来，你们班那群小祖宗我可应付不了多久。”

“谢谢你，李宸。”江淼真诚地向她道谢。

李宸勾起坏笑，朝她挤眉弄眼："真想感谢我，不如跟我说说，你跟那队长现在发展到哪一步了？"

江淼脸一红，支吾着匆忙转移话题："那个……今天辛苦你了，早点回家休息吧。"

李宸见她脸红成柿子，清楚这姑娘脸皮薄，话也点到为止，不再追问。又说了会儿话，她这才扭着小腰转身离去。

好不容易送走这尊佛，江淼瘫坐在沙发上，深深吸吐一口气，心也终于回到原地。

她一动不动地发呆片刻，猛地直起身，揣着一颗悸动的心，急不可耐地给茉莉打去电话。

两声长音过后，那头慵懒地"喂"了声。

江淼结结巴巴地说："我……我见到他了。"

前晚"嗨"到清晨的茉莉，一觉睡到现在，脑子晕沉沉的，听她说话更是头昏脑涨。

"谁？"

"就上次在火锅店，我遇到的那个男人。"

茉莉揉着乱糟糟的头发从床上爬起来，嗓音嘶哑："这么巧？"猛灌了一口水，她擦擦嘴角的水渍，调侃道，"是天桥上贴膜给你打了折，还是网约车拼车凑一对呢？"

江淼一听她阴阳怪气的腔调就心闷，柔声道："你好好说话，我没开玩笑。"

茉莉摸了根烟，点燃，深深吸了一口："你说，我洗耳恭听。"

接下来的五分钟，江淼用丰富的词汇量将下午发生的事描述给她听。

听到最后，茉莉掐灭了烟，起身走到窗边，她猛然拉开窗帘，屋外燥热刺眼的光汇聚在她身上，她眯了眯眼，抑扬顿挫地"哦"了声。

"这么说，还真是个消防员。"

江淼点头如捣蒜，想说的话刚滑过喉，那头已控制不住的开启几连问。

“那……你对他了解多少？学历、年薪、名下资产，这些知道吗？”

江淼被问蒙了，缓慢眨眼：“我……”

茉莉言辞犀利：“我问得再俗一点，他户籍哪里？家里几口人？父母做啥的？”

江淼嘴“0”成一个圈，彻底傻眼了，几秒后，她弱弱出声：“我……我没想那么多……”

事实上，一谈起这个话题，江淼就深感遗憾，如果当时没人来找他，兴许他们能安安静静地聊会儿天，那么自己对他的了解也能更深一层。

不像现在，除了他的名字和工作，其他的一问三不知。

茉莉沉沉叹一口气，揉了揉发涨的太阳穴：“你什么都不知道，你跟我这表演少女怀春的戏码，姐姐，你十六岁吗？”

江淼难得硬气回嘴：“可你说的那些，我都不在乎。”

“那你在意什么？身材？相貌？还是变态的体能？”茉莉被逗笑了，“如果你的标准是这样，那我觉得，这事靠谱。”

江淼羞红了脸，身材肌肉这类暧昧的敏感词她压根不敢往脑子里去，一过脑，便止不住胡思乱想起来——

她依偎在他怀中，抬眼便能瞧见他线条粗硬的下颚线，看见他喉间凸起的软骨上下滑动，有种难以言喻的性感。

他温热的手握住她的脚踝，掌心的厚茧磨蹭着她娇嫩如玉的肌肤，微微刺痛，却又说不出的温暖，让人心安。

“淼淼？”

某女还沉浸在自我世界里，无法自拔。

茉莉开吼：“江淼！”

“啊。”她如梦初醒，结结巴巴地问，“怎，怎么了？”

茉莉停顿一秒，音调忽地拔高，仿佛发现了新大陆：“我去，你来真的？”

江淼被问得心慌意乱：“我有点困了，先挂了。”

“你挂个试试？你把话说清楚，是不是那破消防员给你灌了失心散，弄得你现在神志不清，疯疯癫癫的？”

“才不是。”她梗着脖子据理力争，“你别总把人家当坏人看。”

茉莉轻蔑地哼了声，转身走向厨房，从冰箱里拿了瓶啤酒，豪迈地用牙齿咬开，边喝边说：“叫什么名儿，报给我，我帮你查清他家老底。”

江淼闭嘴，沉默不语。

“淼淼？”

“嘟嘟嘟嘟嘟……”

茉莉举着手机呆愣几秒。

江淼伤得不算重，养了几日，便回学校报到了。

她的日子过得平淡如水，只是在见到班上的两个小霸王时，会依稀想起那个炎热的午后，男人穿着工整的作训服，浓眉黑眸，眉宇间英气尽显。

她没有刻意去打听过他的消息。

因为冷静下来，她细想，茉莉的话，话糙理不糙。

她不过才见过他两面，对他的认知也少得可怜。

任何关系的组合排列，如果没有足够的了解来支撑，那么，那些突如其来的悸动跟失控感，最终也会在现实面前，变得不堪一击。

于是，她暗暗做好决定。

顺其自然，缘分是天意，不强求。

随遇而安，倘若再见，定不放手。

第四章 再遇

时间一晃就是一个月。

过了八月上旬，整个烟城笼罩在闷热潮湿的空气里，酷热似火炉。学校放暑假后，江淼每天的生活便成了两点一线，公寓和图书馆。

江淼大学毕业回烟城，跟江母同住了一个月，可经过四年大学生涯，两人的生活习惯截然不同，羽翼逐渐丰盈的江淼也不再是以前那个唯唯诺诺的乖乖女，偶尔几次忍不住跟江母争吵了两句。

固执且脾气火暴的江母发了好大一通火，最后在她咄咄逼人的训斥下，江淼一气之下搬了出去，在外租了间小公寓。

不过母女哪有隔夜仇，两人闹归闹，分开住后，关系反而比之前更亲密了。

某日傍晚，江淼按时从图书馆出来，原本要去江母那儿蹭饭，可出发前接到江母电话，说学校晚上有聚餐，让她回外婆家吃饭。

自外公几年前去世后，外婆执意搬回县城的祖屋养老。

独栋独院的小别墅，装修朴素，但生活精致的外婆在小院里种了不少花花草草，外加几棵花树和果树，一年四季，丰富多彩的色泽，给人以独特的感官体验，宛如世外桃源。

从烟城到县城，开车最多一小时，可谁知车刚到高速路口，前方突发重大交通事故，江淼无奈绕行至省道，这一折腾，硬是磨到天黑，才缓缓开进小院里。

下车后，她发现外婆最爱的樱花树下停了一辆黑色吉普车。江淼纳闷，难道外婆家今天来了客人？

虽有疑惑，但也没时间细想，一段时间没见外婆，自小黏她的江淼一路小跑至门口，嘴里甜腻腻地嚷着“外婆”。

门开了条细缝，虚虚遮掩着。

她潇洒地用力推开，没承想门先从里面被打开，她踉跚两步，脚尖踢在门槛处，疼得脚一软，结果，被人眼疾手快地拎起来，小脸直接撞上了对方的胸。

那人胸口硬如磐石，顶得她头晕目眩，强忍着，眼眶还是红了。

等她揉着鼻尖缓缓抬眼，心倏地被抽空，整个人木在原地。

站在她跟前的男人，穿着深色的短T恤、长裤，胸肌撑开薄薄棉T恤，凸起完整轮廓，肌肉结实的小臂低垂在身侧，一如既往的冷淡脸，眼睛黑亮深沉，一眼看不到尽头。

元神绕了一圈才回归的江淼，第一反应是自己走错了屋子。可当她认真打量屋内各类精致摆件后，她确定，这的的确确是外婆家，货真价实。可问题是，他为什么会在这里？

“囡囡。”

这时，许久不见的外婆从男人身后走出来，一头银发梳得一丝不苟，腰上系着围裙，亲昵地拉过她的手，怜爱地笑道：“这才多久没见，都瘦成这样了，也黑了不少。”

江淼干涩地扯了扯嘴角，脑子乱糟糟的，注意力全停留在男人身上。

外婆见两人大眼对小眼地看着，抿唇一笑，侧头看向男人，慢悠悠地开口：“纪炎，这就是你吴老队长常跟你提起的宝贝外孙女囡囡，怎么样，小模样生得乖巧漂亮吧？”

男人沉默不语，只是看江淼的眼神越发高深莫测，附和老人点了点头。

外婆又转而摸摸江淼的手：“外婆给你介绍，纪炎，你外公生前最喜欢的后生，不过人家现在已经当上中队长了，长进得很哟！”

江淼的脑子彻底宕机，面部稍显僵硬，硬生生扯出一抹尴尬的笑。

外婆以为她认生，轻轻推了她一把：“囡囡，愣着干啥，叫人啊……你这孩子，平时挺懂礼节的。”

男人低眸看她，浓眉一挑，说不出的玩味。

江淼目光直愣，带着浓烈的鼻音，小声地问：“叫什么？”

外婆莞尔一笑，“差着辈分呢，得叫人声叔叔。”

江淼：“……”

一股说不清道不明的叛逆情绪油然而生。

叔叔？

她才不要呢。

厨房里，锅碗瓢盆的撞击声陆续奏响，连成一串悦耳动听的音律。外婆嘴里哼着京剧小调，在灶台前忙碌地准备晚餐。

客厅里，一高一矮，一白一黑的两人对立而坐。

江淼坐立不安，两手垂落在腿上，指尖细细抠抓着。

她穿着普普通通的方格连衣裙，因为开车，特意穿了白色球鞋，过肩长发扎成干净的马尾，露出一张清爽可人的小脸。

房里开了冷气，凉飕飕的风迎面吹来，冻得她身上细小的绒毛根根直立。

她不动声色地朝身侧挪动位置，可那风似装了定位设置一般，她走哪跟哪，一番操作下来，冻得姑娘脸都发白了。

纪炎淡淡地看她一眼，突然开口：“冷？”

她没说话，咬着唇点点头。

男人伸手便够着空调，几下调整好风向。

一秒寒冬入春，江淼松缓呼吸，滚烫的血液灌回僵硬的四肢里，身体也慢慢有了温度。

江淼刚想着要不要礼貌地道个谢，结果对面的男人不咸不淡地来了句：“以后多穿点。”

江淼脑子里问号满天飞，到了嘴边的话也生生咽下去。

这时，外婆从厨房探出个头，高声唤她，江淼伸长脖子应了声。

外婆道："你别呆坐着啊，削个苹果给你纪叔叔吃。"

江淼瞄了瞄正襟危坐的男人，嘴一瘪，不情不愿地"哦"了声，低头在水果篮里选了个鲜红的大苹果，拿起一旁的水果刀，不太熟练地削起苹果皮。

男人的目光一瞬不瞬地锁在她身上，盯得她脸颊微微发烫，全身血液瞬凝，灵活的手指也开始不听使唤。

稍不留神，锋利的刀刃险些划破皮肉，她皱眉"嘶"了声，将戳红的拇指含在嘴里，小力吮吸。

她听见男人轻若似无的叹息声，然后，他伸手过来，接过她手中未完工的苹果。

江淼顺着他的动作看过去，男人垂眸，浓密纤长的睫毛微微颤动，在眼睑下透射两道扇形阴影，敞开的领口能隐约看清肌肉凸起的弧形。

"看什么？"

他冷不丁开口，江淼像暗中偷窥被人撞个正着，慌忙收回视线，"啊"了声。

男人始终低着头，两手配合默契，不过一瞬，一条形状工整的果皮落入垃圾桶，露出香甜脆爽的果肉，淡淡果香扑鼻而来，江淼禁不住咽了咽口水。

他倏地抬头，喉间滚出两个字："囡囡。"

江淼的心跳漏了一拍，僵硬了呼吸。

然后，他将削好皮的苹果递给她，慢悠悠地把话讲完："是你的小名？"

江淼缓慢地接过苹果，机械地回答他："外婆是上海人，打小便爱这么叫我。"

男人若有所思地点了点头，随即抽出纸巾，擦干净刀刃上残留的汁水。

江淼手拿着苹果，睁着大眼问他："不好听吗？"

纪炎愣了一下，瞧着那双满是期待与紧张的眸子，水蒙蒙的，盛着光。

“很适合你。”他低声答。

虽不是什么直白的好听话，但也并不妨碍那股陌生的悸动感在体内横冲直撞。江淼不擅长掩饰情绪，微低头，抿紧嘴角，克制着没笑出声。

“纪炎。”外婆的召唤声响彻在房子的另一边，“摆好碗筷，准备吃饭了。”

纪炎迅速起身，大长腿迈出几步，人刚走到江淼身前，老人又拔高音量念叨着：“你看着点囡囡，饭前不准她吃零食了，这孩子打小就是个馋嘴猫。”

纪炎闻声停步，幽暗的眸子紧盯她手里的大苹果，江淼心一抖，护犊子似的将其藏在身后，仰着头，一脸严肃地向他解释道：“这不是零食。”

男人摸摸鼻子，掩饰嘴角已然失控的笑意，作势咳了两声，沉声道：“苹果容易氧化，你现在不吃，留着等过年吗？”

“我吃。”她小声应道。

江淼偷偷瞄了瞄厨房方向，确定外婆目前没时间搭理她，这才心满意足地咬了口嘎嘣脆的苹果，清甜的汁水融入唇齿间，甜得她眼睛都眯起来了。

等她狂啃几口解了馋，回身再去看餐桌前正在摆桌的男人。海拔是真的高啊，感觉直起身便能碰着悬挂的水晶吊灯。

江淼的视线从男人笔直的大长腿上缓缓挪到自己腰部以下的位置，郁闷地瘪了瘪嘴。她不禁懊恼小时候没听外婆的话多喝几瓶牛奶，长长个子。这么想来，她手里的苹果也不香了，尝不出滋味来，味同嚼蜡。

朴实无华的家常菜，样样都是江淼的最爱。

独居的老人今天格外开心，特意拿出自己珍藏多年的桂花酒，自斟自饮，菜没尝两口，酒已喝了三杯了。

江淼有些担忧，轻声劝她说："外婆，您慢点喝，别喝急了。"

"我高兴呀！"外婆满面红光，优雅地抹了抹银发，夹了块浓油赤酱的红烧肉给江淼，兰花指翘上了天，眉飞色舞，"囡囡，外婆悄悄告诉你啊，今天是我跟你外公结婚四十五周年纪念日，我谁都没说，就想跟你外公过过二人世界，哪知道你们两个小家伙一前一后跑来，是不是嗅着红烧肉的味儿来的？"

江淼甜甜地笑，乖巧地给外婆又斟了杯酒，端起自己喝茶的小杯子敬外婆："外婆，我以茶代酒，祝您健康长寿，事事顺心。"

"哟哟。"外婆一脸欣喜，转头冲闷声吃饭的男人说，"你见着没，我家的江淼长大了，还会敬酒了。"

江淼被说得有些不好意思，小心翼翼地偷瞄男人，恰好撞进他带笑的黑眸里，脸一下烧起来，低头避开他灼热的注视。

外婆举起杯子同她撞了下，爽快地一饮而尽。

老人家喝得急，不一会儿，大半瓶酒便见了底，餐桌的气氛也达到顶峰，醉酒后的老人，谁都招架不住她的热情。

她拉着江淼的手，朝她挤弄眉眼："囡囡，你告诉外婆，现在可有心仪的男孩子？"

江淼慌了神，结结巴巴地回道："外婆，我才毕业不久，还没想这些……"

外婆倏地板起脸，夸张地挥舞着胳膊："你啊，别信你妈那套，古板，腐朽，现在都什么年代了，爱情是不分年龄的，我十八岁时遇见你外公，就被他穿军装的模样勾得五迷三道，说什么都要跟他好，他还不肯，说我年纪小，那我不管，我从上海一路追到烟城，最后他拗不过，还不是乖乖从了我。"

江淼看着沉浸在美好回忆中的外婆，她歪着头，稍一脑补，眼前便铺展开青春洋溢的外婆追在不苟言笑的外公身后的画面，想来便觉得有意思。

外公跟外婆，一个沉默寡言，一个能言善道，但两人相处起来却分外甜蜜。相互尊敬，相互理解，相互陪伴。江淼对爱情最初的认知，就来源于外公和外婆平淡且温馨的婚姻生活。

“呀，不对。”

外婆挠了挠头，醉得有些迷糊，目不转睛地看着她：“我怎么记得茉莉那丫头给我打电话说，给你介绍了个青年才俊，好像是国外读书回来的，人也英俊帅气，怎么样？你见了没？喜不喜欢呀？”

江淼被这三连问问得头昏脑涨，支吾了半天，一个有用的字也吐不出来，只窘得想钻个地洞逃走。

她该怎么回答？

您说的那人我没见着，我阴差阳错地见了另外一个，那人就坐在我对面，正慢条斯理地喝着汤。

“囡囡？”外婆不住催促。

江淼吊着一口气，眼神有些飘：“没见，也不喜欢。”

“这样啊，可惜了……”

老人有些失落，谁知话锋一转，风向调到另一头：“纪炎。”

低头喝汤的男人闻声放下汤勺，身子侧向她，坐得端正。

外婆笑眯眯地说：“你吴老队长就这么一个揣心窝里疼的外孙女，你平时多留意，要有什么合适的人选啊，第一时间想到我们囡囡，听见没？”

纪队长瞧了眼桌对面一脸窘迫的江淼，勾了勾唇：“好。”

“呀，不行不行。”老人家不知想起些什么，猛拍一记头，手摇成拨浪鼓，“你一年三百六十五天都混在队伍里，身边全是些浑身臭汗的小男生，我家囡囡那可是我们悉心照料的花骨朵，你们这些糙汉子哪知道怎么疼她，不得行不得行……”

坐在一旁听完全场的江淼羞得满脸通红，拉着老人的衣袖，可怜巴巴地道：“外婆……你别说了……”

外婆轻拍胸口，柔声安抚她：“不着急啊，囡囡，这事包在外婆身上，保证给你找个万里挑一的如意郎君。”

江淼：“……”

这饭没法吃了。

她好想回家。

外婆今晚异常兴奋，不到八点，她已迷迷糊糊地醉倒在餐桌上。

纪炎将老人扶上二楼卧室安顿好，下楼时，江淼正在餐桌前慢吞吞地收拾餐具。

男人踱步过来，圈着她的手腕将人拉到一旁，低头看她，淡声道："你去客厅待着，这里我来收拾。"

"我可以帮忙的。"江淼眸子亮晶晶的。

男人扯了下嘴角，似笑非笑："我可不想今晚在梦中见着吴老队长。"

江淼仰起头，一本正经地说："你又没欺负我，外公不会找你麻烦的。"

纪炎静静地盯着江淼，忽地弯腰凑近她，江淼惊慌地后退一步，抬眼，同他四目相对。

"你去不去？"男声沙哑。

江淼脸上沾染两团可疑的红晕，腿软得差点站不稳，羞涩地移开视线，张了张嘴："去。"

然后，某人在男人过于炽热的眼神攻势下，没出息地转身逃走了。

江淼静坐在藤椅上大口喘息，炸翻的心跳怎么都静不下来，两手摸着滚烫的脸颊，手心扇出微微凉风。

好热好热。

热得她快疯了。

等男人整理完毕，指针刚好指向九点整。

纪炎这几日正好带一队新人来镇消防支队参加特训，那地离这儿近，训练结束后，他便来这儿陪陪老人家，顺便蹭点可口的家常菜。

此外，他每年休年假时都会来这小住几日，一来二去，便有了他专属的房间。

江淼背着小包，跟在男人身后出门，两人走到院子里，她直奔自己的小车去，拉开车门准备上车时，回头看了眼，见男人一动不动地伫立在原地。

江淼疑惑地问：“你不回家吗？”

男人面无表情地答：“宿醉后人醒了会难受，我在这儿看着，明天做了早餐再走。”

“哦。”

其实江淼也很想留下来，可明天下午有个学术研讨会，她脱不开身。

她站直身子，冲他弯了弯腰，礼貌致谢：“那外婆就麻烦你了。”

男人淡声回答：“嗯。”

江淼磨磨蹭蹭地上了车，车内装有一键启动，她按下后，车发出“哒哒哒”的点火声，然后瞬熄，她慌了神，手忙脚乱地试了好几次，结果依旧如此。

这时，樱花树下远观的男人走过来，他拉开车门，手搭在门上，俯身探进来。

车内空间不大，他人高马大地闯入，几乎是脸贴脸的距离，江淼呼吸倏地被勒紧，紧张得大气都不敢出。

“发动不了？”他的声音就在她耳边，热气全喷洒在发烫的耳尖上。

“唔。”弱弱的蚊子声。

男人紧盯着仪表盘，看着它在点燃的瞬间亮了灯，几秒后又全黑。他站直身子，冲车内呆成鹌鹑的江淼招招手：“你下来。”

江淼听话地下车，站在一侧，男人随即上车，第一时间调整座椅距离，江淼见他向后拉长一大截，闷闷地瞄了眼自己的小短腿，轻声叹息。

“哒哒哒哒哒……”

又熄了。

来回试了几次后，车子彻底无法点燃了。

闷热密闭的车厢，稍一动便满头大汗，他下车时，后背已被汗水浸透，湿黏黏的，贴着肌肤。

他朝前走了两步，扯着后领单手脱下短袖，顺手挂在树上，然后绕到车前，打开引擎盖，弯腰查看。

糙汉子向来不拘小节，日常训练时也经常裸身上阵，都是些五大三粗的大老爷们，压根就没有害臊的概念。

可他显然忘了这乡间小院里还有另一个观众的存在，鬼知道刚才那幕猛男脱衣图把未经人事的江淼吓成什么样。

见到他光裸结实的后背，她条件反射地捂住脸，可过了几秒，又鬼使神差地松开手指，像个窥探的小鬼暗戳戳地偷看他。

男人皮肤黝黑，肩膀宽阔，胸前的肌肉突出隆起，似骨头一般坚硬，微微弓腰时，体内渗出的热汗顺着刚毅的下颚线滴在锁骨上，再沿着光滑的肌肤在块状的线条丘壑中四散开，全数没入勒紧的裤头里，消失无影。

他身上充斥着野性的线条感，以及炸裂在空气中的男性荷尔蒙。

江淼脑子里嗡嗡的，她当然明白“非礼勿视”的道理，可知道是一回事，做到又是另一回事。

体内的两个红白江淼互殴，明显是长着角的小恶魔那方获胜。

所以她才敢这么堂而皇之地盯着他看，即使脸红到脖子根，她依旧分秒都舍不得挪开眼。

车前检查装置的男人倏地抬眼，撞上江淼明晃晃的目光，圆溜溜的眸子，脸颊酡红一片，额前的汗渍打湿刘海，分成一缕一缕的，看着略显滑稽。

“热吗？”男人问她。

江淼心虚地看向别处，点点头。

“回屋里凉快会儿。”

江淼摇头：“不要。”

“真不去？”

“嗯。”她语气坚决。

“那你去树下待着……”

他直起身，一手搭着引擎盖，目光幽幽地落在她身上，深黑的瞳孔散着奇特的异光，如夜间觅食的猎豹，嘴角微微一勾："你这么直勾勾地盯着我看，严重影响我的办事效率。"

"……"

她还傻乎乎地以为自己藏得足够隐蔽，没承想全被人家看在眼里。

江淼郁闷，他是头顶长了眼睛吗？

她顶着红透的蜜桃脸假装镇定地走到树下，唯恐再遭人戏谑，她干脆背对他，面向弯曲的树干，心无旁骛地默背起古文。

大约过了十几分钟，浑厚的男声在身后响起："江淼。"

"啊。"

她闻声回头，见自己的小车安安静静地停在那儿，男人已换了件干净的衣服，手里拿着车钥匙。

他边说边往黑色吉普车前走："你的车点火装置出了问题，现在通不了电。"

江淼心急地追上去："那怎么办？"

男人拉开车门坐在驾驶座，垂眸看她："现在这个点，县里的修车行都关门了，我先送你回去，明天车修好了，我再送还给你。"

江淼咬了咬唇，听着不算复杂的办法，但他得来回走四趟，也不知会不会耽误他的正事。

"可是……这样太麻烦你了。"江淼轻声说。

纪炎挑起浓眉，轻描淡写道："吴老是我最敬重的老队长，你既是他的外孙女，我照顾你也是应该的。"

江淼似懂非懂，男人见她半晌不吱声，揉了揉额，耐着性子问她："还有问题吗？"

江淼摇头，说没有。

"上车吧。"他收回目光，发动汽车。

江淼听话地绕到另一侧，拉开车门，汽车底盘高，江淼无奈，只能手脚并用地爬上去，姿势粗鲁，像个汉子。

男人利落挂挡，单手握着方向盘朝右打死，一脚油门下去，江淼顺着座椅晃了整圈。

等人回过神，车子已经驶进乡间小道。

车内没开冷气，江淼按下车窗，一大波凉爽的夜风送来沁人肺腑的花香，车子绕过田野，潺潺的流水伴着清脆的蛙叫低声吟唱，空灵的乡村夜晚，幽静而舒心。

江淼舒服地眯起眼，等体内的那股燥热随风而逝，她转过身，眼巴巴地盯着男人俊朗的侧颜发呆。

江淼好似要说些什么，几次想张嘴，话到嘴边，又乖乖闭紧。

男人的身上似长了无数双眼睛，连她一些细微的小动作都了如指掌。

“想问什么就问。”男人低声。

他一开口，江淼吓一大跳，她轻咳两声清清嗓，小声问：“你以前真的是外公的手下吗？”

男人答得很快：“是。”

江淼眨眨眼，继续问：“那外婆说，我们之间差了辈分，也是真的？”

纪炎疑惑地瞧她一眼，觉得姑娘这话有点意思，他沉默几秒，点头承认：“严格来说，没错。”

江淼垂眸，情绪难以言喻的低落，拽着焦灼的呼吸持续往下沉。

她沉默良久，抬眼看他，大眼睛如晨曦下的露珠，晶莹剔透的，她提着嗓子，小心翼翼地问：“如果我叫你叔叔，你会应吗？”

纪队长愣了一秒，转头看向窗外，对着漆黑的夜空，差点没笑出声来。

“不会。”

“为什么？”

男人漫不经心道：“把我叫老了。”

江淼笑起来，顺着他的话点头：“你不老，你还年轻。”

江淼还是单纯一点好，一句话，不过几个字，便能左右她的情绪，由阴转晴，小脸泛起徐徐红光。

纪炎一时哭笑不得，他本不是多言之人，加上母胎单身三十多年，尤其不擅长跟女人相处，特别是这种娇滴滴的江淼，凶不得，骂不得，生怕一句话说重了惹哭人家，不像那群臭小子，一个不顺心拉出去体罚完事。

他见江淼面色潮红，以为车里太热，他升高车窗，打开冷气，凉丝丝的冷风吹到她脸上，她下意识摸了摸脸，这才察觉脸颊滚烫的余温。

又烧起来了吗？

江淼幽幽地想，自从遇见他后，脸上的红晕好似缺少自动消退功能，总在不经意间浮现出来。

她突然想起自己曾读过的《骆驼祥子》——

“人间的真话本来不多，一个女子的脸红胜过一大片话。”

夜间车少，大大缩短了沿途车程。

男人开车很稳，她中途一度小睡过去，人刚转醒，车已稳稳停在她小区门口。

江淼柔声道谢，随即将自己的车钥匙递给他，轻手轻脚地推门下车。

纪炎收回目光，刚准备启动车，谁知娇小的身影倏地晃过车头绕到驾驶位，轻轻敲响车窗。

窗户缓缓降下。

江淼踮起脚，细白的手指扒着车门，仰着头问：“纪炎，你有微信吗？”

纪队长没弄懂她究竟想干吗，语气稍显冷淡：“基本不用。”

江淼忽略他不算友善的态度，小脸挂着微笑，诚恳地问：“那我可以加你吗？”

男人面色沉静地看着她，半晌没说话，江淼亦不退缩，睁着纯净的大眼睛，耐心等待他的答案。

这姑娘还真是，看着柔柔弱弱，可骨子里却透着一股倔强的韧劲。好似你不答应，还真会锲而不舍地追在你屁股后面，直到你妥协为止。

空气凝滞了许久。

男人低叹了声，终是败下阵来，他随手拿过自己的手机递给她，语气生硬："我不会弄，你自己来。"

江淼接过手机，毫不掩饰咧到后脑勺的嘴角。

不算新潮的款式，甚至可以说有点老土，但不知为何，莫名符合他的气质。

三分古板，三分木讷，三分冷淡，还有一分自带的痞气。

她突然想起外公在世时，用的是只能接电话发信息的老款诺基亚，江淼曾好奇地问过他，外公的回答很幽默，他说："扎实，经摔，六楼掉下去四分五裂，拼好了还能继续用。"

一想到慈眉善目的外公，江淼有些难过，她吸吸鼻子，在手机上点开微信，输入电话号码，然后，一只绿色小恐龙头像窜出来，她发送好友申请，等小包里手机震动响起，她便将手机还给他。

"这个小恐龙是我，微信号就是电话，你如果想找我，哪种方式都可以。"

男人沉默地接过手机，低低"嗯"了声。

达到目的的江淼也不多作停留，留了句"路上小心"，潇洒地转身就走。

等人彻底消失在视野中，男人垂手从储物格里抽出根烟，点燃，深深吸了口。

粗粝的拇指滑过手机，界面弹出一条消息。

他点开微信，绿色小恐龙图标上有个红色的"1"，他按开对话框，是一只奶白小猫咪在地上翻滚撒娇的动图。

纪队长慢悠悠地吐了口烟，瞥了眼左上角的微信名——农夫山泉。

男人扯开唇笑了，健硕黝黑的胳膊伸到窗外，低手弹了弹烟灰。

农夫山泉……

有点甜？

江淼一路小跑回家，身后宛如有狂兽追击，直到入了家门，背靠着房门，抬着头小口喘息，跳至半空中的心脏才慢慢回归胸腔。

她垂眸，整张脸隐藏在昏暗的灯光下，弯唇一笑，全世界春暖花开。

临睡前，她在浴缸里足足泡了一个小时，几近晕厥才昏昏沉沉地爬出来。浴室门大开，她套了件近乎透明的丝绸睡裙，薄如蝉翼，魅惑撩人，绸缎般柔顺的长发披散在脑后，脸上的潮红褪去，白皙剔透的肌肤堪比剥了壳的新鲜荔枝，嫩得能掐出鲜甜的汁水来。

临睡前，她走到窗边，拉开落地窗的淡绿色窗帘，她喜欢清晨第一缕阳光渗进房间的唯美画面。

等她爬上床，拧上床头灯，整个人藏在柔软的被子里，视野全黑下，唯有手机散出的微弱亮光。

江淼翻出男人的微信，头像是一面鲜艳的五星红旗，昵称就是他的名字——纪炎，钢铁直男的取名风格，还不如她的“农夫山泉”可爱。然后，点开他的朋友圈，背景无，个性签名无，朋友圈无，干净得像一张白纸。

江淼撇撇嘴，有些失落。

都说社交软件是人的另一面镜子，映照每个人不同的人格情趣。她现在可以确定，他绝对是最普通又最坚硬的单面镜。

千磨万击还坚劲，任尔东西南北风。

半小时后。

江淼在床上翻来滚去睡不着。

被子扯下，她深呼吸几次，打字的手微微发颤，试探地给他发了个微信。

“今天谢谢你，还有，晚安。”

她看了眼时间，已过零点。

中队长的生活作息很规律，她其实没抱着他会回信息的期待。

即便如此，她仍傻愣愣地抱着手机等了十分钟，流淌的每一秒对她而言都是一种煎熬，直到……

静逸的空气里一声信息提示音。

江淼心头一跳，呼吸都乱了，紧张到手机都握不住。

划开手机，点开那个红红的“1”。

江淼仅看了一秒，转而将小脸深埋进枕头里，羞得全身上下都烧起来。

干净的界面，简单的几个字。

“嗯，睡吧。”

第五章 做梦

这一晚，江淼在梦中见到了他。

他伫立在床头，倏地俯身压下来，他的手掌很大，布满深深浅浅的伤痕，轻轻圈住她无处安放的小手，按在头顶。

男人肌肉线条流畅分明，体温惊人的灼烫，渗透进肌肤里，她脸颊燃起的娇红逐渐蔓延至全身。

纪炎低头，目光幽暗深邃，喉头一滚："淼淼。"

她看着他的黑眸，理智上清楚自己应该反抗，可当他的吻落在她唇上，她的身子仿佛被定格住，再也发不出声音来。

温热，潮湿，夹杂着胡楂细碎的刺痛，陌生而新奇的触感，诱人沉沦，又情不自禁想要更多。

他的吻很生涩，试探着，一点一点抵开紧闭的贝齿。

江淼被吻得失了心智，身子一软。

男人的吻带着十足的侵略性，在她如水般丝滑的肌肤上温柔啃咬，他倏地抬头看她浓黑的眼睛。

他嘴角一勾："我想……"

"纪炎……"

砰——

突如其来的巨响，将沉浸在梦境中的江淼拉回现实世界。

她受了惊吓，睁眼的第一秒便扯过滑落的被子将自己包裹严实。

屋内很安静，开了条细缝的窗户被室外的狂风撑大入口，一大波热风灌入，吹落床头柜上的卡通公仔。

她足足愣了十秒，“啊”一声尖叫起来，手忙脚乱地逃下床，连睡衣都忘了脱，转而一头扎进花洒下，温热的水从头顶倾注至全身，她闭着眼屏住呼吸，认真地背《出师表》。

“先帝创业未半而中道崩殂，今天下三分，益州疲弊，此诚危急存亡之秋也……”

“淼淼……”

江淼慌得用两手捂住耳朵，试图将那些滋扰身心的声音排除在外。

“然侍卫之臣不懈于内，忠志之士忘身于外者，盖追先帝之殊遇，欲报之于陛下也……”

“我想……”

江淼揉了揉发烫的脸颊，两手倏地垂落，有气无力地压下热水开关。

“滴答……滴答……”

她走到洗漱台前，拂去玻璃上朦胧的水雾，不太清晰的镜面里，映照着一张娇红似血的小脸。静静地看着镜中的自己，低眸的瞬间，她抿嘴轻笑了声。

她居然让一个仅见过几面的男人进入了梦境，且在她的潜意识里，竟无一丝抗拒可言。

铁证如山，任何辩解皆是徒劳。

承认与否，这都是事实。

约半小时后，江淼擦着长发从浴室里出来。

她瞄了瞄墙壁上的挂钟，时间已过八点半。

江淼惧热，看了眼窗外白炽的日光，果断放弃外出吃早餐的想法，改投外卖一票。

她一个冲刺蹦上床，在松软的小床上滚了几圈，等肚子咕咕叫着提出抗议了，才翻身到床头，取过手机准备点外卖。

划开界面，上面倏地弹出一条微信消息。

“9点，小区门口。”——纪炎

微信消息是八点送达的，那时的她正在热水灌溉下心神不宁地背《出师表》。

她呆滞地再看一眼时间，八点四十分。

二十分钟，怎么够一个女生换衣化妆？

她赤着脚丫子跑到衣柜前，将里头的衣服一股脑掏出来，铺散在床上，挑选衣服的环节总能轻易逼疯任何一个女人。

白的素净普通，粉的甜美装嫩，绿色像根移动的大葱，蓝色堪比丢弃的窗帘。

短裤不够庄重，长裙遮得严实，而且都会将她腿短的缺陷完完全全地暴露出来。

江淼苦着一张脸，盯着眼前花色各异的衣裳发呆。

时间一分一秒地流逝。

她最终挑了件黑白格子的小礼服，娃娃款翻领，衣摆处镶着纯白蕾丝，如纱般遮过细白的小腿。

时间来不及化妆，她胡乱涂了涂口红，踩着小高跟狂奔出门，上了电梯仍在对着镜子整理微乱的长发。

等她一鼓作气跑到小区门口，时间刚好九点整。

江淼气喘吁吁，在火燎般的热气簇拥下，肌肤渗出剔透的汗珠。

夏日闷热难忍，路上的行人并不多。

她在昨晚下车的地方等了好一会儿，连个相似的人影都没见着，就在她憋不住翻出他的微信欲拨打语音通话时，那头率先发来信息。

“临时有事，车停在停车场负二楼C2，钥匙已交保安许××。”为方便她一秒对上号，他甚至连保安的照片都拍下来发给她。

江淼闷闷不乐地垂下头，将手机塞回小包里。焦灼沉闷的心情犹如坐过山车般忽高忽低，上一秒还飘荡在云端上，下一秒便沉入谷底。

她转身往停车场走，包里的手机铃声突然奏响，原本低至谷底的那颗小红心又亮起来。

满怀期待地瞄了一眼，下一瞬，她的心又坠入无边的深渊。

淼淼很失落。

“喂。”茉莉音色嘹亮，“我就在你家附近，要不要约个早饭？”

“哦。”

茉莉也不是个吃素的善茬：“什么意思？你这不情不愿的，本小姐不够格陪你用早膳是吧？”

“没。”

江淼肩头一落：“我在小区门口，你来接我吧。”

那头利落地打个响指，飚了句不标准的粤语，“没问题啦……”

二十分钟前，在车里耐心等待的纪队长接到了消防队的电话。接指挥中心警令，城东某液化气储气站爆炸，现场已造成三人死亡、六人受伤。

纪炎正处在带队外出特训期间，本可以不参与这次救援。但储气站不远处便是一片安置房小区，处理不慎易引发二次爆炸，后果不堪设想。

他低头看了眼腕表，临近同江淼碰面的时间。纪炎思索片刻，毅然决然地将车开进小区，停好车，钥匙交予保安，前后不到三分钟。

烟城消防大队离这不远，消防车开往城东必定经过前面路口，他提前跟消防队通了电话，五分钟后，消防车在街边顺路捎上他。

车上有五人，均着厚重的防护服，全副武装。

纪队长人还没坐稳，身旁的江牧已盯上他手里拎着的早餐袋。

江牧一脸感动地贴上来：“酥油饼，豆浆，到底是纪队，对我的喜好了如指掌。”

他这么一说，纪炎反倒愣了下，低头才发现自己下车时竟顺手带走了早餐。

纪炎面色不善，斜他一眼：“你没吃？”

江牧眼馋地盯着酥油饼："吃了，没饱。"

男人沉默几秒，将手里的包装袋扔在他身上，江牧激动地嗷嗷叫，毫不客气地扯开包装袋，一口咬下去，咸香的肉馅渗出来，香味四溢。

江牧陶醉地吧唧嘴："哇，这哪买的，味道绝了。"

鹿白闻着那味也馋得不行，舔了舔唇："唉，你给我留点啊。"

"一边去，这可是纪队给我准备的爱心早餐，你，想都别想。"

纪队长看他吃得一脸满足，沉沉地叹了口气。

今早天不亮他就醒了，绕着山间田野跑了一小时，六点半不到就敲响了修车行的门，县城的修车小哥好说话，二话不说便提着装备跟他走。

如他所料，的确是点火装置出了问题，修理并不麻烦，换个保险丝，前后不到十分钟。

他在厨房为老人准备早餐时，宿醉的外婆醒了，知晓昨晚的事情后，便催促他赶紧把车送回去，这大热天，少了车代步，她的宝贝孙女去哪儿都不方便。

临走前，老人随口说了句，县城北边有家老字号的酥油饼，江淼打小就爱那口酥香。

他当时没答话，只是当车停在南北交界处时，犹豫一秒，还是一脚油门，拐向了同市区方向相反的北边。

犹豫的那一瞬，他满脑子都是江淼嚼着酥油饼满口油光，小脸红扑扑的画面。

他曾经养过一只狗，还是小奶狗时就跟在他身边，后来被他训练成军犬，遗憾的是，它在两年前的一次救援行动中不幸殉职。

记忆里，它总是瞪着一双湿漉漉的大眼睛看着他，无辜又胆怯。

它很黏人，又爱撒娇，时不时还会发小脾气，明明是小狗，却沾染了一身猫性。

所以，他给它取名叫"喵喵"。

江牧曾放话，不要疑惑纪队为何是只万年单身狗，因为他这辈子的温柔都给了"喵喵"，它才是纪队的官配。

纪队长用手撑起额角，垂头看了眼副驾驶位的早餐袋。

他哼笑了声。

怪不得第一次见她便觉得格外熟悉。

怪不得她睁着湿漉漉的大眼看他，他就禁不住地心软。

不懂拒绝。

他也拒绝不了。

第六章 火灾救援

普通简陋的早餐店。

一碗软糯的白粥，油条加咸菜，江淼食欲不佳，勉强喝了两口就咽不下去了。

通宵泡吧的茉莉食欲暴涨，一口气吃了三根油条，吃饱喝足后，心满意足地抹了抹嘴。

她瞥了眼正在发呆的江淼，一切了然于心："怎么魂不守舍的，有心事？"

江淼垂头丧气，半晌没吱声。

"不说我走了啊，这会儿困得眼睛都睁不开了。"

说完茉莉径直起身，转身要离开，江淼一着急，拉扯她的衣服下摆不松手。

江淼犹豫了片刻，倏地抬起头看她，小声问道："你说，怎么样才能让一个人注意到你？"

茉莉两手撑在桌面上，头压下来，化着烟熏妆的魅惑眸子对上面前那双水亮的眼睛，不由挑起眉："男人？"

江淼默默低头："啊。"

茉莉狐疑地眯了眯眼，细长的眼线在眼角划起一道锐利的线条："江淼，你有情况啊……"

“不是我。”江淼被那打量的眼神盯得不自在，心虚地挪开视线，编了个自己都不相信的鬼话，“就……一个同事问我，我也答不上来。”

茉莉意味深长地看着她，看破不说破。

“存在感这个东西，简直不要太容易，你一天给他发十条微信，他不理，你就二十、四十条地叠加，无脑分享你的生活工作，你的喜怒哀乐，人大多都有共情能力，只要你坚持不懈，他就会慢慢习惯你的存在，直到自己无法抽身……”

江淼听得云里雾里的，但细细思索下来，总感觉这做法不大妥当。

“这不会构成骚扰吗？”

茉莉两手叉腰，翻得眼白飘上天：“姐姐，你这是追男人，胆怯啥的先通通扔到一边。只要你做到胆大心细不要㞞，可甜可盐可妖娆，男人，一撩一个准。”

江淼点头如捣蒜，一副受教的谦逊样，恨不得拿小本本记下这些至理名言。

茉莉傲娇一甩头，高马尾“啪”地拍在脸上，疼得头皮收紧，她故作镇定地摆摆手。

“今天就先这样，你回去消化一下，有什么问题，课后讨论。”

江淼笑眯眯地说：“好。”

送别了茉莉，江淼拎着小包往保安亭走。

对比照片跟本人，她很快拿到车钥匙，在停车场找到自己的小车，上车后把座椅后仰，身子平躺下去。

密闭的空间，空气中似乎还残留着男人身上的味道，让她不自觉地回想起昨晚的梦境。

晶莹剔透的汗珠如雨水般滴落在他身上，滑过古铜色的肌肤，凸起的肌肉硬块仿佛抹了层滑腻的精油，油光发亮。

她想，如果能偷摸一下，手感一定让人欲罢不能。

等意识到自己又开始胡思乱想，江淼深吸一口气，缓缓吐出来，掏出手机，翻到他的微信。

江淼："我拿到车了，谢谢你，如果……你方便的话，可以请你吃个饭吗？"

她屏着呼吸等了十分钟，那头安安静静，毫无回应。

江淼想了想，又试探着发了一个卡通小恐龙挤肉脸卖萌的动图。

可直到她下车时，手机仍无一丝动静。

她心底虽失落，但也能很快说服自己。

毕竟消防员的工作性质不同寻常，一旦进入火场，冲锋陷阵时什么都顾及不到。

所以，如果她执意要选择跟外婆相同的人生，她首先要学会等待。

这也是成为一名合格的消防员家属，必经的修行之路。

储气站爆炸现场一片混乱。

消防车赶到时，焦灼的火势已蔓延至旁边的小商铺。纪炎没穿消防服，无法亲自上阵，只能在一旁做临场指挥。

储气站院内存放了大量液化气罐，室内仍有液化气着火，滚滚浓烟飘升，火红的热焰越燃越烈，随时有二次爆炸的可能。

纪炎先命令队员疏散周边群众撤离警戒现场，有条不紊地指挥作战："架设两支水枪，江牧、鹿白、李苏，你们负责稀释空气中的液化气，剩下几人专攻明火，务必在最短时间内扑灭着火点。"

众人齐声道："收到。"

灭火现场分秒必争，他们迅速打开消防车门，搬出水枪，动作利落的接上，几人联手猛攻着火点，超大水柱强压下，燎原烈火逐渐浇灭。

约十五分钟后，火势基本控制住，江牧、鹿白一行人钻进院内寻找剩余的几个液化气罐，发现阀门密封垫已被烧坏，罐内的液化气发出"滋滋滋"的声响，仍在不停地向外泄漏着易燃易爆气体。

江牧严肃地皱眉："这些得尽快撤走，附近有空旷地吗？"

鹿白答："我刚问过居民，往西边走百来米有条小河，平时很少人去。"

"走，就去那儿。"

江牧言简意赅，率先抱起一个液化气罐往屋外跑，其余的人也先后跟上他。他们以百米冲刺的速度穿过街道居民区，将不停泄漏的"定时炸弹"抱到河边无人的空旷区域。

八个液化气罐，五分钟不到，全部撤离完毕。

因泄漏液体的液化气罐仍存在较大安全隐患，八人均未离开，闷热的夏天，身着厚重的橙色消防服，热汗灌水似的渗出。

他们站得笔直，一直守在警戒现场，直到气体泄漏完毕。

看热闹的群众聚集在小河边，等一切彻底结束，周遭掌声雷动。一脸脏兮兮的江牧不好意思地摸摸后脑勺，一笑牙花都露出来了。

"低调。"鹿白在一旁提醒。

江牧昂首挺胸，傲娇地哼了声，一嘚瑟脚下踩中大石头，幸好身手敏捷，崴脚的瞬间闪开，结果仍逃不过地心引力，人直愣愣地倒在草地上，顺着力朝右滚了两圈。

鹿白摇头叹气，赶紧跑过去将人扶起来："你怎么样？"

"没事，小问题。"

他撑起手肘起身，突然感觉裤子口袋里有什么硬物抵着大腿肌肉，将东西掏出来，定睛一看，他脸色大变。

"完了，今晚的鸡腿没了，明早的太阳也见不着了。"

手心里躺着纪队长的古董手机，已被他压得四分五裂。

那还是在车上时，他借纪炎的手机给自家老妈报平安，挂断后顺手塞进口袋里，完全忘了这玩意儿的存在。

后续事情处理完毕，全部人坐上消防车。

江牧将已分裂的手机递给男人，低眉顺眼地承认错误："纪队，要杀要剐，悉听尊便。"

纪炎低头看了眼，顺手接过，难得和善地拍拍他的肩："东西不重要，人没事就行。"

江牧点头，感动到热泪盈眶。

"回去先负重五公里，锻炼身体。"纪队长扯了扯唇，"体能太差了。”

江牧：“……”

魔鬼！禽兽！

返程的消防车会尽量避开拥堵路段，不给交通造成困扰。

车缓缓拐进一条街道，纪炎看了眼车窗外，扭头对驾驶员说："十字路口停一下。”

江牧好奇。开口问道：“这大热天您去哪儿溜达呢？”

鹿白咳了两声，用肘子捅捅他，闷声提醒道：“看路。”

闻言，江牧朝外瞄了眼街道牌，瞬间明了，他凑过去，压低声音问纪炎：“纪队，阿姨……现在还没原谅你吗？”

纪炎侧目看他，深黑的眼睛幽暗不明：“原不原谅，她都是我妈。”

一旁的鹿白面露担心，多嘴劝了句：“你每一次去，都要被折磨一次，要不再缓缓，说不定阿姨哪天突然就想通了。”

“不怪她，是我的错。”纪队长转头看向窗外刺眼的光，嘴角下抿，“她怎么怨我，我都得受着。”

城东某疗养院。

纪炎前脚刚迈进疗养院大厅，后脚就有人通风报信。他上到三楼，楼梯间的女护士靠墙站着，等候多时。

“纪队长，你来了。”标致的鹅蛋脸，甜甜软软的嗓音，一见纪炎，细长的眼睛亮得跟点燃了似的。

男人面色冷淡，声音更甚：“宁护士怎么在这？”

对方弯唇微笑，答得自然：“阿姨换房间了，我担心你不知道，特意在这等你。”

纪炎点头：“费心了。”

宁夏是这家疗养院的护士，三年前入职实习时，恰好也是纪炎母亲来院的日子，她是宁夏负责的第一个病人，且一直持续到现在。

入住疗养院的老人，或多或少都存在生理疾病，但纪炎的母亲不太一样，她除了偶尔会突发情绪病，并无其他疾病。

而她每一次病发，都跟纪炎脱不了干系。换句话说，她的病存在一定指向性。比如，她对院内所有人都和颜悦色，唯独面对纪炎时，她的情绪会骤然失控。

宁夏对她的行为很是不解，因为她眼中的纪炎，沉稳内敛，正直帅气，虽不苟言笑，但单单就他对母亲的耐心跟无限包容，足以证明他是个孝顺的男人，也值得托付终身。

穿过一条长廊，视野的尽头，是纪母现在住的房间。

僻静，安宁，与世无争。

宁夏停在屋子前，低身嘱咐纪炎道："阿姨刚用过午餐，正在屋里诵经，你好好跟她聊聊，我就在外面，有事喊我。"

男人低声应允，轻轻推门而入。

屋内摆设简陋，打扫得却很干净，纪母是个爱整洁的人，以往自家的房子也收拾得一尘不染。

床边有个小型柜台，上面摆放着纪炎父亲的相框，上身着笔挺的军装，胸前挂着大大小小的荣誉勋章，代表的是他用血肉之躯保家卫国的英勇一生。

满头银丝的老妇人背对他跪坐在软垫上，微低头，嘴里念念有词，专心致志默诵经文。

纪炎没急着说话，安静地背靠着墙站好，一直等她诵经结束，转身时，见到高大的男人，忧郁的眼睛倏地亮了下，随即黯淡下去。

男人喉间发干，低唤了声："妈。"

老人冷漠地移开视线，拖着佝偻的身体慢悠悠地往小床走。

纪炎迅速跟上，原想将老人扶到床边为她脱鞋，谁知手刚触到她的衣角，纪母便用力甩开他的手。

老人嗓音沙哑，隐隐透着愤怒："纪大队长何必这么假惺惺，没外人在，用不着演这出孝子戏。"

男人的手僵硬在半空中，空气静止几秒，他默默将手收回身侧。

自纪父因公殉职后，原本性子温顺的纪母突然性情大变，纪炎成了她唯一的，也是最直接的情绪发泄口。

尽管所有人都告诉她，当年那场大火实属天灾，消防员入室救援时，最后仅剩下一个氧气面罩，纪父执意牺牲自己，将生存机会留给人民群众，而纪炎只是按照他的命令转移受困人群，他不应该承受如此指责。

可极度悲伤下，纪母谁的话都听不进去，她是个没读过多少书的农村妇女，不懂为国奉献的大爱精神，她只知道家里的顶梁柱走了，甚至连具完整的遗体都没留下。

她接受不了这个事实。

老人自顾自半躺在床上，闭目养神。纪炎则搬了个凳子，倚着床边坐下。

距离上次来探望她已有三个月之久，即使能感受到纪母的不耐烦，他依旧存着私心，就想着能多跟她聊两句，哪怕是冷言冷语也好。

“最近气温高，您注意避暑，这天生病了难受。”

空气安安静静，连呼吸声都压至最低，老人充耳不闻，闭着眼，完全没有要开口的意思。

男人转头看了眼床头柜上的水果盘，扯了下唇，语气温柔地开口：“我给您削个苹果吧。”

老人冷哼一声，背对他侧身躺下，拒绝之意过于明显。

他伸手拿过苹果和水果刀，刚准备削皮，老人突然开口，声音冷漠：“你走吧，以后也不要再来了。”

男人微微皱眉：“妈……”

纪母不再出声，一句话也不想多说。

纪炎轻叹，也不再坚持，起身时，视线恰好瞥见柜台上的相框，木质花纹透着亮光，是有人常常摩挲的缘故。

他想抚摸一下父亲的脸庞，谁知没听到开门动静的纪母倏地回头，恰好瞧见他对相框抬起手，她瞳孔睁大，不知被什么刺激到，压抑许久的情绪瞬间失控。

“不要碰他！”她心急如焚地赤脚下床，用尽全身力气推开纪炎。

力量悬殊下，她没站稳往前扑倒，纪炎两手接住她虚弱的身子，轻声细语地解释道：“妈，我没想对爸做什么……我……”

“不是你把他丢在火场的吗？你眼睁睁地看着他葬身火海，然后你升官加爵，当上中队长，但老纪呢？他死无全尸，烧得连遗体都不全。”

老人眼眶通红，越说越激动，一度呼吸困难，深深喘了几下，而后，她眼神冰凉地看着纪炎，字字诛心。

“为什么你不救他啊……”

纪炎艰难地别过头，眼角都红了，男人流血不流泪，他不习惯用眼泪发泄情绪。但此时此刻，没人知道他的心被撕扯成什么样，胸口渗出的鲜血，堪比致毒的砒霜，撕得越烂，扯得就越痛。

一阵猛烈的热风从窗外吹进来，窗帘撩起相框，摔在地上。

纪炎弯腰去捡，身后的老人尖利地叫起来：“不准你碰老纪！”

男人的指尖刚触到相框一角，余光瞥到一抹冷冽的银光，他敏捷地侧身避开，原本刺进手背的水果刀从小臂擦过，划出一道清晰的血口。

看不出深浅的伤口，鲜红炙热的血液涌出来，一大滴一大滴地掉在地板上。

老人将相框抱在怀里，右手还拿着伤人的刀，人退到床边，看着他，眼神迷茫而满是敌意：“你是谁？你不要碰老纪！”

闻声而入的宁护士见到这场面，冷静地按响床头警示铃。

医生护士来得很快，老人崩溃的情绪也慢慢缓和下来。

宁夏将纪炎带到病房做伤口处理，男人始终低着头，沉默不语。

她小心翼翼地为他处理伤口，嘴上柔柔地劝慰道：“老人家时而清醒时而糊涂，有时候就不认识人了，你耐心点慢慢来，她会理解你的。”

男人没出声，思绪完全不在这里。

宁夏见状也不多言，伤口处理好，贴心地一路将人送到院外。

男人转身之际，宁夏心急地在身后叫住他："纪炎。"

纪队长站定，缓慢回身。

她满怀期待，轻声询问："你有微信吗？"

纪炎沉默两秒，低沉开口道："没有。"话毕，他又很快加了句，"如果是我妈的事，电话能联系到我。"

宁夏肩头一落，被如此直白的拒绝，人终归是不好受的。

可等她调整好情绪再抬头时，刚还在眼前的男人，已经消失无踪。

第七章 夏令营

下午两点，顶着近四十摄氏度的高温，江淼按时到达学校。

无聊的学术交流会，讲台上的校领导们轮流发言，各个慷慨激昂，可千篇一律的讲话，听多了便叫人昏昏欲睡。

江淼跟李宸挨着坐在一起，可两人状态却截然相反，江淼一手撑着下巴，傻愣愣地盯着手机看，李宸对着小镜子描画眼线，余光瞧见某个失落的江淼。

“等人信息？”

“啊。”某人一愣，心虚地摇头，“不是。”

李宸斜她一眼：“话都写脸上了，我又不瞎。”

江淼将手机屏幕放倒，小声否认：“真的不是……”

李宸伸出纤纤玉指，抵着江淼的额角轻轻一推：“你就嘴硬吧你，总有一天狐狸尾巴会露出来的。”

江淼撇了撇嘴，又恢复到望手机欲穿的状态。

台上的校长讲话又臭又长，只是说到最后，他话锋一转，突然讲起市里举办的教师夏令营，然后巴拉巴拉说了一堆参与的重要性。

虽是自愿报名，但也希望大家能克服炎热酷暑，积极报名参与。

李宸一听就来火，忍不住吐槽道：“什么夏令营，不就是拉着我们搞半个月的集训，说得那么好，他自己干吗不去啊！”

这边她还在喋喋不休，下一秒校长就开启举手报名环节。

全场鸦雀无声，安静得有些尴尬。

“你看吧，傻子才会报……”她话才说一半，身旁那个“傻子”已经勇敢地举起手。

李宸震惊到语无伦次，着急地拉扯她的衣摆：“你……你别冲动，你要想流汗我陪你去健身房折腾，那地就不是人去的地方……”

江淼侧目看她，坚定地摇头微笑：“我想去。”

李宸无言以对，惋惜地摇了摇头。

江淼举手，数学老师陆老师也跟着举手，全场就他俩报名，校长虽不满意，但眼下有人愿意报名实属难得，过多的要求他也不敢有。

散场时，李宸将她拉到一边，看着不远处冲她们露齿微笑的陆榀，心头一阵恶寒。

“那个陆老师你离他远点，尤其不要单独相处，听见没？”

这话她说过不止一次，江淼倍感困惑：“他怎么了？”

“女人的直觉，只能意会不可言传，你把我的话记心里，不准接近他！”

“嗯。”她点头。

江淼的生活轨迹恢复两点一线。

如果非要说有点不同的地方，那便是她养成了事事跟人分享的习惯。

虽然不管她发多少条微信，对方仍是毫无回应。

一开始她还担心纪炎是不是出了什么事，可有天晚上跟外婆通电话时，外婆笑呵呵地说纪炎在这边吃了晚饭刚刚离开。

江淼本就郁闷的心情倏地荡到谷底。

他身体好好的，也有空闲，可就是不愿回她的消息。

她低落地想，如果很忙，哪怕是一个表情或简单两个字都好，这算什么？摆明了就是不想搭理她。

半夜，怎么都睡不着的江淼摸过床头手机，翻出男人微信，把自己这几天发的微信又看了一遍。

她无奈地挠挠头，难不成……是自己突如其来的热情吓着他了？

五天时间，细算下来发了近百条微信，虽然大多是些没营养的流水账，但很多时候她都会贴心地配上图片，他应该……不会觉得无聊吧？

总体内容不外乎以下几类：

“我早上 / 中午 / 晚上吃了油饼 / 海鲜 / 炸鸡……”

“今天我读了一本书，它主要讲的是……（以下省略几百字）”

“今天我做了电话家访，李 ×/ 王 ×/ 刘 × 家的情况特别复杂……（以下省略 N 字）”

“今天我外出做了运动，跳绳 / 跑步 / 游泳……”

看到最后，江淼“嗷”了一声深埋进枕头里，羞恼地疯狂抖腿。

烦闷使人心力交瘁！

她以后再也不发微信了，她要卸载，要举报，反正发过去也没人回复……

寻寻觅觅，冷冷清清，凄凄惨惨戚戚。

几天后，夏令营的启动通知发送到教师群里。

几乎同一时间，李宸的电话也追了过来，还不等她开口，那头便滔滔不绝。

“我给你准备了一箱进口防晒喷雾，你进了军营，每半小时全身喷一次，不要放过任何角落，你那张白嫩的小脸蛋可不能这么随便晒成卤蛋……我第一个不答应！”

江淼心头暖暖的：“谢谢你，李宸。”

“行了，你明天出发，防晒下午能送到，记得都装进箱子里。”

“好。”

“那就这样……”

一听她要挂，江淼急吼吼地叫住她：“那个……我还有个问题想问你。”

李宸在那头黑人问号脸，什么事能难到江淼不耻下问了？

“你说……”

江淼咬着唇，犹犹豫豫地开口：“是这样的，我有个朋友，她在感情上有点困惑，我想了想，身边感情经验最丰富的非你莫属了，以你的聪明才智一定可以……”

李宸不耐烦地打断：“略过前奏，直接说事。”

“咳咳。”她干咳几声给自己壮胆，没什么不敢问的，淡定一点，“如果，你一直给一个人发信息，但他就是不回，你说，这人是什么意思？”

李宸暧昧地笑：“男人？”

“她……她是这么说的。”

李宸听着江淼结结巴巴的，就觉得好笑，可江淼脸皮薄，点破也没啥必要。

她很认真地回答说：“男人对待感情的态度，大致分成三种，主动等于喜欢，被动等于凑合，至于无视，很明显，那就是不、在、乎。”

“不在乎吗？”

江淼低喃重复，气馁地垂眼，感觉本就渺小的自己这下彻底浓缩成几毫米的小矮人。

电话挂断，备受打击的江淼拖着沉重的身子滚到床上去。人家就差直白地拒绝你了，还有什么想不明白的。气头上的江淼暗自发誓，以后再也不给纪炎发消息了，就算是见到了他也要绕道走。

虽然心里很难过，但自尊心是她最后的保护伞，她怎么都不能弄丢了。

那晚，她一夜未眠。

次日，满眼血丝的江淼准时出现在学校正门。

她的行李箱不大，塞得满满当当，全是李宸寄给她的防晒喷雾。

身侧的陆老师絮絮叨叨地跟她说话，她漫不经心地随口应了两声。

没多久，接送他们的大巴车来了，江淼一上车便寻个靠后的位置闭眼，因为实在太困，她几乎是倒头就睡，丝毫没察觉到有人坐在她身旁的座位上。

车子缓缓驶入终点，江淼迷迷糊糊转醒，模糊的视线探向窗外时，一排硕大的字看得江淼目瞪口呆。

——烟城消防救援总队。

她心里“咯噔”一下，应该或许大概可能……不会这么倒霉吧？

侥幸的小心思飘散在外太空，勉勉强强着地时，江淼已经默默缩到队伍的最后一排了。

她恨不得把自己藏在洞里，谁都看不见。

不远处台阶上的人，干净利索的寸头，轮廓分明的脸，眼神一如既往的锋利，常年训练留下特有的气质，庄重而冷峻，在他身上展现得淋漓尽致。

他穿着整齐的制服，黑色腰带绑住腰身，肩宽腰细，以及……那双无处安放的大长腿。

参加这次夏令营的全是各小学派出的教师代表，人数五十人左右，男多女少，算上江淼，女老师仅六人，且清一色是年轻老师。

女生基本站后排，于是，女老师们议论纪炎的那些话，江淼被迫听完全场。

“哇，清一色的帅哥。”

“没想到这次因祸得福，我爱这个夏令营，帅哥使我快乐！”

“你得了吧，那种一看就不好惹的，你小心玩火自焚。”

“你酸什么，越是外表严肃的男人，骨子里越是闷骚，最受不了我们这种娇滴滴的女生了。”

“啧啧……就你最行……”

女人们的对话听到最后，江淼直接捂住耳朵，耳不听，心不烦。

烟城消防中队朱政委是个慈祥的老头子，这把年纪穿着制服依旧精神抖擞，腰背挺得笔直，站在那讲话跟一座山似的。

他不爱打官腔，讲话言简意赅，简单介绍此次集训夏令营的情况，为期半个月，五十多人分成两组，一组教官是纪炎，二组教官是江牧。

话说到最后，他突然提出部队优待妇女儿童，可由女老师自行选择进入哪支队伍。

话音一落，站在他身侧的江牧脸都白了，嘴角微微抽搐。

老朱，您要看我不顺眼直说真没关系，犯不着大庭广众之下给我挖坑。我跟纪队站一块，就他那张招蜂引蝶的脸，我脸笑烂了都不占优势啊。他沮丧地叹口气，怪谁呢，人长得丑，活该被人按在地上摩擦。

男老师很快分成两队，女老师们抱成团，毫不犹豫地走向纪炎的队伍，宽阔的操场，仅留江淼的小身影摇曳在热浪中。

所有人的目光齐刷刷地落到她身上。

江淼深吸一口气，小手拖着箱子，众目睽睽下，小步挪到江牧的队伍末排。她的想法很简单，尽量避免跟他正面接触，能躲就躲，躲不掉就逃。

女老师们的吸气声此起彼伏，满眼不解和困惑。

喜从天降的江牧差点哭出声来，这还真是，日行一善终有报。

台上的纪队长脸色微变，嘴角抿紧，乍看无异样，只是看向江淼的眼神，多了层道不明的意味。

队伍解散后，老师们三三两两，跟着指路的消防员往宿舍走。

江淼谢绝了陆老师帮忙，自己提着小箱子跟在大部队后面。

她刚走了没几步，箱子不知被什么压住，硬拖两下也不动弹，转头见到来人，心头一颤，下意识朝后退了两步。

纪炎皱眉："躲什么？"

江淼赌气不想搭话，摇摇头，小手拽紧箱子，欲从他手里抢过来。

男人低头，见她满头大汗，那双干净纯净的眼眸里，分明写满了幽怨跟愤怒。

终日混在男人堆里的糙老爷们哪里懂江淼家的心思，只当她是小孩脾性，声线放软："到宿舍还有段距离，我送你过去。"

沉默良久的江淼终于开口，声线冷淡，硬邦邦的："不用了。"

纪炎盯着她怒瞪的眼睛，倏地笑了声：“你是在跟我闹脾气吗？”

江淼一秒被人戳中心思，急得脸颊都红了：“才不是！”

躺在对话框里的每一条信息都揣着期待的心情，可他竟然连一个字一个标点符号都不愿回她，任由那些有温度的文字图片就这么石沉大海。

她越想越难过，气恼地推开他的手，提过小箱子气呼呼地转身走。

纪队长一时手足无措，追上去吧，场面不大好看，不追吧，他又实在弄不明白姑娘在怨他什么。

他脑子一热，低声问了句：“车子拿到没？”

男人不说这事还好，一说江淼就怒火中烧。

她明明发了信息告诉他的，还……顺便问他有没有时间，想请他吃饭来着。

可他不吃就算了，竟然连看都不看，说不定一见是她的信息就直接略过，根本就没认真查看过。

江淼当即宣布，她绝对不要原谅他了！

“不关你的事。”她冷冰冰地撂下一句，逃也似的跑了。

纪炎瞧着视野中越缩越小的身影，心底说不出是什么滋味来，就觉得让人不大爽利，甚至还有一丁点的……委屈？

女教师分在一个宿舍，全都是年纪相仿的女生，没说几句便愉快地闹成一团。

熄灯后，女人们叽叽喳喳地讨论起男人，准确来说，是在讨论英姿飒爽的纪大队长。

江淼没兴趣参与讨论，塞上耳塞，什么都不想，安安心心睡觉。

翌日天刚亮，一阵雷轰般的鸣笛声吵醒了所有人。

夏令营第一天，晨练正式拉开序幕。

大多数人都没还睡醒，紧急集合完毕后，他们穿着不算合身的迷彩服，懒懒散散地跟在教官后面开启晨跑模式。

江淼压低帽檐，低头看着绿油油的草地，越看越觉得有催眠作用，她的眼睛一眯一眯的，感觉下一秒就能做到以天为盖以地为床。

她梦游似的跑了约二百米，完全不知道自己已然吊车尾，直到……她身前倏地出现一堵结实的人墙。

帽子被撞到地上，江淼缓缓抬头，脑子还在发蒙，呆呆看着眼前的人，缓慢地眨着眼。

不远处的江牧刚回头查看队伍，就见自家队里的独苗苗落在最后，刚准备跑过去查看情况，就看见纪队长那伟岸宽阔的背影，他收回不该有的呵护之心，灰溜溜地跑远了。

纪炎见她半晌仍是迷迷糊糊的，伸手圈住她的手腕，将江淼拉到一边。

江淼不太愉快地甩开他的手，仰起头看他，瓮声瓮气地控诉道：“你为什么挡我的路？”

纪队长反问：“你能看清路吗？”

清晨的风捎来些了许凉意，江淼头顶冷飕飕的，这才发觉自己的帽子不见了。

她转身看向跑道，地上躺着的不正是她惨兮兮的帽子吗？

“我的帽子。”

她低喃着，抬步想去捡，却被男人伸手挡住去路，声音严厉不容拒绝：“你在这站着别动。”

然后，可怜的纪队长就像个免费的儿童保姆一样，在晨跑的队伍穿过前，小跑过去将帽子捡回来。

他拍拍帽子上的灰，轻轻扣在她头上，摆正帽檐。

江淼条件反射地说：“谢谢。”说完她又觉得哪里不对，闷着声，“不能谢，我收回来。”

她也不管一脸蒙的男人，转身往队伍的方向走，可跑了两步，她突然转身。

“纪炎。”

男人深黑的眼眸盯着她，低低“嗯”了声。

她心里怨气难平，一想到他不搭理的态度就心闷，一见到他英俊的脸她就生气。

“你以后不要跟我说话了，我也不要你管。”

纪大队长：“？？？”

这江淼变脸，随机的吗？

上午时分，烈日炎炎，大地像冒着白雾的蒸笼一样，热得人喘不过气来。

夏令营首日，所有人顶着灼热日光，规规矩矩地站着军姿。

晶莹的汗水如雨而下，没多久便浸湿迷彩服，湿黏黏的，沾着皮肤，好似做了场高温桑拿。

纪炎那一队的几个女老师不到半小时便举起小白旗，顶着病恹恹的惨样躲在树阴下乘凉。

反倒是江牧这队那根最娇小纤弱的花苗苗，背脊挺直，目光坚定，小小的身体，仿佛藏着巨大的能量，伫立在热浪风潮中，接受毒辣阳光的洗礼。

江牧瞧了眼树阴下那群娇滴滴的女老师，再看向自己队伍最后一排屹立不倒的江淼。踩着颇为嘚瑟的小步挪到严肃的纪队身边，低咳两声当开场白，正儿八经地显摆说：“纪队，承让了。”

纪炎侧目看他，不经意的一撇，仿佛一把锋利的冰刀刺穿他的头皮，江牧不禁打了个寒战，𡱁𡱁地回到原位。

骄阳烈日下度过的每一秒都是一场变态的折磨，江牧眼看着末端的江淼渐渐有些站不稳脚，也担心用力过猛江淼身体吃不消。

江牧快步走到她跟前，压低声音问：“江老师，还能坚持吗？”

江淼吸吸鼻子，声线洪亮：“报告，可以坚持。”

江牧见她字字铿锵有力，也不好打击人积极性，谁知刚转身，瞧见跟前站着一堵扎实的肌肉墙。

来人面无表情，低头看江牧：“先解散，气温太高容易中暑。”

江牧诧异地瞪圆了眼，心想这魔鬼今天怎么突然转性了，平时体能训练时一站就是几小时，谁倒下了，加倍再战，总之就是不把人折磨死决不罢休。

这头的江淼突然听见熟悉的男声，偷偷朝那处瞄了眼，可一撞上那双黑漆漆的眸子，惊得她呼吸一颤，仓皇收回视线。

江牧狐疑地瞄了眼脸色不大好看的纪队长，转头再看向目光躲闪的江淼，顿时了然于心。

原来如此。这么一想，今早纪队那番奇怪操作也就有合理解释了。

队伍解散后，江淼没有选择投入那群女老师的怀抱，反而寻了棵翠绿的小树席地而坐，摘下帽子，给自己滚烫的脸颊扇风。

她不是自诩清高的人，但在交朋友这件事上，她向来都很有主见。

那几个女老师个性开朗，的确很好相处，但只要她们聚在一起，不是讨论化妆品就是议论男人。

可江淼不一样。她来参加集训夏令营的初衷并不是为了任何人，只因她打小对消防员的崇拜之情，加上大学时因生病错过军训，是她一直以来的遗憾。

头顶的视线突然被遮挡，江淼慢悠悠地抬头，瞧见一个相貌斯文的男人，虽说穿着整洁的制服，但也遮不住骨子里透出的一抹书生气。

他礼貌微笑："江老师你好，我是纪队的手下，鹿白。"

江淼站起身，恍恍惚惚地点头："你好。"

他从身后拿出一小瓶解暑的药递给她："这是纪队让我给你的。"

江淼摆手推脱："我不能要。"

鹿白面露难色："你不收，我回去很难交差。"

江淼转头看向宽阔平坦的操场，却寻不见男人的身影，她知道不该为难人家，红着小脸收下了。

等鹿白回去汇报情况时，好奇地问了句："纪队，你干吗不自己给她？"

纪炎站在休息室的窗户边看着远处的江淼，不冷不淡地答："我给，她不会收。"

鹿白仿佛被雷劈了一般，小步凑近他，盯着他故作镇定的脸瞧了瞧，露出神秘微笑："你该不会……"

男人侧身垂眼，冷不丁一巴掌挥过来，鹿白吃痛躲到一边，后脑勺嗡嗡响。

"想什么呢，她是吴老的外孙女。"纪队长一挑眉，"你敢得罪？"

一提起吴老，鹿白脸色都变了。

都说人走茶凉，可即使不在人世，依然能以绝对恐惧力支配你的思绪，除了当年有"阎王"之称的吴老队长，再也找不到第二人。

"不敢不敢……"他小声叨叨，末了又坏笑着问道，"只是因为这个？"

纪炎面色一僵，嘴角勾着笑，声音却是冷的："你今天的话特别多，不如……"

鹿白见势不妙，赶紧开溜。

"对了，我忘了江牧找我有事，就不打扰您休息了。"

纪队长回过头，视线幽幽地探向窗外，沉默地看着树阴下正小口喝水的姑娘。他想了一早上都没想明白，自己究竟做错了什么，惹得姑娘横眉瞪眼，一脸冷漠疏离不想搭理他。

纪队长郁闷地揉了揉后颈，他要不把这事给弄明白，非得火冒三丈不可。

下午是集训最基础的训练内容，队伍行进步法，正步走。

纪炎把教官的任务直接交给鹿白，自己当个甩手掌柜，来回穿梭在两个队伍之间，把那些还幻想跟纪炎能有身体接触的女老师气得咬牙切齿。鹿白认真纠正动作时，还要接受来自女人们不满的凝视。

江牧一见他像个老干部似的踱步检阅，就知道他肯定又要作妖。

果不其然，男人装模作样检查完前面，路过最后一排时，他停下，垂眸看着行列最外侧的江淼。

江淼姿势僵硬，左腿前踢的动作保持了几分钟之久，腿软得有些撑不住。

本来这天就热得发狂，身边突然多了个移动火山，他一靠近，她连呼吸都不顺畅了，头昏脑涨，哪儿都使不上力来。

“腿再抬高一点……”他伸出脚背，抵着她的脚踝上移几厘米。

看似很小的变动，可身体的承受力沉重了不止几倍，站直的那条腿微微打战。

江淼抬眼，瞪着一双湿漉漉的眼睛，又气恼又委屈。

她抗议道：“已经很高了。”

纪队长淡声：“我才是标准。”

“你……”

男人一副公事公办的样子，说话冷冰冰的：“这里是部队，说话前要喊报告。”

江淼垂眸，闷闷地噘起小嘴，心里已将这恶劣的男人向公报私仇的坏人看齐了。

纪炎见人被自己惹恼了，尤其那张晒得通红的小脸鼓得仿佛能涨出血来，他点点头，心满意足地转身离开。

队伍最前方的江牧同看呆了的鹿白相视一望，满脸错愕。

一个铁骨铮铮的糙汉子，光天化日之下明目张胆地欺负人江淼，证据确凿，可以就地“击毙”。

结束一天的训练回到宿舍，江淼的脚后跟全是红肿的水泡，一碰就疼，跟针扎似的。她草草涂了些药膏，丝丝凉意浸入骨肉里，紧绷了一天的神经终于松懈下来。

梦里，有个头上长恶魔角的男人拿着皮鞭在身后抽打她，逼得她四处逃窜，一整晚都在不停狂奔。

第二日早上铃声响起，她硬撑着从床上爬起来，整个人都要散架了。

上午的训练稀里糊涂地结束，她跟随队伍来到食堂。

热血沸腾的军歌唱完，队伍一排一排进入食堂，江淼掉在最后，疲倦地推开透明门帘，人蒙头朝前冲，猛地撞到男人身上。

她踉跄着朝后退了两步，脚后跟的伤口撕扯开，缓缓流出浑浊的血水，疼得她鼻子一酸，剔透的泪花在眼眶里直转圈圈。

“没事吧？”纪队长开口，担忧地皱了皱眉。

江淼没说话，抬头看了他一眼，再看看他身边的江牧跟鹿白，摇了摇头，小手用力推开他，迅速同他擦肩而过。

纪炎条件反射地回头看了眼，江淼走路一瘸一拐的，动作极不自然。

“纪队。”鹿白轻声催促他。

男人回过神，带着“左右护法”大步走出食堂，可出门不到几十米，纪队长突然停下，原地静默了数秒，直到喉间滚出一串妥协似的叹息声。

他身子一转，撇下他俩径直返回食堂。

“纪队，你去哪儿？”鹿白在他身后喊。

江牧斜眼：“别喊了，你还有没有点眼力见儿了？”

鹿白耸耸肩：“那我们怎么办？”

“在这等着呗，你敢去看热闹，他还不分分钟卸了你胳膊。”

鹿白一琢磨，也对，老虎屁股还是不能随便摸的。

得嘞，原地罚站吧！

食堂里。

江淼端着餐盘寻了个偏僻的位置坐下。

后脚跟的刺痛感一阵阵往上涌，再加上天热难忍，她实在没什么胃口，舀了一小碗白粥，打了两个凉菜打算凑合一顿。

不远处的陆老师等候多时，终于寻到她娇小的身影，刚拐过几排长条餐桌想绕到她身边，谁知有人突然从他身侧穿过。

他停住步子，看着男人高大健壮的背影，眸底泛起阴鸷的冷光。

餐盘落地的声响极小，却把专心喝粥的江淼吓得一激灵。

她警惕地抬眼看去，映入眼帘的是纪队长那张万年冰寒的脸，她呼吸一紧，喝粥的勺子摔在碗里，“啪”的一声，刺耳尖锐。黏稠的粥水落到汗水淋漓的脸颊上，白浊点点，她笨拙地用手背擦了擦。

两人四目相对，她好不容易燃起的熊熊斗志被他那双极具穿透力的眼睛戳得四分五裂。

周围用餐的老师闻声看过来，尤其是围坐在一起的女老师们，细碎的议论声不绝于耳，明明隔得那么远，却仿佛在她耳边说话似的。

江淼一时坐立不安，她不喜欢被人注视的感觉，她只想当个没人关注的小透明。鬼知道昨晚她被女老师们轮番围剿时，费了多少口舌才勉强撇清跟纪炎的关系。

这下好了，说不认识肯定没人信了。

她瞄了眼沉默不语的男人，心里琢磨着，要不……逃吧，他好歹端着队长架子，总不能当这么多人面为难她一江淼吧。

可想法是好的，她甚至连移动路线都想清楚了，结果两手刚摸上盘子，起身前一秒，男人的手准确压住她的餐盘。

看着没使多大力，盘子却被死死钉在餐桌上。

她憋着气跟他抗争，脸都涨红了，满背都是汗。

最后，江淼气一落，水晶般澄亮的眼睛圆溜溜的，显然是动气了。

“你到底想干什么？”

纪炎松了手，抬了抬帽檐，阳光透过浓密的睫毛，在眼睑处画出一道完美的扇形。

他漫不经心地问：“脚受伤了为什么不去医务室？”

江淼愣了下，小声答：“我自己涂了药膏。”

“有效果吗？”

江淼没答，也不想搭理他，低头盯着他光秃秃的餐盘里仅有的大馒头发呆。

他瞧着江淼冷淡的态度，心里一团无名火直往上冒：“你现在跟我去医务室。”

江淼摇头：“我不去。”

男人失了耐心，眼神凛冽，语气生硬：“这是命令。”

江淼被吼得一愣愣的，眼底水光四溅，她死咬着下唇，执拗着不愿将自己脆弱的一面让他瞧见。细白的指尖抠抓着盘子边缘，声音蕴着浅浅哭腔："我就是不去，你有本事把我绑起来带走。"

纪炎微微阖眼，只觉得额角跳动的青筋快要冲破皮肤表层，头疼得厉害。

他看着江淼低眉顺眼的小可怜样，无声叹息。

妥协跟纵容之间的区别是什么，他已经分不清楚了。

"江淼。"他声音有点哑。

江淼慢吞吞地抬头，见男人将头上的帽子摘下来，平整地放在餐桌上。

他喉头一滚，憋了两日的困惑终是问出口。

"我怎么惹你了？"

江淼被问蒙了，躲闪的小眼神四处乱飞，根本不敢同他灼烫的目光相撞。

她不想回答，也不知该怎么回答。

难道被人委婉拒绝了一次不够，非得当面说"我对你没兴趣"之类的话，让她彻底死心才肯罢休吗？

男人见她半晌不搭话，鼻音一沉："嗯？"

江淼抬头，看着他茫然无措的模样就来气，好似无理取闹的人是她，他无辜又可怜，仿佛受了天大的冤枉。

江淼一琢磨，反正横竖都是死，还不如痛痛快快说个清楚，以后再见就是路人，从此老死不相往来。

她清清嗓子，幽幽怨怨地说："我之前给你发了那么多信息，你为什么一个字都不回我？"

纪炎足足愣了三秒，脑子彻底糊了："什么信息？"

"微信。"

纪炎沉默良久，低眼看着情绪失落的江淼，脑中那根细细的长线瞬间串起所有零散的思绪。

他倏地低笑出声，恍然大悟。

纪炎一笑，江淼更不爽了："你笑什么？"

纪队长也不正面回答，只从裤子口袋里掏出自己的手机，摆在桌上，推到她跟前。

江淼低头，一眼就认出这不是上次那个手机，因为那老旧的款式让她印象深刻，估计早就停产了。

她眨眨眼，一脸不解："这个是……"

纪炎不紧不慢地解释："还你车那天，手机被江牧弄坏了，这几天一直带队集训，前天才抽空出去买的新手机，你说的微信，我没下载，更没有打开过。"

江淼精神有些恍惚，仿佛号角在耳边吹响。她面上看似毫无波澜，心底却已炸开了锅。这什么意思？他只是换了手机没收到而已，并不是真心不想回她的信息。

这几日盘旋在头顶的阴霾，顷刻间一扫而空，她身在食堂心在云端，雨过天晴后，胸口似被灌了几吨重的晨曦蜜露，连呼吸都是醉人的甜腻。

她压了压躁动的气息，故作镇定地问："那如果你收到了，你会回吗？"

纪队长嘴角一勾，似笑非笑："不回是什么后果，我算是深有体会了。"

江淼紧抿嘴角，却掩饰不住泛滥成灾的笑意。

她慌张地用手捂住脸颊，不想被他一眼看穿那颗奔驰在田野深处，无处安放的小心脏。

见她终于露了笑颜，弯成小月牙的眸子清澈明亮，纪炎沉郁了两日的情绪得以重见光明。

"还生气吗？"

江淼嘴硬："本来……也没怎么……"

纪炎猛地站起身，居高临下地看她，轻声嘱咐："吃完饭自己去找医生上药，如果下午还这样，我就把你绑起来扔进医务室。"

他随手将圆滚滚的大馒头放在她餐盘里："馒头吃了，下午还有体能训练，别跑两步就饿晕过去。"

江淼细声顶嘴："我才不会……"

纪炎敲响桌子："听清楚没有？"

"知道了。"

江淼仰着小脸看他，鹦鹉学舌，有模有样："这是命令。"

等纪炎神清气爽地走出食堂，烈日下两男人早被热浪烤成了肉干。

鹿白口干舌燥，幽幽地问："纪队，你干吗去了？"

"没吃饱，加了个馒头。"

"一个馒头吃了二十分钟？"

江牧凑上来，意味深长地挑起眉："什么馒头这么够味？"

纪炎停步，斜眼看他，嘴角微勾，温柔一刀："我带你去食堂回味一下？"

江牧秒㞞："不用了，我吃得特别饱。"

纪炎收回视线，大步流星地离开，光是背影都能感受到他此刻的轻松愉悦。

鹿白慢悠悠地走到江牧身边，用手肘捅他的胳膊："纪队怎么奇奇怪怪的……"

江牧语重心长地拍拍他的肩："孩子，等你长大就懂了。"

鹿白奉上死亡凝视："找练是不是？"

"你等着瞧吧……咱消防大队最变态的魔鬼教头即将落马……"

江牧的目光延伸过去，用手比了个手枪，朝远处男人的身影瞄准。

"一枪命中靶心，砰。"

第八章 夜跑

吃过饭，江淼乖乖去医务室找医生上了药，虽谈不上效果显著，但行动起来舒适自如太多了。

下午的体能训练是一千五百米长跑，不分男女，同场竞技。

女老师们怨声载道，午后正是烈日暴晒的时辰，涂再厚的防晒霜皆是徒劳，一晒就黑，一黑就丑，女人爱美，自是遭不住这种折磨。

于是乎，刚起跑时还能勉强排成一条整齐的直线前行，跑不到两百米，女生们便已找各式各样的借口放弃，摔的摔，倒的倒，没过多久，她们便心满意足地到大榕树下乘凉。

跑道上，体能好的男老师一马当先冲到最前面，后面跟着三三两两的散跑人群，江淼作为场上仅存的女生，即使铆足了劲，依旧逃不了吊车尾的命运。

八百米是一个分水岭，男老师们纷纷下马，本是五十多人的队伍，最后仅剩下二十人。

江淼脚上的伤口被流淌的热汗一遍遍冲洗，似在伤口上撒了把滚烫的粗盐，每前进一步，尖锐的刺痛感便增加数倍。

可即便如此，她依旧没有想过要放弃，跑不动了就停下来走两步，休息够了咬牙继续跑。

台阶上的男人嘴角紧抿，眼睛隐在帽檐下，幽深的目光一路追随大口喘息的娇弱身影。

“纪队。”

听见有人叫他，男人侧目，见到江牧那张坏笑脸，他收回视线，保持定点追踪的姿势。

江牧顺着他的眼神看过去，千回百转的“哦”了声，小声问道：“我听鹿白说，我们队的江老师是吴老队长的外孙女，这事可真？”

纪炎头也不回：“嗯。”

江牧看着那个小小软软的身影，感叹道：“你说吴老那么严厉古板的人，没想到外孙女这么清纯温柔，也是少见。”

纪炎漫不经心地瞥他一眼：“你有什么想法？”

轻飘飘的一句话散在耳边，令江牧后背发凉，只觉阴风阵阵，当即就怂了：“不敢不敢，我哪有什么想法。”话毕还别过脸，小声叨叨了句，“就算吴老不在梦里掐死我，也得被你的铁砂掌活活拍死，我活腻了我……”

纪炎皱眉：“什么？”

“没，我准备准备，整队去了。”

这家伙向来神神叨叨，纪炎早已习惯，摆个手势，也就随他去了。

等视线聚焦点回到跑道上，江淼已经晃晃悠悠地冲破终点，喜获倒数第一。

他看着她一步一拐地挪到阴凉处，一屁股坐在地上，小脸红似清水洗过的番茄，两手托着小小的下巴，一个人笑得傻呵呵的。

男人看得有几分入神，不经意间跟她眼神相撞，他心头猛颤，装模作样地转身。

低头时，他的嘴角滑过一丝浅淡的笑意。

夏日的夜，月色如水，漫天繁星。

消防兵的宿舍区离操场不远，操场有什么动静，这里一目了然。

纪炎洗漱过后刚翻身上床，就听见操场上响起整齐的脚步声，亦近亦远，亦轻亦重。

他穿着简单的短衣短裤，站在走廊朝不远处探望，洁白的月光将绿油油的操场照得明亮，等身影穿过树缝间，他一眼瞧见某个行动迟缓的江淼。

他转身回房间拿了东西，马不停蹄往楼下赶，可人刚走到楼梯口，旁边的房间门打开，露出江牧那张欠扁的脸："纪队，这个点还夜跑呢？"

纪队长不慌不乱："一起？"

"别，我睡了，您老慢慢跑。"

男人没时间搭理他，疾步往楼下走，等楼道脚步声停了，江牧慢悠悠地倚着走廊，顺便对屋子里看热闹的鹿白勾了勾手指。

等鹿白茫然地走过来，伸头便瞧见纪队长小跑去操场的背影。

江牧啧啧感叹："不愧是纪队，把握时机的敏锐度令人惊叹。"

鹿白不解地摸摸头："他不会是得了夜游症吧？"

江牧连白眼都懒得翻："我说，你就没有嗅到一丝不寻常的气息？"

鹿白眼神上瞟："好像有，又好像没有。"

"来来来。"他霸气地用手勾住鹿白的脖子，将人搂到跟前，神秘一笑，"江老师给你免费上堂课，给你做一波全面准确的分析。我问你，我们跟了纪队四年，你觉得……他的女人缘怎么样？"

鹿白不假思索："那是相当好啊，就我知道的，随便数数都五六个了。"

"你再想想，朱政委的独生女微微，人一海归研究生，大长腿瓜子脸，绸缎般的齐腰长发，追纪队少说两年了，她每次出现，咱队长什么态度？"

鹿白想了想，不太确定地问："嗯，啊，哦？"

"对嘛，人家跟他说什么他都爱搭不理，你说连政委的面子都不给，何况是其他女人，但今天在食堂，你听见他说啥了没？"

"今天？"

鹿白努力回忆食堂的那一幕，纪队那句温柔的"你没事吧"给他雷得外焦里嫩。

“难不成……”

江牧回他一个肯定的眼神。

“我就说昨天纪队突然让我送什么解暑药，还义正词严地说是吴老的外孙女，我当时就觉得有猫儿腻，你说他那么冷血一人，哪会这么好心肠。”

江牧拍拍他的肩，对迟钝患者表示鼓励，倏地话锋一转，惋惜道：“早知道纪队好这口，我当初就该让我表妹整一双卡姿兰大眼睛，迷死他不偿命。”

空旷的操场，江淼拖着沉重的身子缓慢小跑，跑了两圈后，后背的衣服能拧出水来，扎好的丸子头散成卷曲的马尾，脸颊又红又烫。

她刚想去台阶处休息会儿，隐约瞧见一个高大的人影伫立在榕树下，站得笔直，一动不动。

江淼脸都吓白了，心想，难不成消防大队这么重的阳气还压不住那些沉冤的鬼魂，大晚上就这么飘来飘去的？

就在她还在犹豫要不要一鼓作气扭头就跑时，“鬼魂”朝她招招手：“江淼，过来。”

江淼呆在原地，确定熟悉的男声，胸腔一暖，踩着小碎步飞快晃到他跟前，停在两步之外。

“你在这里做什么？”江淼昂着头问。

纪炎朝前走了一步，月光下，能模糊地看见他的五官轮廓。

“这话该我问你，都熄灯了，为什么还在这？”

江淼垂眸，神色有些郁闷：“今天跑了最后一名，我不甘心，也睡不着，就想着出来跑跑步。”

纪队长笑了笑，忍住摸她头的冲动：“胜负欲还挺强。”

江淼小声回：“我好歹是外公的亲孙女，不能在他的地盘上，丢他老人家的脸吧。”

纪炎见她跑得一脸热汗，胸前不断起伏，低声问她：“热不热？”

江淼两手背在身后，缓缓摇头：“晚上的风吹着挺舒服的。”

纪炎低头，盯着她微微上抬的脚沉默了几秒，因为太疼，只有短暂脱离地面才能减少脚的承重力。

“都这样了还跑？”

江淼仰头看他，目光灼灼：“还可以忍受。”

纪队长沉沉叹了声，说不出是无奈多一点还是心疼多一点，圈住江淼细细的手腕将她拉到一旁的台阶坐下。

江淼还没弄清楚他想做什么，受伤的那只脚就被人抬起，径直放在他的腿上。

她一秒涨红了脸，好半会儿不敢正视他。

纪炎小心翼翼地撕开沾了血水的创可贴，江淼“咝”了声，疼得倒吸气。

纪炎抬头，见江淼眸子水亮湿润，死死咬着下唇，可怜又倔强。

他放软声线：“疼就告诉我。”

“不疼……”

纪炎轻轻一戳，江淼的眼泪都逼出来了：“轻点……”

纪队长低眸看她，眼角含笑：“还嘴硬吗？”

江淼这下不闹了，小手捂住嘴，谨防自己叫出声，让整个操场都是尖利刺耳的回音。

他从口袋里拿出新的防水创可贴，神色专注地给她贴上，末了还朝受伤的那处轻轻吹气。

江淼心头热热的，心里想什么，即便羞涩，仍是大胆地问出口：“纪炎，你为什么对我这么好？”

纪炎被问得一愣，抬起她的脚缓缓放回地上，然后，他看向被月光洒满的操场，眼神深不见底。

“我以前在吴老手下时，经常听他提起你，他说他家囡囡又温柔又听话，笑起来又甜，像只黏人的小奶猫。”说到这，纪炎侧目看向她，似笑非笑，“可等我见识了才知道，个子不高，脾气不小，哪有他说的那么乖……”

江淼被他盯得耳尖都红了，慢吞吞地说道：“我对其他人又不这样……”

纪炎挑眉：“我好欺负？”

江淼抿着嘴笑，嘚瑟地扬了扬下巴：“我有外公外婆撑腰，你惹我不开心，我就给外公托梦告状，让他来收拾你。”

纪队长被逗乐了，屈指敲她光洁的额：“还算个明白人。”

江淼甜滋滋地笑，随着他的目光望向绿草如茵的操场，两人就这么并肩坐着，没人说话，静逸且温馨。

半小时后，纪炎送她到宿舍楼下。

江淼道别后，依依不舍地往楼道走，可转身还没走两步，男人在身后叫住她。

“江淼。”

江淼回头：“啊。”

纪队长缓缓从兜里掏出新手机，别扭地开口：“微信，帮我装下。”

江淼咬紧下唇，憋回笑声，淡淡“哦”了声。

她几下安装好，打开微信登录界面，手机递给他。

纪队长思索密码浪费不少时间，试探着输了几个数字，瞬间登录成功。

江淼还没来得及说话，就听见男人的手机震动音跟蜂鸣似的持续震响。

男人眉头紧锁，看着小恐龙头像上红圈里不断叠加的数字发蒙。

“这是什么？”

江淼一下清醒过来，手忙脚乱地抢他的手机，男人敏捷躲过，她不依不饶地贴上去，脸一秒红到脖子根，绝望得都快哭了。

“你别看，一条都不许看……”

她越是着急抢，越是勾起男人的好奇心，他高出她那么多，即使不踮脚，伸长手依旧是她够不到的高度。

江淼急得像热锅上的蚂蚁，柔软的身子紧贴着他的胸，上蹦下跳。

男人侧身躲了几下，可她还是不管不顾地往他怀里凑。

夏天衣薄，滚烫的肌肤隔着衣服摩擦，纪队长下腹一热，一手狠厉地控住她细软的腰，将人按在胸口，动弹不得。

“别乱动。”他几乎是咬着牙说的。

江淼从他怀里支起头，盯着他喉间滚动的小小软骨，不自觉地咽了咽口水。

等人安静下来，纪炎也不管现在这个姿势究竟有多暧昧，低头看着红圈里的三个圆点发呆。

他当然不知道这是信息超过九十九条的标记。

等他点开，一大串长短不一的流水账唰唰往上滑，大段文字夹杂精致图片，图文并茂，看着是费了不少功夫。

“纪炎……”江淼眨巴眼，声音软绵绵的。

纪炎反应过来，慌忙松了手。

江淼直愣愣地站在他面前，逃也不是，躲也不是，两手缠绕在身后，像个做错事的孩子，紧张得来回拉扯。

时间不够，他只草草扫了几眼，再低头看站立不安的江淼，倏地想起她前两日对自己横眉瞪眼，幽幽怨怨的小模样。

他弯唇笑了下。

难怪。

纪炎轻声问：“这些都是你发的？”

江淼低头，小小的下巴都要戳进胸口了。

她想着，若老天能赏她一个瞬移技能，她愿意用一辈子不吃冰激凌来交换。

这实在是……

江淼硬着头皮道：“如果我说信息发错了，你会信吗？”

“你说呢？”

江淼肩一落，沮丧至极：“就是啊，你也不傻。”

纪队长盯着她低着的小脑袋看了片刻，突然拿起手机，单手在界面上按了几下。

江淼的手机紧跟着响了，她动作缓慢点开，发现置顶的对话框出现红红的“1”，她不解地抬头看他，再低头看内容。

她瞳孔无限睁大，眼珠子都要惊掉了。

“已阅。”

这不是小学老师批改作业时的专用语吗？

“就这样？”江淼仰头，表示不满。

纪队长微微勾唇，笑得几分狡黠：“等我全看完，再补个读后感。”

她不想活了，真心的。

第九章 吃醋

凌晨两点。

躺在床上的男人僵硬地翻了个身，手机屏幕泛起微弱的亮光，拇指滑动的力度很小，一点点，不舍似的往下拉。

恶补近三小时，终于将之前堆积的信息仔细地看了一遍。

他一手枕着头呆看着墨黑的天花板，窗外的月光倾注在他脸上，轮廓如雕刻般深邃，眼尾微微上扬，嘴角挂着淡淡笑意。

手机倏地振响，在宁静的深夜格外明晰。

他划开手机，显示微信有新消息，打开，信息来源于小恐龙头像。

“好。”

纪炎困惑：“？”

那头静了半分钟：“发错了。”

纪队长笑了笑，决定不戳穿她的小把戏：“还不睡？”

“睡不着，你不也是。”

话说到这儿，男人才认真看了眼时间。

凌晨两点，纪炎微微皱眉，十年如一日极度自律的男人，居然也会有熬夜的一天，稀奇到让人不敢相信。

他想了想，啪啪按键：“睡不着就数羊。”

“我们寝室有人打呼噜，耳塞都遮不住那震天响。”

纪炎抿嘴笑："别闹了，早点睡。"

"要不……你给我说个睡前故事……"

"小孩才要听故事。"

那头发了个气到掀桌子的动图，然后又可怜巴巴地飘过来："纪叔叔，外婆说了让你照顾我的，你不能说话不算数。"

"……"

纪炎被这声"叔叔"带来的强大的冲击力撞得头皮发涨，他忍不住揉了揉额角。

"想听什么？"

床上翻来滚去的江淼捂着手机差点尖叫出来，心脏跟疯癫似的上蹿下跳，一刻都不安宁。

"你当消防员这么多年，遇过最有趣的救援是什么？"

这问题倒是真把男人问倒了，好半天都陷在迷茫的回想中。

他沉默良久，那头以为他睡着了，发了个小猪疑惑的表情图，纪炎盯着那头欢快的小猪，灵机一闪。

"前两年的夏天，高速公路上货车司机请求救援，他载了一整车猪，气温太高，近两天暴晒，猪差不多全虚脱了，后来我们出警两辆消防车，不间断灌注半小时冷水给猪降温，最后全盘活。"

江淼稍稍脑补那个画面，一车白白胖胖的猪在清水洗涤下尽情摇摆身姿，她忍不住笑出声。

"好厉害，我替猪猪谢谢你。"

纪队长一脸问号："你替猪道谢？你跟它们很熟吗？"

江淼唇边的笑意骤然凝固，一股不知名的冷风吹得她周身发寒。

这男人神奇的脑回路，简直拉低了部队的平均智商。

"晚安！！！"

纪炎盯着那三个沉重的感叹号愣了半晌，反射弧出奇的慢，等反应过来他才苦闷地抓了抓后脑勺。

挺正常的对话，压根就不知道哪里又惹到江淼了。

唉。真是头疼。

枯燥的晨跑，机械化的训练，刚来时那点儿激情没几日便挥洒得干干净净。

所有人都在背地里埋怨夏令营的无聊，只有江淼一人乐在其中。

一天中最热的下午三点，地表温度接近四十摄氏度。

他们顶着烈日站了近半小时军姿，女老师们抱团以身体欠佳为由逃避训练，江淼这根独苗苗站在队伍最后一排，个子最矮，站得最直。

纪炎缓步穿过一排排整齐的队伍，故作不经意，在江淼跟前站定。

队伍最前方的鹿白跟江牧默契地交换一个眼神，你懂，我懂，大家懂。

江淼感觉到身前有一堵扎实的肉墙落地，但她依旧目不斜视地平视前方。

纪炎静了片刻，突然伸手抬高她的帽檐，露出江淼烧至滚烫的红脸，晶亮的汗珠顺着下巴一滴一滴砸落在纤细的锁骨处。

江淼偷偷瞄了眼，男人皮肤黢黑，胜在肤质尚可，刺眼阳光照耀下，像颗光滑如水的黑玛瑙。

他也不说话，目光深深，低头看她，浓长的睫毛一晃一晃，幽暗的瞳仁里，装满她小小的身影。

她呆滞地站在那儿，连呼吸都是僵硬的。

这时，纪炎冷不丁地抬手，手背轻轻碰她小腹处，嗓音严厉："小腹收紧。"

江淼条件反射地深吸一口气，可当人面又不敢大喘气，憋着憋着，脸都涨紫了。

男人低声笑："呼吸还用我教？"

江淼喉间呛了口气，咳得五脏六腑撕裂似的生疼，一双杏眼里盛满剔透的水光，抬头羞恼地瞪他。

纪炎无辜又尴尬，本是担心她站久了体力受不住，给她缓口气的机会，结果一不小心又给人惹生气了。

男人在心底叹息，顺手扶正她的帽檐：“帽子摆正。”

话毕，他装模作样地返回队伍前方。

鹿白跟江牧暗暗对视一眼，嘴角轻轻抖动。

这些个明目张胆秀恩爱喂狗粮的人，就应该全部绑在一起扔进太平洋里喂鱼。

休息时间，江淼独自一人去洗手间洗了把脸，转身时，恰好撞见一个身材高挑曼妙的女人身影。

她纳闷，消防队里怎么会出现这样的女人，相貌气质出众，一头黑亮的长发披散脑后，随风荡起涟漪。

等她回到队伍，训练继续进行，可没多久，她发现一身职业套装的高个女人扭着腰肢朝这边走来。

江牧发现来人，轻轻扯了扯纪队长的衣袖，不知说了什么，纪炎回头，那女人冲他温柔一笑，嘴角一对酒窝增添几分甜美。

然后，江淼就见男人一步步朝人走近，两人间隔了一人距离。

恰如其分的身高差，整洁制服配衬衣包臀裙，男糙女柔，一蓝一白，站在那就是一道风景线，仿佛天造地设的一对。

女人似乎在说话，说得很欢，漂亮的眼睛眯成一条细缝。

男人背对而立，她看不清他的脸，只知道女人突然伸手抚向他胸口，而男人居然没有第一时间躲开，长发女人脸颊泛红，笑得更欢了。

再后来，男人不知说了什么，转身快步返回队中，女人不舍似的原地多看了几眼，这才依依不舍地转身。

江淼眼皮垂落，胸腔里好似压了块沉重的石头，疯狂积压本就不顺畅的气流。

她心里窝着火没处发泄。

焦躁和不安环绕在心头，愈燃愈烈。

午休时，她接到自家母亲打来的电话。

听说她在参加集训夏令营，母亲劈头盖脸对她一通骂，江淼本就难受，这下又被莫名其妙说了一顿，开口的声音都哽咽了。

江母一听女儿哭腔，又温柔地哄了几句，最后才说到正事。

江父今天下午结束考察回家，半年没见，特别惦记她，想她早点回家，晚上一家人简简单单吃顿饭。

江淼没法拒绝，轻声答应。

挂断电话，她马不停蹄地去找教官，江牧在回寝室的路上被她堵到，她言简意赅地说清下午请假的原因。

江牧沉思片刻，告诉她岗亭有请假条，填写后交给纪队签字即可。

江淼歪头问他纪炎在哪里。

江牧指了指前方的大楼："二楼第三间是他专用的休息室，一般午休都在那儿。"

得到指令的江淼马不停蹄地往岗亭跑，顺利拿到请假条，填好请假原因，一刻不停地跑向江牧所指的大楼。

她一口气跑到底，等找到第三间房子，人已喘得上气不接下气。

门似乎没关严，她轻轻推开，屋内设施简单，书桌、小床、沙发，房间收拾得很干净，床上的豆腐块叠得整整齐齐。

除了，沙发上那抹妖娆的女人身影。

朱薇闻声头也不抬："你回来了。"

江淼整个人冻在原地，脑子一片空白。

低头看手机的女人见无人搭话，抬眼见到一身迷彩服，表情木讷的江淼。

她甜甜地笑了笑："江淼，找纪队长吗？"

江淼喉音哑了，喉头好似涌出一口滚烫的鲜血，毒辣，呛人，钻进血肉骨缝间啃噬她的经脉。

朱薇用哄小孩的口气说："他不在，你晚一点再来哦。"

江淼一秒都不想再逗留，僵硬转身时，撞上正往里走的男人，他胸口一如既往，坚硬如铁，额头撞上去，疼得她头皮仿佛裂开。

"江淼？"

纪队长扶稳晕乎乎的江淼，微微皱眉：“你怎么到这来了？”

江淼缓缓回身，看了眼沙发上坐姿慵懒、眼神带笑的女人，说不出是挑衅还是显摆。

她缓了缓呼吸，回头幽怨地剜他一眼，攥紧手里的请假条“啪”的一声用力拍在他胸口上。身子一低，一言不发地穿过他的胳膊，朝外狂奔。

纪炎低头看了眼她留下的请假条，再回头，江淼早已无影无踪。他转头看向屋内那个笑颜如花的女人，脸色沉下，一开口全是冰碴：“我以为我已经说得足够清楚了，你非要撕破脸才好看？”

朱薇一脸无辜：“你这是生哪门子气？”

纪队长一想到江淼走时微微发红的眼眶，一股压抑不住的怒火喷涌而出，他把帽子摘下放在书桌上，脸色已不能用难看来形容。

“相同的话，我说了无数遍，你要听不明白我可以再说一次，朱薇，我对你没兴趣，我们也不可能，你不要在我身上浪费时间了。”

朱薇起身，缓缓停在他跟前：“我要说不呢？”

纪炎声线冷淡：“这件事我不想惊动上面，如果你不想闹得太难看，还希望你自重。

“还有，这里是我的私人空间，请你以后不要再来了。”

话说到这，朱薇瞧着他冷冽的眉眼，突然间明白了什么：“怎么，怕我惹人误会？”

男人抿紧唇，没答话。

朱薇低头看他握在手心的请假条，再想起那江淼临走时受伤无助的小眼神，她有些难以置信，甚至觉得荒唐至极。

“纪炎，你不会真喜欢这种类型吧？小巧玲珑，软软糯糯，带回去直接当女儿养？”

纪炎低头看他，眼神坚定，语气生硬。

“当女儿养有什么不好？”男人低声，“她开心，我也乐意。”

回到家的江淼，整个人恍恍惚惚的，好似飘在虚幻的外太空，与现实完美隔绝开。

“淼淼！”江母怒吼。

江淼夹菜的手一抖，一双空洞的眸子缓慢挪向左侧：“啊？”

江母见她魂不守舍，更是气不打一处来：“你爸跟你说话呢，你怎么了？集训训傻了？”

江淼呆呆地眨眼，声音还未出口，江父抢先一步打圆场，笑眯眯地挥挥手：“别说了，大概是训练强度大，累着了。”

“就这事我还没说她呢，一声不吭就去参加什么集训夏令营，那地方是她这种江淼去的吗？一群五大三粗的糙汉子，动不动就光着膀子，简直败坏社会风气。”

江淼一听这话，无名火“噌”就上来了，脸颊绯红，气息急促。

“妈，外公当了一辈子消防员，为国家鞠躬尽瘁死而后已，他们工作有多辛苦你是清楚的，为什么要这样诋毁他们？”

江母当了几十年教导主任，哪能被自家闺女指着鼻子教训，她筷子一摔，瞪圆了眼：“你现在才多大，你知道什么？你外公这辈子是风光无限，荣誉加身，但你知道你外婆在背后默默承受和付出了多少吗？从小到大，他全身心放在部队里，家里大小事都是你外婆承担，甚至连我小时候的家长会也从未出现过。如果作为普通人，或许我会感激他对人民群众负责，但作为家人，我有权利指责他的不负责任跟冷漠。”

江淼眼圈红了：“你……”

她打小跟外公的关系特别好，这是她第一次从江母口中听到这些，她不愿相信，更不想毁掉外公在她心中伟岸光辉的形象。

说到这，话锋一转，她的目光扫向江淼：“还有，你说你都二十三岁了，怎么还这么不懂事？茉莉那丫头虽然疯疯癫癫，但好歹给你介绍了不少青年才俊，你左不搭理右不见面，你到底想干什么？”

江淼板着脸，硬邦邦地答：“我不喜欢，我就不见。”

“你喜欢什么样的？像你外公那样踩在女人肩膀上独享荣誉的？”

江淼快气哭了，嗓音嘶哑：“外公他很好很好，不许你这么说他！”

江父心疼女儿，见姑娘脸都憋红了，他轻叹了声，拍了拍江母的背，试图减缓她激动的情绪：“好了好了，不说这些，淼淼还小，你跟她说这些，她哪能想明白。”

江母越说越生气：“我就是怕她脑筋糊涂，被人骗了还不知道，傻乎乎地走她外婆的老路。”

江父侧目看着江淼，温和地笑：“淼淼，你也别跟你妈置气，爸这次回来，主要也是为了你。”

江淼一愣：“我？”

江父夹了个番茄大虾放她碗里，慢条斯理地把话说完：“你现在成年了，想独立住出去是好事，但在外租房，爸爸不放心，所以准备给你买套小公寓，这样我跟你妈也能安心一点。”

江淼想了想，小声拒绝：“不用，我自己会存钱买。”

江母斜着眼，毫不留情地说：“就你那点实习工资，付完房租生活都够呛，越大越爱逞能，成天活在幻境中，不切实际。”

江父揉了揉额头，有些无奈：“你这人怎么这么说话？孩子听了该多难受……”

“这就受不了？难听的话我还没说呢……”她看着江淼，言辞犀利，“江淼，你读大学回来就开始闹独立，我耐着性子随你开心，但是相亲结婚这件事，在我这没得商量。戴校长家的独子刚从美国回来，法律系博士，模样清秀，斯文儒雅。戴校长跟我提过几次，我已经答应下周二见面了，你愿不愿意都必须吃这顿饭。”

江淼硬着嗓子拒绝道：“我不去。”

江母桌子一拍：“你不去也得去！”

“你好好说，别吓着淼淼了。”江父试图平息战乱。

“不用说了，我明白了。”江淼放下筷子，径直起身，垂眸，泪珠在眼圈里打转，“今天这顿饭，爸爸不是主角，我才是，这就是一顿彻头彻尾的鸿门宴。”

她抬眼，清透的水珠从眼眶涌出来，划出一条条湿亮的水痕：

“爸爸你是地质学家，妈妈是教导主任，你们都是崇高职业的典范。但……你在指责外公对家庭不负责任时，你有没有想过我从小的处境？读书时的家长会，我的位置永远都是空的，因为爸爸常年不在家，老师会把我的学习情况直接汇报给你，所以，不需要家长。我考年级第一是理所当然，偶尔一两次发挥失常，你当着那么多同学面劈头盖脸地骂我，我不能反驳，也不能解释，因为我是你的女儿，我为你争取荣誉是应该的。

“你们从没有在乎过我是不是真的开心，我想要什么，我喜欢什么，只要我听话，像个木偶一样让你们摆布就好，我不配有自己的思想，也不配反抗。”

江父看了眼沉默的江母，再看向自家女儿，心疼得不行：“淼淼……爸妈不是那个意思……”

江淼冷静地擦干净眼泪，笑了声：“太晚了，我要回消防队报到了，你们慢慢吃吧。”

话说完，她转身到玄关换好鞋，头也不回地出了门。

室外不知何时下了场过路雨，地面湿漉漉的，蒸腾的水汽漂浮在半空中，热得跟蒸笼似的，走几步便是一身汗。

她回到消防大队时，已过晚上八点，她不想回寝室，径直走向操场。

夜晚的跑道，闷热的潮湿中透着一股浅淡的清凉，人跑得越快，越是身轻如燕，脚底生风。

经过一棵硕大的榕树时，一个黑漆漆的人影倏地窜出来，江淼减缓速度，本以为是纪炎，心底深处还为下午的事郁郁寡欢，想着怎么都不搭理他。

结果男人一开口，嗓音细柔：“江老师。”

江淼停下来，声音很耳熟，但一时间又对不上号，直到那个干瘦的人影慢慢朝她走进，停在她跟前，身子背着月光，朝她露齿一笑，让她莫名觉得瘆得慌。

江淼下意识地退了步，保持安全距离：“陆老师，你怎么在这儿？”

他向前一步，笑着说：“下午见你不在，以为你出了什么事，想给你发信息又怕打扰到你，没想到在这里遇上了。”

“哦。”

江淼觉得他的微笑在夜里格外阴冷，说不出的怪异，不动声色地又退一步：“你有什么事吗？”

“没什么，只是关心一下。”

“那……谢谢你了。”

他眸底冷光闪烁，呼吸突然急促起来，忽然拽住她的手腕：“谢什么？我对你好不是应该的吗？”

男人手心如死人般冰冷，她心头猛颤：“你……你先放手……”

“为什么躲我？我到底哪里不如他了？”

江淼听不懂他的话，他拽得越来越紧，像要把她的手给捏碎了。

“你说谁？”

男人面露讥讽的笑：“装什么？当人面恨不得扑上去，现在跟我装纯洁，江老师，你不能这么区别对待的……”

江淼惊恐地瞪大眼，人蒙了几秒，平时斯文内敛的陆老师仿佛换了一个人，说话做事都跟中了邪一样。

她使了吃奶的力气挣脱他：“你放开我，你放手。”

两人僵持不下，直到江淼意识过来要大声呼救时，低沉急促的男声在身后响起。

“江淼。”

听见动静的陆老师不悦地皱紧眉，猛地甩开她的手。

纪炎疾步走过来，人高马大的他挡在两人中间，江淼被他护在身后，他居高临下瞪着身材干瘪的男人，话语间隐着火。

“这里是消防大队，你是真不想走出这里了吗？”

陆老师瞬间恢复以往温柔似水的调调，笑眯眯地说：“纪队长误会了，我就是跟江老师闹着玩的，过火了点，实在不好意思。”

“我有眼睛能看到，不瞎。”他音声冷峻，一字一句压着怒火，

“我不管你脑子里现在歪想些什么，我劝你趁早抹干净了，如果哪天真落在我手上，我保不准你还有没有命去蹲监狱。”

“纪队长的良言忠告，我记住了。”他挑衅似的活动了几下手腕，装模作样地道歉，“江老师，刚才失礼了，我向你道歉。”

话毕，他转身走了。

纪炎身后的江淼低着头，仍处在巨大的恐惧中，两手紧紧拽住男人的衣服下摆，一点一点找回安全感，僵硬的身体逐渐复苏。

纪炎回身，两手扶着她冰凉的肩膀，低头探去，声线放轻：“吓到了吗？”

江淼没答话，被吓得说不出话来了。

“这个人不太对劲，你以后离他远点，尽量不要独处，听见了没？”

江淼顺从地点头，可沉默了几秒，她又一脸别扭地推开他：“我的事不要你管。”

她转身朝前走，纪炎先一步挡在她面前，他身子又高又壮，浑身硬得像块石头，她推不动，又躲不开，走哪儿跟哪儿，困住她的去路。

江淼抬头看他，一见他这张脸就想起下午休息室里的那一幕，女人妖娆自在地坐在沙发上，笑容甜蜜，一副宣示主权的样子。

她今天本是回家团聚，结果莫名其妙跟爸妈大吵一架散场。心里委屈无处发泄，谁知跑个步还能遇上奇怪的男人，要不是他及时出现，她现在说不定已经遭遇不测了。

她都已经倒霉成这样，他还有心思像逗宠物似的逗弄她，挡着去路不准她走。

江淼越想越委屈，越想越难过。

嘴一噘，她憋着呼之欲出的泪意：“你让开。”

纪炎岿然不动，江淼气鼓鼓地瞪他一眼，也不知哪根神经不对付了，柔软的小拳头一下接一下锤打他硬邦邦的胸口。

他没躲，甚至连遮挡的动作都没有，像个人形沙袋，任她宣泄压抑许久的情绪。

江淼使了吃奶的力气，可落在男人身上跟轻飘飘的雨滴似的，莫名生出一种撒娇的错觉。

他胸口那根肋骨突出，她一拳打上去，弯曲的手指都快撞散架了，十指连心的痛感钻进骨缝里，她吸了吸鼻子，一下没忍住，“哇”的一声哭出来。

泪水跟决堤似的往下掉，没多久便打湿整张小脸，她一边哭一边擦，越擦眼泪越多，手背一抹，全是温烫的水珠。

纪队长低头看着哭得梨花带雨的江淼，一时间手足无措，哄人的事，他是真不擅长啊。

几秒后，他动作僵硬地用指尖给她抹眼泪，她不配合地躲开，他呆愣在原地，心里又急又躁。

江淼抽泣着吸鼻子，转身就要走，男人心急地拽住她的手，将人扯回跟前。

他尽可能用温柔的语气说：“心里不舒坦，你再多打几下，不要哭了……”

这一哭不要紧，纪队长的心碎成饺子馅，这滋味着实不好受，像是往胸口捅了把刀子似的。

他像哄小孩一样：“不哭了，你听话好不好？”

她嗓音蕴着哭腔，泪眼蒙眬：“不好。”

纪队长无奈地低叹了声，垂眸盯着她满脸的泪痕，心头一荡，突然倾身将她抱进怀里。他胸膛烫得惊人，小脸贴近，一秒染上红晕。

江淼身子僵直，别说是哭泣，这下连呼吸都停止了。

然后，纪队长微沉的嗓音在头顶缓缓响起。

“这样，会不会好一点？”

第十章 闭眼

江淼愣了几秒，似被一阵风拍醒了，她猛地挣开他，退了两步勉强站稳，眼红红地瞪他，义正词严地控诉。

“你这人怎么这样？有女朋友了就应该跟其他女生保持距离！”

纪队长听得稀里糊涂，眉头皱紧：“我哪来的女朋友？”

江淼一听他否认，气得火冒三丈：“下午我全看见了，你别想否认。”

纪队长向前一步，遮挡住身后如水般纯净的月光，低眸看她，沉声问：“她告诉你的？说是我女朋友？”

江淼一下哑了声，她左思右想，那女人虽然和他举止亲密，但似乎也没亲口承认过跟他的关系，可就当时那暧昧的气氛，引起人误会也不奇怪吧。

纪队长见她低着头不说话，鼻头红亮，唇瓣嫣红湿润，赌气似的咬住下唇。

“我单身，没女朋友。”纪队长慢条斯理地解释，“你今天见到的是我们政委的女儿，她对我有没有心思我不好说，但我对她绝对是纯洁的战友情，别无二心。”

江淼不咸不淡地“哦”了声，外表假装不在意，只是那闪烁的眼神到处乱瞟，拼命掩饰心头狂喜。

她悄悄地瞄他一眼，又心慌地移开视线，漫不经心地问："你为什么要跟我解释？"

纪队长勾唇笑："那你为什么生气？"

江淼脸红红的，反驳道："我哪有！"

男人也不计较她的口是心非，抬手理了理她稍显凌乱的发，灵活地转换话题："还跑步吗？"

江淼想了想，摇头。

"那我送你回寝室？"

江淼低低"嗯"了声，小步跟在男人身后，在他瞧不见的地方，一蹦一跳的，像只欢快的兔子，心情好得不一般。

仿佛从无底深渊一秒跃上软绵的云端，每一步都弥漫着不真实的错觉。

回去的路上，两人默契地保持沉默。

呼吸一粗一柔，脚步一重一轻，月光下高低不一的两个人影时不时重叠，完美融为一体。

他腿长走得快，她偶尔加快步子追上，闷头撞上他的背，纪队长无奈地笑，圈紧江淼的手腕将人拉到身边，忘了松手，就这么牵着走了几十米。

江淼低头盯着男人宽厚的大掌发呆，视线延伸，粗壮的小臂隐隐发力，流畅的线条瞬间绷紧，隆起结实的硬块。

见人魂不守舍的，纪队长问她："怎么？"

江淼也不说话，轻轻晃了下被他拽紧的小手，抬头看他，双眸明澈灵动。

"抱歉。"

纪队长慌忙松手，尬到头皮发麻。

"情不自禁"这词，简直是为他量身定做的。

两人又走了一会儿，越沉默越是尴尬，纪队长察觉到了，只能硬着头皮没话找话。

"下午请假回家了？"

"嗯。"江淼目光暗下去，轻轻点头，"我爸回来了。"

他面色沉静，语调平和，像个知心大哥哥："有时间多陪陪父母，他们这个年纪，比我们更需要陪伴。"

江淼听到这，忽地停下步子，纪炎低头看她，眼神不解。

她侧过身，同他面对面站直，抬眸看他，水灵灵的眸底散着奇异的微光，徐徐流淌，她咬了咬唇，结结巴巴的开口："我妈……她逼我相亲了……"

纪队长的心空了一秒，他看着那双充满期待跟忐忑的眸子，嘴角下抿，笑容苦涩："也挺好。"

江淼不死心地追问："你想我去吗？"

纪队长避开她过于炙热的眼神，笑言："我说不想，你就不去了？"

江淼心气一落，有些失望："这是态度问题，你不端正。"

纪队长深黑的目光盯着她，沉默不语，她耐心等了好一会儿，明白等不到自己想要的答案了。

谁知刚一转身，纪队长从身后拽住她的手腕。

"江淼。"

他声线很低，一字一音符，沉重地敲进她的心底。

"如果，我是说如果，你现在想后悔的话，还可以喊停。"

她慢慢回身，抬头直视男人的眼睛，明明矮他那么多，但气势上却丝毫不逊于他："你知道一个男人的冷静，可以毁掉一个人的心吗？"

纪队长被她严肃的模样逗乐了，他说："我不够冷静，因为，我更想听到你否定的回答。"

"不想。"

江淼字正腔圆地给出答案："我生性软弱，但唯独不会后悔。"

纪炎抿唇笑，世界都明亮了。

"走吧，送你回去。"

后来的路程，两人一路闲聊，当然大多时间都是江淼说得眉飞色舞，男人在一旁轻声附和，时不时护着不看路的江淼，恐她跌倒。

于是乎，一个一米八几的糙汉子，短短一会儿时间，已熟练掌握“带女儿”的专业窍门，一哄一个准。

到了她宿舍楼下，江淼恋恋不舍地看着他，那含情脉脉的小眼神，只差拽着他的手撒娇了。

“晚上能发微信吗？”

“可以，但不能熬夜。”

“嗯。”

江淼闷闷不乐地回身，倏地又转回来，暗淡无光的眼睛一下亮了，“纪炎，我小时候每次考第一名，外公都会满足我一个愿望。三天后的长跑比赛，如果我跻身前三，你要代替外公，带我去游乐园玩。”

纪队长一听“游乐园”三个字头就发晕，他一人高马大的男人带着个娇软的姑娘去游乐园转悠，乍一看还真有几分亲密父女档的架势，这算什么事啊？

男人摸摸头，思索该如何拒绝，结果那个“我”字刚刚出口。

江淼脸一垮，委屈巴巴：“你要拒绝我？”

纪炎长叹了声，他着实抵不过那极具穿透力的眼神攻势，遥想当年喵喵还在他身边时，总会用那双水光粼粼的眼睛轻松击垮他的心底防线。

“行吧。”某人一秒妥协。

江淼咧嘴笑得特别欢，心想这一晚还真是丰富多彩，又哭又闹又笑，像个精神病似的，心情也跟过山车一样，一浪高过一浪。

她抬头看着男人英气逼人的脸，微微失神。

人跟人之间的磁场真的很神奇，有些人出现，是拉着你一同成长，例如茉莉；而有些人的出现，却能让你对自己有全新的认知。

她，江淼，过去的二十三年都像是活在象牙塔里，不悲不喜，谈不上多无聊，但的确少了些许期盼跟乐趣。

但在遇上他后，她才发觉，原来她的人生不只是简单乏味的一二三，还会有无数未知。

这让她对未来，充满了期待。

江淼眼眶发热，胸腔内震动有声，人不自觉地朝他靠近，男人没动，直到她径直停在他跟前。

她小声："你闭眼。"

纪队一头雾水："嗯？"

她嘴角隐着笑，有耐心地重复一遍，声线轻飘飘的："闭上眼睛。"

他不知道江淼想干吗，斟酌几秒，到底还是遂了她的意，听话地闭眼。

江淼不断深呼吸，心脏快要跳出喉咙的那一瞬，她鼓足勇气踮起脚，原计划是飞速在他嘴唇上小啄一下就跑。谁知踮着脚才勉强够着他下巴，男人敏锐地察觉到灼热气息的靠近，睁开眼。

于是乎，江淼羞答答嘟起小嘴的模样一览无余。

江淼一脸错愕地眨着眼。

男人面色僵白不敢动。

僵持几秒后，窘到快要钻地缝的江淼索性脖子一横，死就死吧，不管了。

"吧唧"一声，声响清脆。

还不等纪炎细细回味，江淼以百米冲刺速度跑向宿舍楼道，也不知是不是连滚带爬闹出的动静太大，总之她一消失在楼道，一至六楼的声控灯骤然全亮。

纪炎呆愣地看着楼道穿梭的小黑影，指尖缓缓滑到落了吻的下颚处，回想着那温热软绵的触感，低眸一笑，有几分憨。

第十一章 甜蜜

凌晨一点，伴着警笛的一阵长鸣，陷入沉睡中的人全惊醒过来，窸窸窣窣的脚步声响彻宿舍区域。

江淼迷迷糊糊翻身，揉着眼睛从身侧摸出手机，瞄了眼时间，再点开微信。

她十二点发的消息，男人并没有回复。

这时，外出打听的女老师回来了。

“好像出警了。”

另一老师问：“哪儿着火了吗？”

“不清楚，不过看着阵仗挺大的，消防车全开出去了。”

隔壁铺的女老师摇着头叹息道：“消防员真可怜，睡觉都睡不安宁。”

灯再一次熄灭，屋内的议论声渐渐消失。

从警笛长鸣到鸦雀无声，全程不超过十五分钟。

江淼紧张的两手握紧手机，心里七上八下，片刻后，她忐忑地发去信息：“你出警了吗？”

那头一如既往的安静，等着等着，她又昏沉沉地睡了过去。

翌日的训练明显松懈不少，消防队里去了大半消防员，纪炎跟江牧都不见了，瘦弱白净的鹿白只好顶上教官重责，督促他们完成训练内容。

休息时间，江淼小步凑近在树阴下歇息的鹿白。

想了老半天，没想好怎么问："那个……"

鹿白露出洁白的牙齿："江老师想打听纪队的事吗？"

一秒被人戳破心思，江淼脸红了红，索性不扭捏了："纪炎出警了吗？"

"嗯。"鹿白皱了皱眉，表情严肃起来，"今日凌晨，庆华县发生一起特大山体滑坡灾害，约二十五幢房屋被掩埋，现死伤未知。"

江淼心灰蒙蒙的："会有危险吗？"

"一旦出警，无论事故大小，都不存在零风险，尤其这种特大自然灾害，不确定因素太多，只能说，自求多福。"

鹿白说到正事向来都是一本正经，却不想几句掏心窝子的大实话成功吓白了江淼的脸。

江淼浑身僵硬，仿佛被冰冻住，满脑子都是男人被泥沙掩埋在山底的惨烈景象，心揪得越来越紧，脸色惨白如雪。

鹿白一见这架势，赶紧设法补救："也……也不需要太过担心，纪队身经百战，还有江牧陪着，大概率是不会出事的。"

江淼缓了口气，一脸诚挚地问："真的吗？"

鹿白虚假地笑："当然。"

"那他什么时候能回来？"

鹿白摇摇头："这个不清楚，怎么也得十天半个月吧。"

江淼表示理解，转身时，情绪略显低落。

两天后的长跑竞赛，想来是等不到他亲自为她加油了。

后面的训练照常进行，直至夏令营结束，那晚出警的人一个都没回来。

江淼回到家时，已过晚饭时间，她累得整个人要散架了，翻箱倒柜搜罗出一碗泡面来。

三分钟后，她小口吸着香气四溢的泡面，随手点开电视，新闻正在报道庆华县山体滑坡灾害营救现状。

十死八伤，失踪十人，另有四名消防员受重伤，已紧急送往医院治疗。

江淼的心一下提到嗓子眼儿，哆哆嗦嗦地翻出手机，她跟纪炎的聊天界面还停留在她长跑竞赛第二名的照片上。从出警那晚至今，他杳无音信，连个信息都没有。

江淼闷闷地想，难道忙得连发个信息的时间都没有吗？她要的也不多，他能报个平安就好，这样也不可以？越想头越大，猛灌了一瓶冰水后，给茉莉打去电话。

那头正和一群败家的富二代吃饭，一见是她电话，忙走到包厢的小阳台接听。

“你什么情况？我打那么多电话都不接，你妈都快把我电话打爆了，姐姐。”

江淼并没什么心情跟她讨论关于自己妈妈的问题，没头没脑地说了句：“茉莉，我好怕他会出事。”

茉莉听蒙了：“谁？”

接下来的十分钟，江淼噼里啪啦说了一堆这段时间她跟纪炎发生的事，茉莉越听感觉越不对劲，连忙打断她的话：“不是，我说江淼，你就为了这么个男人，跟你妈瞎闹一通？”

江淼一秒上火：“他哪里不好了？”

“一把年纪骗江淼玩暧昧，占完便宜消失不见人，没担当没责任心，收入少不说，陪你的时间几乎没有，这种男人你不甩了还准备留着过年？”

江淼愣了两秒，很小声地反驳她：“是我占他便宜……”

茉莉没控制住情绪，怒现狮子吼：“你差不多行了啊，就当是一段露水情缘，他要不出现你也别去找他了，时间一长，什么感情都会淡。

“再说了，我这有一大堆优质男随你挑呢，实在不行你妈那还有备选，那个什么校长的儿子，不是说留学博士吗，跟你这书呆子简直是绝配，以后你弹琴来他画画，岂不妙哉？”

江淼：“……”

“淼淼？”

“嘟——”

入秋后，学校开学了。

学期刚开始事情特别多，江淼忙得焦头烂额，休产假的班主任还没回来，她是又当爹又当妈，每天把自己折腾到筋疲力尽，但仍不忘准时准点收看新闻。

这次山体滑坡灾害确实严重，加上连日大雨又引发数次泥石流，一波未平一波又起，给搜救工作造成极大困难。

江淼看着不断上升的死亡率跟失踪率，心像挂在悬崖峭壁边上，向前一步便是无底深渊。

他去了半个月，她也跟着担心了半个月，没睡过一个安稳觉。

深夜，满身泥泞的搜救队伍在附近山村寻了座空置的小屋子住下。

连续十几天的高强度工作，江牧身体已快达到极限，硬挺着一口气强撑着。

搜救队员几乎倒头就睡，纪炎背靠着潮湿的草堆，褐色黏土糊了整张脸，只留下一双漆黑的眸子，看着天空那轮明月发呆。

江牧挪着疼痛不已的身子凑过来，戏谑地笑：“纪队，想哪个姑娘呢？”

纪炎不愿搭理他，斜眼扫过去，警告意味明显。

江牧装眼瞎，完全放不下调侃他的机会：“话说你这次出来这么久，跟江老师联系了吗？”

纪炎摸了摸脸上已然凝固的泥土，轻叹了声：“走得太急，忘带手机。”

江牧一脸黑线，这事儿竟然也能忘？

要是他能哄着个江淼似的姑娘，恨不能每分每秒跟她黏在一起，缠缠绵绵不撒手。况且这一走大半个月，回去的时间还没准，鬼知道到时候人家还在不在。这年头，狼多肉少的，一秒没盯住就被其他饿狼给叼走了。

“要不你用我手机拨一个，好歹给人报个平安。”

纪炎摆手拒绝：“救援第一，其他事回去再说。”

江牧敬佩地竖起大拇指，到底是长得好看不愁找不着媳妇。得到了不珍惜，作死了没人同情。

纪炎瞧着那轮弯弯的新月，小而精致的弯曲弧度，像极了江淼微笑时，大眼睛眯成的月牙。

想她吗？

怎么不想。

只是，在恶劣复杂的现实环境中，都不知道明天会有什么意外发生，所以，他不愿给她留下一些虚无缥缈的念想。

如果真不幸殉职了，他也不想见她为自己伤心难过。

怕她哭，一哭他就心软。

开学一周后，繁杂的前期工作尘埃落定，江淼终于能按时下班了。

放学铃响起，李宸迈着欢快的步子过来找她，两人手挽手出门时，恰好撞见准备入内的陆老师。

江淼一见他虚伪的笑就倍感恐惧，下意识退后一步，李宸觉得晦气，手跟赶苍蝇一样挥动了几下，语气不善：“好狗不挡道。”

陆老师温和地赔笑，身子侧到另一边给她们让路。

李宸嫌恶地看他一眼，拉着江淼飞速走开，嘴里念叨着：“那眼神太恶心了，多看一眼都会折寿。”

以往她说这话时，江淼都会友善地帮陆老师说两句好话，可自从那晚后，她谨遵纪炎的叮嘱，尽可能避免跟陆榅独处，平时除了教学上的事，几乎不会主动跟他交流。

她善良心软，但人不傻。避开一切善的假象，这是自我保护的本能。

入了秋，天凉不少，江淼穿着长袖衬衣背带裤和经典小白鞋，典型的乖乖女穿搭，她头发长了不少，松松地披在脑后，集训时晒黑的脸慢慢恢复往日的白净，皮肤娇嫩，吹弹可破。

刚出校园门，李宸强拉着江淼陪她吃饭，江淼还在苦想冥思拒绝的理由。

“江淼。”身后突然出现的男声，低沉厚重，宛如隔世。

李宸跟江淼同时回头，就见不远处的黑色吉普车上下来一个高大强壮的男人，穿着深咖色夹克，黑色长裤，目光深邃冷厉，寸头似许久没剃，乱糟糟地长在头上，下巴胡楂疯长，围了一圈青色。

极致的颓废美中透着几分硬汉的粗犷，同以往干净利落的形象大相径庭。

江淼完全蒙了，傻呆呆地看着他，以为自己出现了幻觉。

身侧的李宸刚开始还没认出男人，盯着人家左看右看，终于看出端倪，她一脸坏笑地捏捏江淼的细腰。

“看不出来啊淼淼，原来你还藏了这么一手，闷声发大财。”

江淼没反应过来，看着男人朝她一步步走近，直到停在她跟前，高了她至少一个头，他低眸看她，眼底满是她看不透的柔光。

江淼如木头人一般站着，李宸向来懂进退知分寸，跟男人友好地打了个招呼，笑着走远了。

放学期间，成群结队的小学生们从他们身边穿过，露出一张张疑惑好奇的脸。

唯恐引人关注，纪炎硬拽着江淼的手腕将人拉到车前。

她还是懵懂的样子，男人低头瞧了好一会儿，粗粝的指尖碰了碰她柔滑的脸蛋，声音带笑：“不认识我了？”

江淼一口气涌上心头，抬眼看着他温柔如水的眼神，建设了好几天的心理防线一秒碎成渣渣。

这些天，他在前线参与救援，而她的心也在水深火热中，每天都在生气跟担忧中来回穿梭，既生气他的音讯全无，又担心他的生命安危。

半晌，江淼猛地在他胸口捶了下，力度不重，但男人捂着胸口轻轻抽气：“嗞……”

江淼慌了神：“弄疼了？”

“没。”男人很快调整好情绪，宽厚的手心轻轻压在她头上，像抚摸小奶猫那般轻声哄她说，“生我气了？”

江淼也不否认，直率点头：“嗯。”

他声线低沉，解释道：“手机忘带了，不知道会去这么久，以后我会注意。”

江淼别过眼：“哦。”

纪队长觉得她发脾气的小模样可爱到犯规，身子弓下去，平视她的眼睛：“长跑跑了第二名，这么厉害，明天休假，带你出去玩？”

“不去。”

纪炎耐心地哄：“不解气的话，让你多打几下？”

江淼冷脸：“不要。”

“肚子饿不饿？带你去吃东西。”

她一字一句道：“不、吃。”

熙熙攘攘的人群散去，校门口的人差不多都走光了。

两人僵持了片刻，男人轻叹一声，猛地拉开车门，也不管江淼是不是还在气头上，一把横抱起放进副驾驶位上。

上了车的江淼依旧冷鼻子冷眼的，总觉得自己要是这么快就被他哄好了，以后还有什么威信可言。

车子飞快驶离校门口，天色也彻底暗下来，车慢慢拐进一个小巷子，安安静静停在路边。

她还在疑惑为什么停在这里，就见男人“啪嗒”一下锁了车门。

仪表盘散出的幽暗光泽将他的五官轮廓模糊的映照出来。

他侧头看她，眼睛又黑又亮，嘴角微勾，嗓音充满诱惑：“淼淼，过来。”

江淼用力拽紧安全带，眼巴巴地盯着他的青色胡楂，精神有些恍惚。

纪炎很耐心地等她，不催促，不多言，眼底全是话，一浪比一浪柔软，似温烫的清水浸泡着她细腻的肌肤，江淼脸颊微微泛起娇红。

她喘了口气，倏地手一松，轻手轻脚地爬过间隔区，男人友好地伸出手，掐着她的腰轻轻一揽，人就落进他怀里。

夹克质地微凉，触碰使她身子轻颤，可再凑近点，他胸腔烫人的热度如火炙般蔓延至她身体里，江淼贪念这片温热，胳膊缠在他颈后，亲密地搂紧他的脖子。

偏僻的小巷，天一黑，人烟稀少。

车外秋风凉爽，阵阵清风卷起地上的落叶欢快地转圈，车内气氛火热，静谧无声，唯能听见两人一轻一沉的呼吸声。

江淼低头看他，他凌厉的眉眼多了几分暖意，江淼大胆地伸出手，指腹在他下颚边缘轻轻滑动。

茂密的胡楂，扎得人手上心头刺刺的，触感奇特。

江淼娇声软语："都这么长了，也不知道修理一下。"

男人握住她作怪的小手，放在唇边，吻了下她的掌心。

仅一秒，那热度烧的她手心都要融化了。

纪炎抬头看她，沉声解释："下午刚回消防队，怕耽误你放学，就胡乱冲了个澡，没时间整理这些。"

江淼盯着他疲惫的双眼，眼球布满深红的血丝，想来也是没休息好，心疼地问："你有没有受伤？"

"没。"

江淼停了一秒，说："我不信，我要检查。"

他一本正经地答道："可以，但不能在这儿脱。"

江淼瞪圆了眼，估计没想到像他这样的男人居然也会这样耍流氓。

她的视线从他下颚径直往下，瞥到他健壮胸肌撑起的薄薄的衣料。

江淼不自觉地咽了咽口水，男人顺着她的眼神看去，再看江淼口干舌燥，眼神发直的模样，他勾起唇，低低地笑："真想看？"

某人移开视线，心口不一的否认："不是……"

下一瞬，颤抖的小爪被男人抓住，撩开碍事的外套，男人猛地将江淼掌心贴紧他的胸，胸腔里强劲的心跳声透过肌肤穿至她心底，她的呼吸越来越热。

她失神地看着他，也不知体内哪根敏感的神经被撩燃了，她低头，在他鼻尖上印下一吻。

亲完她就后悔了，脸颊一红，挣脱着想逃回副驾驶座。

纪炎长臂重重揽过她的腰，控住她无处可逃。

他声音慵懒：“又想跑？”

纪炎的手滑到她唇边，拇指暧昧的轻抚她柔嫩的唇瓣，目光幽深：“淼淼，想不想……试试？”

她的呼吸收紧，脑子里乱糟糟的，闹成一团，没想好怎么回答。

腰间的手臂忽地一紧，男人的手转而移到她后颈，微微控住她的头，男人挪动身子调整姿势，低头，深深地看她几秒，温柔地吻上去。

他的唇很热，软得像泡在热水中将要融化的果冻。

纪炎吻技虽生疏，但耐心十足，不紧不慢地试探着，舌头舔过她的下唇，唇边的胡楂细细磨蹭她的嘴角，带来微微刺痛。

纪炎蹭了蹭她的鼻尖，一脸真挚的歉意：“第一次不太会，以后勤加练习。”

江淼抿嘴，没控制住笑出声来。

不知道他是不是对“不太会”三个字有什么误解，刚才被人亲到差点灵魂出窍的她，才是真真切切的小白一个吧。

纪炎贴心地为她整理好衣服，江淼乖乖享受事后服务，然后，肚子不合时宜地发出一声巨大的声响。

她捂着饿扁的肚皮，尴尬得不知如何是好。

男人话音带笑：“饿了？”

“唔……”

“想吃什么？”

她思考几秒：“零食。”

男人没反对，只问她：“零食能吃饱吗？”

她认真点头：“能。”

“好。”纪队长温柔地笑，“带你去超市，想买多少都成。”

江淼露齿笑得开心，男人拿出手机看了眼时间，的确有点晚了，他本想将她抱回副驾驶，结果她缠紧他的脖子不愿松手。

“怎么了？”

江淼垂眸看他，嗓音细细的，压着几分忐忑：“纪炎，我们现在这样……算是什么？”

男人沉默了几秒，将人放回座椅上，他侧身看向她，低声道：“我不会轻易开始，也不会随便结束。所以……江淼，我会对你负责。”

第十二章 好东西

入秋后的第一场雨，风从半夜起，一下便是整整一天。

窗外乌云密布，厚重的云层裂开一条细细的口子，狂风暴雨往外倾注，卖力嘶吼，空气中弥漫着浅白的水汽。

临近放学，江淼开始慢悠悠地收拾东西，刚背上小包转身，李宸踩着妖娆的步伐晃过来。

“下这么大的雨，你的小哥哥不来接你？”

江淼脸一红，把手心里的手机胡乱塞进包里：“那个……我得回家了。”

“等会儿。”

本想疾步离开，谁知还是被猛地拦住，她那双妖媚的狐狸眼把江淼从头扫到脚，笑中带几分促狭：“这是……赶着去约会呢？”

被她狂轰滥炸一整天依然保持缄默的江淼，终于藏不住了，羞涩地点了点头。

李宸一见她娇羞的模样就坏笑，一口一个“送佛送到西”，生拉硬拽非要亲自将人送到校门口才放心。

屋外大雨倾盆而下，打湿两人薄薄的裙边，两人艰难走到校门前。人潮涌动间，男人高挑的身影伫立在黑色大车前，深邃的目光穿过层层叠叠的小雨伞，一眼便瞧见他的人。

李宸知道她脸皮薄，要真当男人的面调侃她几句，估计江淼会羞得钻地缝了，于是，她趁人不备，倏地朝她包里塞了什么东西，江淼没看清，疑惑地拉开去看，李宸神秘遮挡住，低声道："好东西，等上了车再跟你的小哥哥一起分享。"

江淼乖乖点头，等男人穿过人海即将到达身旁时，李宸识趣地挪到一旁。

她看着穿着皮衣的英俊男人自然地接过江淼手上的包，将人半拥在怀里带走，李宸激动得冒出星星眼。

所谓爱情啊……简直羡煞旁人。

等人走远，她转身，猛地撞上身后的人。皱着眉刚要开骂，就见湿答答的雨伞边缘缓缓抬起，露出男人干瘦的身子，前胸已被雨水完全浸湿，透出几根骇人的肋骨。

他眼眶深凹进去，散着阴鸷的暗光。

李宸吓一跳，往后退了两步，她向来厌恶这男人，哪儿都看不顺眼。

"我知道你脑子里装些什么脏东西，但就算你把人瞪穿了，她也不可能是你的，趁早死了这个心吧。"她憋了到最后，没忍住，终是恶言骂出声，"以后离我们远点，精神病。"

雨势很大，暴雨在车窗玻璃上滑过一道道清透的水痕，好似虚幻的窗外世界，一片静逸的朦胧美。

专注开车的男人趁着红灯，偷瞥了眼一旁坐姿乖巧的江淼。

他漫不经心地问："零食吃完没？"

江淼软声嘟囔："这才过一晚，我又不是猪。"

昨晚他带她去超市，疯狂买了两大购物袋的零食，现在家里储物柜里塞得满满当当，就她那小鸟胃，没个一两月肯定吃不完。

纪炎闻声笑了，话题一转："今晚想吃什么？"

江淼没立刻回答，黑漆漆的眼珠转了转，问他："休假几天啊？"

"三天。"

她眼一低："哦。"

"怎么？"

他似乎察觉到她的闷闷不乐，温柔地揉了揉她脑后的长发："长了还是短了？"

江淼摇头，没说话。

其实她自己也说不上来那股郁闷究竟从何而来。

她能理解他的工作性质，但也清楚他一日不离开工作岗位，陪她的时间就只能掐点计算。

所以说人真的是种矛盾的生物，你以为自己思想高尚如天使，可以降低底线，压缩贪念，无限包容你所爱的人，却忘了人也是贪心的化身。

她或许还小，只能任沾染欲望的小蛇穿梭在骨肉形骸间，吞噬心中所谓的大爱情怀。

江淼缓缓侧目，盯着他轮廓刚硬的侧颜发呆。

她想多点时间跟他在一起，说她自私，她也认了。

江淼唇微启，用黏糊糊的颤音叫他："纪炎……"

纪炎见她清透的眸子里盛满了赤裸又羞涩的爱意，喉头滚动，过了路口，他右打方向盘，选了处幽静的大树，将车停在路边。

他侧目看了她几秒，健壮的长臂探过来，江淼也不矫情，两手搂着他的脖子，他大掌一提，纤瘦的人窝进他怀里，熟悉的坐姿，专属于他的味道。

纪炎低头，用鼻尖蹭了蹭她软白的耳珠。热气喷洒进耳道里，鸡皮疙瘩爬满全身。

她不舒服地侧头躲开："痒……"

他眼眶很深，眸底似灌了厚重的黑漆，带着歉意开口："这次休完假，以后陪你的时间就少了，刚在一起就这样，委屈你了。"

江淼撇撇嘴，原想大度地说没关系，可陷在他的柔情里，一句虚伪的话都说不出。

"我现在才明白，外婆的深明大义不是一般女人能做到的。"

男人听了低声笑，捏了捏她柔软的脸颊：“最多等我两年，我会申请文职，工作时间固定，以后可以每天接你下课。”

江淼一愣，茫然地问：“你不是说过，这个工作你会做到干不动为止吗？”

纪炎目光沉静：“人生的很多变数是无法控制的，比如，遇到你。

“我的前十年青春和时间都奉献给了消防，奉献给了人民，但现在，我只想把我余下的时间，都留给你一人。”

江淼被这温声细语的话哄得眼眶湿润，到底年纪小，情绪完全跟随主观意识走，上一秒还在各种郁闷中纠结，下一瞬便大胆地两手捧着他的脸，小嘴凑上去，浅浅吻了下他的唇。

浅尝辄止，退开时连眉梢都沾着笑意。

“好。”

男人的目光沉了又沉，但忌惮于马路边人来车往的环境，不敢有过多亲昵的举动。

“对了，”江淼忽然想起什么，兴奋地拍打他的肩，“包包，给我一下。”

纪炎不清楚她一惊一乍的想法，只顺从她的意思将副驾驶位上的小包递给她。

“我朋友给了样好东西，说让我们一起分享。”

她嘴上小声解释，手上麻利地拉开小包拉链，小手伸进去好奇地摸索，倏地，她摸到一个软软的小东西，变魔术似的从包里抽出来，献宝般摆在他眼前。

车窗外的雨哗哗啦啦的往下落，噼里啪啦砸在玻璃上。

昏暗视野中，一个蓝色包装袋的避孕套闪亮登场。

江淼：“……”

看清东西，某女的脸颊一秒转成猪肝色。

纪队长淡定地拽过她手中的小玩意，放在车灯下认真欣赏片刻，抬眸看她，要笑不笑：“好东西，嗯？”

江淼的脸部肌肉完全僵硬，眼眸直愣愣的。

这杀千刀的李宸，这不是明晃晃地把她往火堆里推吗？

纪炎见江淼羞得低头不语，故作轻松地绕过尬到骨子里的气氛，把话扯开：“以前参加野外训练时，这东西在关键时候的确能救人命。”

他这么一说，江淼更羞愧了，她瞪着大眼睛，不由自主地支支吾吾开口说：“你明明知道，它的用处是什么……”

纪炎笑着揉了揉额，都不知该说这江淼是傻还是单纯。

他用粗糙的指腹轻轻磨蹭她的下巴，嗓音偏低：“我不太懂，还请江老师解释一下……”

江淼“呜”的一声埋进他肩窝里，想把丢脸的自己藏进他看不见的地方。

“好了，好了。”他安抚地抚摸她的头，“东西我先没收，等你……”

纪炎迟疑一秒，停顿两秒。

江淼抬头，眨眨眼，好奇地等待下文。

他浅浅吐了口浊气，将人抱回副驾驶，随手启动车子，踩下油门的前一瞬，男人开了口。

“等你哪天想试试，给我个暗示。”

他侧目看她，眉眼带笑：“我时刻准备着。”

第十三章 初恋

休假的最后一天，纪炎带她去了家麻辣小龙虾馆，老板司文是同他并肩作战多年的老战友，两年前退出消防救援队伍，开了这家夜宵店，生意火爆，又连开两家分店。

一大盆油汪汪的小龙虾上桌，虾肉个头饱满，麻辣鲜香，是川味爱好者江淼的最爱。

男人负责剥壳，江淼负责享受，呛人的香辣融合花椒的酥麻，明明是入秋的夜，却刺激得她满头大汗。

纪队长不仅要给她投食，还得细心做好保姆工作，端茶递水外加擦汗，江淼吃得眉开眼笑，满意得不得了。

“慢点，别呛着了……”男人柔声叮嘱。

江淼倒吸一口气，辣得眼泪汪汪：“好辣……”她猛灌了小半瓶冰红茶，吐着小舌头瞥向他干干净净的碗，“你怎么不吃？”

“不饿。”

江淼歪头表示疑惑，唇张了张，话还没出口，被身后人先一步截断。

“有女相伴，秀色可餐，他光用看的都饱了。”

两人回头，就见一高瘦的平头哥赫然登场，左手端了盘刚出炉的小龙虾，右手一瓶啤酒走天下。

“姑娘幸会，在下司文，人如其名，身形飘逸，内敛斯文。”

江淼一愣，尴尬地扯开嘴角，礼貌问好：“你好，我是江淼。”

男人笑容灿烂，不管不顾纪队长骤然变黑的脸，硕大的餐盘往桌中间一放，一屁股坐在纪炎身边，两手托着下巴，挤成一条缝的眯眯眼在江淼脸上转了几圈，又晃悠悠地荡到纪炎身上。

“队长，不给我介绍一下？”

纪炎不客气地瞪他一眼：“有吃有喝都堵不住你的嘴？”

“你这人就是无趣，死别扭。”话虽如此，他还是怕死地挪开一寸，而后笑眯眯地看向江淼，“江淼，所谓相逢即是缘，作为他最铁的战友之一，纪队那些年辉煌的女人缘，我可以说是了如指掌，如果你想听，我可以按年度按字母依次排序告诉你。”

江淼一听眸子澄亮，点头如捣蒜：“好啊。”

纪炎勃然变色，要多难看有多难看，罪恶的大手刚抬起，司文敏捷地躲开，并迅速窜到江淼那侧，凑近在江淼耳边说了几句。

江淼乐呵呵的，清澈的眼睛弯成可爱的小月牙。

等纪队长后知后觉地起身，人已经跑远了，懒洋洋地倚在厨房门边，一口吹完一瓶酒，举着空酒瓶，摇头晃脑。

纪炎耐着性子问：“他说什么了？”

江淼拼命摇头，嘴角笑意未脱。

“他脑子不好使，你别搭理他。”

江淼顺从地点头，使劲憋着笑：“哦。”

纪炎郁闷地摸了摸后脑勺，想来那家伙也说不出什么正经话，一颗心悬在半空中七上八下的。

他轻叹了声，给自己斟了杯热茶，入口的那瞬，桌对面的江淼满脸红晕，羞涩开口：“他说……我是你的初恋……”

“噗……咳咳咳咳咳……”茶水喷得满桌都是，滚烫的水呛进喉咙，他咳得脸都紫了。

他心慌意乱地抬眼，江淼一脸期待地问：“是真的吗？”

纪队长深呼吸几次，勉强调节即将崩盘的情绪，他利索起身，牵着江淼往门口走，回头时，不远处看热闹的司文笑得前俯后仰。

江淼在身后小声提醒：“纪炎，我们还没买单呢……”

“别管他。”

男人咬牙切齿：“他还有脸收钱！”

回家的路上，男人一脸冷色，沉默不语，本是满心欢喜的江淼见他这模样，心凉了一大截，安静地坐在副驾驶座，郁郁寡欢。

车停在小区前，男人探身过来，解开她的安全带，手自然上移，想去摸她的脸，江淼扭头躲过，气鼓鼓地拿着小包就要走。

纪炎将气闷的江淼扯过来，亲昵地揉她的头：“怎么了？”

江淼不答，噘着小嘴，活脱脱的小孩闹脾气。

男人轻声哄：“我又惹你了？”

江淼沉默几秒，控诉道：“我是初恋这件事，让你丢脸了吗？”

纪队长稍愣，一长串低沉的笑音从胸腔内震荡出来，江淼脸上挂不住，挣扎着推开她。

“好了，不闹了。”

他将她箍得紧紧的，用下巴蹭蹭她头顶的黑发：“我明天归队，你确定现在要跟我闹别扭？”

江淼嘴硬：“确定。”

男人用手挑起她的下巴，低头印上浅浅的吻，江淼气不过，张嘴在他唇瓣上咬了口，男人也不躲，不慌不忙地接下她的吻，她身子一秒定住，半分钟后，某女已被人吻得晕头转向。

纪炎意犹未尽地舔舔嘴角，声线很轻，低低道：“害羞了。”

“嗯？”

他笑盈盈地重复一遍：“我刚才，害羞了。”

反应过来的江淼咧开嘴甜滋滋地笑，小脑袋贴在他胸口，娇气地哼哼道：“你归队后，每天都要给我发消息报平安，不可以突然失联，不可以跟其他女生眉来眼去。”

“还有吗？”

她抬头看他，目光熠熠：“你休假的时间，都属于我。”

“嗯，都是你的。”他亲了下她的嘴角，“回去吧。”

江淼恋恋不舍地从他怀里退开，下车后更是三步一回头，仿佛只要男人招招手，她便会不顾一切地扑进他炙热的怀中，腻歪到天荒地老才肯罢休。

等人完全消失，纪炎下车，倚着车门，悠然地点燃一根烟。

烟雾袅袅，他看着弥散的烟雾，还没来得及构想美好的未来，车上的手机铃声响起。

他灭了烟，上车拿过手机一看，是江淼打来的，接通电话时，他嘴角挂着宠溺的笑。

谁知那头传来哆哆嗦嗦的女声，仿佛受到天大的刺激：“纪……纪炎……”

男人闻声察觉不对劲，心头一紧：“发生什么事？”

“我也不确定……”

江淼缩在卧室角落，捂着手机，声音压到最小：“但家里……好像有人来过。”

男人呼吸瞬紧，表情严肃起来，努力压制住那颗狂跳的心，低声道：“你别害怕，你先告诉我，你现在在哪里？”

“卧室。”

“你确定房间里只有你一人吗？”

卧室不大，床下是实心，衣柜是透明门，如果有第二个人，几乎无处可藏。

她咬牙：“确定。”

纪炎暗暗松了口气：“你现在立刻把门关好并上锁，在我来之前，不管是谁你都不准开门，听见没？”

“嗯嗯。”她吓得眼圈都红了，“你不要挂电话……”

说话间，男人已疾步跑进小区：“不挂，你放心，你先照我说的去做。”

江淼盯着不远处大开的房门，努力给自己壮胆，倏地，她拔腿而起，以百米冲刺的速度关门落锁。

四周，静谧得可怕。

她告知了纪炎门牌号跟门锁密码后缩在门后，半分钟后，听见一阵急促的脚步声，有人敲响了卧室门，江淼大惊失色，身子顺着墙壁滑至地上，心脏跳到嗓子眼。

“淼淼……”

熟悉的男声响起，江淼手脚并用地爬起来，开门的那瞬间，她看见男人那张焦急且心疼的脸，一时委屈，猛地扑进他怀里，冰凉湿冷的身子拼命汲取他身上灼烫的热度。

男人摸她的头，轻声安抚道：“我在这，不怕。”

等江淼情绪逐渐稳定了，他将人安置在卧室里，自行在屋子里细致侦察一番，确定屋内没有发现第三人的身影，才牵着江淼回到沙发处。

“屋里遗失什么没？”他问。

江淼红了脸，不好意思地开口：“贴身的内衣裤，还有睡衣、丝袜全不见了……”

纪炎紧了紧眉头，入室偷窃，不求财只求色，妥妥的变态。

“我已经报警了，等警察来了你配合录好口供，剩下的事我来处理。”他抬手捏了捏她的耳垂，柔声道，“还有，这间公寓不能住了，你收拾东西跟我走。”

江淼还在发蒙：“去哪儿？”

纪队长微微勾唇：“我家。”

第十四章 他的味道

恋爱没多久就同居，这是从小做惯了乖乖女的江淼想都不敢想的事。

车停进一小区的地下停车场，她忐忑不安地跟在男人身后，电梯到了十五楼，一层三户，男人停在一户门前，松开拽紧她的手，从口袋里掏出崭新的钥匙，回身看向她："到了。"

江淼随他进了门，玄关处的灯打开，橘黄色的灯光在她乌黑的头顶晕出一个光环，男人从鞋柜里拿出一双拖鞋，普通的男款，弯腰放在她面前，抬眼看她，略显歉意："房子是我两年前买的，平时自己来得少，鞋只备了一双，你先凑合穿，缺了什么生活用品，我明天给补上。"

江淼听话地应声，快速换上拖鞋，因为鞋实在不合脚，走几步就打滑，身子前倾，险些摔倒。

男人眼疾手快地扶稳她，看她人小脚大摇摇晃晃的样子皱了皱眉，倏地将她腾空抱起，几步走到客厅，将人安顿在软绵的长沙发上。

他也不多话，转身将她自带的小行李箱抬进卧室，然后，江淼听见卧室里一阵窸窸窣窣，她有些好奇，光着脚丫子走到门前。

朴素干净的房间内，男人正手脚麻利地更换新床单，卧室的床头灯散着黄澄澄的亮光，晃过纪炎轮廓清晰的侧颜，江淼的心猛地一震，一股暖流蔓延到全身，心头热热的。

她张嘴，小声唤："纪炎……"

大手拽着床单一角的男人回头看见贴着门框的江淼，又低头看她白嫩的脚丫子。

男人叹了口气，回身抓人，嘴上念念叨叨："入秋了，天凉易感冒，你再这么不听话，小心以后得风湿病。"

扑哧。江淼笑出声来，眉眼弯成小小的弧形。

等人走到身前，她黏黏糊糊地抱上他的腰，仰着头撒娇："你刚才说话的口气好像外婆……"

纪队长语气软下来，摸摸她的头："转着弯说我老？"

江淼狡黠一笑，话越说越大胆："没试过，不清楚老不老……"

纪队长鼻音浓烈地"哼"了声，在她后腰上狠掐了一把："你是真不怕死。"

江淼看清他眸底毫不遮掩的深沉欲念，识趣地闭嘴不说话了，男人将她身子一提，她两脚踩在他脚背上，两手紧紧环住他的腰，两人像重叠在一起的袋鼠母子，他将江淼带到沙发处。

"我下楼买点东西，你就待在这，哪里都不能去。"

一听男人严肃的口气，江淼就不由得想起夏令营训练时他冷若冰霜的脸，她仰着小脸，夸张地敬了个军礼，声线软糯："收到。"

本就在假装正经严厉的男人顿时哭笑不得，抬手揉了揉她的头："哪学的？"

江淼眨巴眼："你教的啊。"

纪队哑口无言。

等男人风风火火出了门，江淼才有闲功夫认真打量这间屋子。

常见的房间格局，三室两厅，装修风格不算新潮，中规中矩，虽说他不常来，但屋内十分整洁，东西摆放规整。

江淼瞄了眼脚心，干干净净，没有丝毫脏污，卫生清洁满分。

她揣着甜滋滋的感觉一头扎进墨绿色的长沙发，身子平躺，眼巴巴地盯着着光影重叠的天花板发呆。

她喜欢这里。

因为整个屋子里都是他身上的味道，让人心动，又心安。

十分钟后，急促的脚步声响起，正在沙发上胡思乱想的江淼吓得一蹦而起，坐得笔直，男人迅速过来，将新买的女士拖鞋放在她脚下，转身往卫生间走。

江淼还在疑惑，就见男人拧了块冒着热气的毛巾走来，在她身前半跪下，一手圈紧她的脚腕，一手把柔软的毛巾贴上去，温柔地给她擦脚。

“今天事出突然，时间又太晚，这时辰去打扰你的父母跟朋友不妥当，不能带你去酒店，只能来我这先凑合一晚，等到了明天，你……”

江淼呼吸急了，话脱口而出：“明天我也想住这儿。”

纪炎手上的动作一顿，抬头看她，沉默了几秒，喉头滚了滚，轻轻开口：“明早我要回消防队，这里就你一人，你可以吗？”

“可以。”

“那也不行，我不放心。”

江淼心气一落，赌气道：“那我明天就住回去，反正变态已经盯上我了，我去哪都一样。”

纪炎脸色一沉，声音低了几度：“你是故意说这话来气我吗？”

江淼声音小了：“嗯。”

男人的脸黑得跟阎王一样，不说话时更是像个制冷机，周围空气像被冰冻住，江淼冷得缩缩脖子，不敢再出声了。

他沉沉盯着她看了许久，突然拿起茶几上的手机，转身走向阳台。

她透过玻璃看见他正同人打电话，通话时间不长，等他回来，原本沉郁的脸色缓和不少。

男人弯腰，一言不发地为她穿好鞋。

江淼心底虚虚的，小心翼翼地问：“纪炎，你生气了吗？”

“没有。”

“真的吗？”

他轻轻坐在木制茶几上，黑亮的眼睛深深凝视着她，掌心落在她头上，缓缓下滑，揉捏她小巧的耳廓。

“我们刚在一起，还有很多地方需要磨合，我脾气不好，耐心也很少，不算合格的男友人选。所以，我有什么没做好的地方，你告诉我，我会努力去改，让你在我身边能更轻松一点。”纪炎声线放轻，徐徐道来，“淼淼，那种话，以后不要再说了。”

江淼被说得无地自容，脸颊微微泛红，像个做错事的孩子，小手摸索过去，勾着他粗糙的手指，低头认错：“对不起。”

“没怪你。”

他见她羞愧地红了眼圈，又心疼地摸了摸她的头，安抚道：“好了，我多请了几天假，这几天得亲自接送你上课我才能安心。警方有我认识的朋友，我盯着他查案，争取早日找到那个人。”

江淼吸吸鼻子：“那我可以住这吗？”

纪队长笑了笑：“嗯。”

她一秒破涕为笑，可眼珠子一转，眉眼低落：“这样会不会影响你的工作？”

“不会。”他漫不经心道，“我十年没休过年假了，上头不好意思不给我批。”

此处应飘过电话那头的朱政委骂骂咧咧的咆哮声。

“等你小子回来，看我不拧断你的脖子！”

夜已深，窗外又飘起淅淅沥沥的小雨，雨滴落在玻璃上，没多久便形成模糊的雾气。

浴室里，洗完澡的江淼套上男人宽大的短T，短裤太大，根本穿不了，她索性选择放弃，只用新买的浴巾擦着头发，直到半干才停手。

拧开浴室门，屋外的沁凉同浴室内的湿热形成鲜明对比，她揉了揉鼻子，打了个响亮的喷嚏。

沙发上的男人三两步走来，幽深的眼睛落在她身上，话还没出口，鼻腔一热，神色慌张地挪开视线。

他扭头看向别处："裤子不合身？"

"嗯，太大了。"

"那你……"纪队长的嘴张了又闭上，话在脑子里转了几圈，愣是没找到合适的词。

江淼浑然不知有什么不妥，趿拉着拖鞋走到他面前，踮着脚凑近他的脸，不解地问："你怎么了？"

男人胸口那团焦灼的火正在熊熊燃烧，他咬牙向后退开一寸。

江淼疑惑，小手拉着他的掌心，身子靠过来："纪炎？"

他立刻扶住她纤瘦的肩，深深地吸了口气，视线一点点从她白净的脸颊移至滑出水痕的脖子，再往下，是她胸前凸起的弧线，发尾的水滴浸湿衣服。

男人瞳孔发直，呼吸发沉，实在遭不住这诱人的旖旎画面。

他微微闭眼，生怕一个没忍住真干出什么混账事来。

沉默几秒后，纪炎勉强压制住体内持续升腾的火气，低声问："内衣，没穿吗？"

江淼被问得脸一红，低头瞄了眼，惊慌失措地捂住胸口，解释道："内衣被我弄湿了，又没有换洗的，只能先这样。"

她刚才收拾行李时才知道，自己手忙脚乱收拾一堆，除了一两件秋天能穿出去的衣服，其余全是夏装。

纪队长也没再说什么，牵着人走到沙发，又从屋里翻了条薄薄的毯子盖在她身上。

"先在这暖和一下。"

她乖乖点头，男人交代了两句，而后一头扎进卫生间，关了门，里面传来稀里哗啦的水声。

江淼抱着柔软的毯子蹭了蹭，周身都是他的味道，她把头藏进去，悄悄红了脸。

男人洗澡不比姑娘精致，十分钟后浴室门大开，江淼看过去，只见水雾氤氲间，纪炎高大的身影若隐若现。

他光裸上身，下身一条黑色长裤，没系腰带，松松落在胯骨上，身上的水未擦干，剔透的水滴如下落的细雨，在古铜色的皮肤上滑落数条湿亮的痕迹，身上结实的肌肉分布均匀，偷瞄至小腹处，还能瞧见清晰的人鱼线。

江淼看呆了，小手拼命朝脸颊扇风，感觉下一秒就要喷鼻血了。

纪炎走过来，大手胡乱抹了把湿漉漉的短发，随口道："很晚了，去睡吧。"

江淼把自己缩在沙发上，埋在毯子里，摇晃着小脑袋，大眼睛水亮湿润，小孩耍赖似的："我不困。"

男人一愣："现在十二点，再晚就是熬夜了。"

江淼讨价还价："明天是周末，可以熬夜。"

纪队长笑着按了按额角，弯腰欲将人抱起："乖，去睡觉。"

"不去。"她敏捷避开他的长臂，身子转了圈滚到沙发的另一侧，纪炎看着缩成一小团的江淼，苦闷地扯了扯嘴角。

大手刚伸过去，江淼突然攥住他的手朝自己的方向一拉，男人毫无防备，一下重心不稳摔坐在沙发上。

人还来不及反应，头顶一黑，两腿一沉。

江淼居然以跨坐的姿势贴在他身上，毛毯遮过头顶，圈出一方只属于两人的小小世界。

身后壁灯透进来的微光，恰好能看清楚她清亮的眸子，如此近距离的接触，她身体散出的淡淡幽香如迷醉人的气息，消磨他仅剩的意志力。

背着光，她看不清他的眼睛，唯有不断加重的呼吸声响彻在她耳际。她的手轻压在他硬凸的腹肌上，全身血液似点燃了那般，大着胆子试探着往上滑，咬唇低吟："纪炎……"

纪炎猛地按住作怪的小手，江淼心一紧，全身僵住。

他哑着嗓："江淼。"

"唔……"

他喘着粗气，闷声警告："你再用这种眼神看我，会出事。"

以为话都说到这份上，江淼知轻重，不敢再这么不怕死地撩拨他。

可他明显低估了隐藏在内心深处，另一个无所畏惧的江淼。

他呆滞地看着她凑近的小脸，炙热的吻印在他鼻尖，一时无言：“你……”

江淼舔了舔嘴角，笑起来像一只小狐狸：“我可以……犯罪吗？”

窗外的凉风拂动深色窗帘，薄毯外乍明乍灭的光晕随风飘散。

男人气息沉重，一声比一声喘得压抑。

静默的气流间，她的心疯狂跳动，低头看着男人被暗夜覆盖的眼睛，比漆黑深沉更令人心惊肉跳的，是渗了血的红光。

被控的那只小手微微挣脱，男人的手失了力，也就任她去。

他仰着头一声不吭，放任她柔软的手指从肌理分明的小腹径直向上，滑过他硬实的胸，蹭过他的锁骨、喉上突起的软骨……

男人目光晦暗不明，嘴角微微上翘：“警察叔叔，专抓不听话的小孩。”

江淼大眼缓慢地眨，似被人定住了一般，刚那点大胆撩拨的勇气早不知被抛向哪个神秘国度了。

她唇微张，堵在喉间的话还未出口，男人突然用力把她按进怀里，她一抬头，小嘴就被人含住了。

然后，他扯过薄毯，盖过两人的头顶……

被毯子覆盖的黑暗世界里，空气逐渐稀薄，她开始因为缺氧而变得精神恍惚。

纪炎垂眸，沉重粗喘，等他找回些许理智，抽身退出那个小小的空间，扯开薄毯，江淼正睁着红红的眼睛，幽怨地瞪他。

男人也不好受，黑眸似被浑浊的血水洗过，散着猩红的水光。

他干涩地扯着嘴角，身子后仰，人靠在沙发上，怀中的人顺着他倒下。

她早被折腾得没什么力气，假模假样地挣脱两下，乖乖软进他怀里。

纪队长微微勾唇：“欺负你了？”

江淼埋在他肩窝处，发出委委屈屈的鼻音：“唔……”

男人低沉地笑，心满意足地亲吻她泛起水珠的鼻头。

“淼淼。”他嗓音嘶哑，指尖摸了摸她的下巴，意犹未尽地出声，“我很喜欢。”

江淼愣了愣，抬头看他蕴着深意的眼睛，立马明白他话里的意思，她羞得小脸通红，哼哼唧唧地用鼻尖蹭他的脖子。

两人就这么腻腻歪歪地闹了会儿，男人轻声细语地哄道：“太晚了，去睡吧。”

本在撒娇的江淼猛地直起身，低头看他，眸底水光熠熠，遗憾又疑惑：“就这样吗？”

纪队长被问得有些蒙，抬手捏捏她发烫的小耳朵，眼眸带笑地反问她：“怎么，今晚就想吃了我？”

江淼移开视线，咬着唇没答话。内心深处的另一个自己正戳着手指，当然想，每时每分每秒都想。

他本没想过这么快把江淼吃干抹净，这事又不赶时间，慢慢来，循序渐进，水到渠成才好。

他等了半晌没等到回答，低声道：“我抱你去床上。”

“不要。”

纪炎身子定住，低头看向语气坚定的江淼。

她深吸一口气，忽然朝沙发左侧探身过去，小手在沙发靠垫下一阵摸索，然后，包成拳头的小手收回来，脸红红地朝他摊开手。手心中央，是那枚小小的蓝色包装袋。

江淼直视他幽深的眼睛，声音很轻：“纪炎，我以前很讨厌自己的软弱和犹豫不决，因为我从来没有为自己去努力争取过什么，所以当我义无反顾想做一件事时，我不会考虑后果，我只会在乎它值不值得。

“我喜欢你，跟你在一起发生任何事我都不后悔，因为你是值得的。”她羞答答地开口，“所以……如果我想试试，你愿意吗？”

窗外的凉风，静谧无声，轻扫江淼单薄的身体，她呼吸一颤，本能地贴近他炙烫的身体。

小东西乖巧地躺在掌心，仿佛是一把开启她心门的钥匙。

收不收，选择权在他。

男人沉默良久，流淌过的每一秒都似一根尖利的细针，穿刺她那颗惴惴不安的心，促使她本就不多的底气随着静默的空气一点点流逝。

直到……她失落地垂眸，欲收回僵硬的小手，纪炎却先一步夺走那玩意，然后在她诧异的注视下腾空将人抱起来。

“纪炎……”她声音软软的。

男人抬头，表情略显严肃，郑重其事地问她：“你是认真的？”

她点头：“嗯。”

纪队长笑了，凌厉的眉眼蒙上一层被撩燃的春意，咬牙切齿：“待会儿你可别哭。”

江淼娇羞地埋在他肩头，任他抱着往房里走。

……

结束后，他侧身躺在江淼身边，用被子将她包裹住，紧紧抱在怀里。

江淼呼吸急促，正小口喘气。

男人轻轻蹭她的额头，目光很深：“满意了？”

初尝禁果的江淼还没从陌生的世界完全抽离出来，全身酥软，没一处是舒坦的。她噘着小嘴，嗓子嘶哑：“好难受。”

纪炎吻她湿润的睫毛，笑着开口：“还是那句话，以后勤加练习。”

江淼羞得不行，软手软脚地往他怀里凑。

折腾了一整晚，力气尽失，身子紧靠着他，人不自觉地缓下呼吸，没多久便睡了过去。

翌日，窗外的雨停了，天依旧昏沉沉。

江淼累极了，一觉竟不知睡到猴年马月，等缓缓转醒，迷糊地瞄了眼墙上的挂钟，一下从床上弹起来。

身子一动，身体细密的不适蹿上来，她疼得皱紧眉，适应了好一会儿才能动。

等她趿着拖鞋打开房间门，一眼便瞧见阳台上男人的身影。他穿着深色的短衣长裤，正背对着她晾晒衣服。

江淼心头一暖，娇羞的红润不经意间爬满小脸，她安静地靠着门，迷恋地看着肩宽腰窄的高壮男人利落地晒衣服。

男人转身时，江淼正一脸痴笑地盯着他。

“醒了？”

“嗯。”江淼慌乱移开目光，缓解心底的燥热，“都这么晚了，怎么不叫醒我？”

纪炎三两步走到她跟前，抬手理了理她头顶乱糟糟的头发，笑言：“看你昨晚太累，让你好好补充体力。”

江淼脸红的低头，小声辩驳：“我才没那么虚弱……”

纪炎满面红光，神清气爽，这会她就算骑在他身上闹腾，他估计也会毫无底线地妥协。

“去刷牙，时间刚好，赶上午餐。”

江淼愣了下，大眼睛亮了：“你做的吗？”

“嗯。”

江淼故作镇定地转身，心底甜滋滋的，一蹦三跳往房里跑。

纪炎瞧着她欢天喜地的背影，嘴角勾起，微微一笑。

纪队长为她精心准备了三菜一汤，早已饿得头昏眼花的江淼一连吃了三碗饭。饭毕，男人去厨房收拾，江淼休息久了有些坐不住了，忍不住跑去厨房骚扰男人。

她抱紧他的腰，黏糊糊地蹭：“纪炎，你安排点家务事给我干吧，我也不能在这儿白吃白喝。”

纪炎正在认真擦碗，声音是温柔的：“不用，你去客厅看一会儿电视。”

“不要，你不依我我就不走了。”

江淼这么明目张胆地耍赖，平日铁面无私的纪队长竟一丝脾气都没有，被她几下磨得实在没办法，最后松了口。

“茶几上有个超市购物袋，你把东西拿出来，分类放好，不懂的再问我。”

江淼笑着敬了个军礼：“收到！”

十分钟后，江淼又偷偷摸摸地溜进来，背着手站在他跟前，低头不说话。

男人疑惑，“怎么了？”

江淼别别扭扭地从身后掏出一长方形小盒，羞答答地伸到他眼前：“这个……是你买的吗？”

纪炎垂眸，一盒红色的避孕套赫然出现，他倒也坦然，脸不红心不跳，重重点头：“嗯，生活所需用品。”

“可是……唔……”

江淼娇羞地咬着下唇，磨蹭了好一会儿，背在身后的另一只手缓缓伸出来，两手一捧。然后，五盒颜色不同的避孕套在她手心散成一朵鲜艳的花。

她歪头不解：“你买这么多做什么？”

纪队长沉默几秒，尴尬地挠了挠后脑勺，硬生生憋出几个字：“打折促销。”

江淼愣住，差点没笑出声来。

她将手里的东西一股脑全塞进他怀里，撂下句狠话：“你自己留着慢慢用吧，我不管你了。”

江淼转身便朝外走，男人一脸呆滞地杵在原地，看着怀里五颜六色的小盒。

这玩意一个人能用吗？他微微皱眉，有些郁闷。不……不能够吧。

第十五章 不解风情

午后，淅淅沥沥的秋雨飘落，不一会儿，玻璃上蒙了一层模糊的水汽。

江淼在书桌前认真备课，男人贴心地切好水果，缠着喂了她几口，等把江淼安顿好，他才出门去公安局。

刑警大队队长何澜是他多年好友，虽不属同一警种，但两人曾同在野外特训过大半年，也算得上是过命的交情。

他前脚刚迈进公安局的大门，何队长后脚就飘过来，一身笔挺的警服，饱经风霜的脸，笑出一脸褶，场面话说得比谁都正经。

“哟，纪队，稀客啊，今儿这风大，居然把您给吹来了。”

纪炎懒得搭理他，熟门熟路地往他办公室走。两人对坐在沙发上，茶几上摆着热腾腾的茶，男人一口都没喝。

“寒暄就免了，我们谈正事。”

何澜不动声色地抬眼：“这事不大不小，按理说轮不到我头上，你指名让我接手，总得给我个能接受的理由，要不然我这手上几桩大案，实在分身乏术。”

纪队长眯了眯眼：“你想知道什么？”

何澜瞄了瞄案件资料，慢悠悠地品了口茶：“这姑娘，跟你什么关系？”

“于公还是于私？”

“你得了吧，人民群众那套我听腻歪了，来点实际的。”

男人道：“吴老队长的外孙女……该不该管？”

何澜笑了笑：“该。”他突然凑近一点，盯着纪炎那双黑漆漆的眼睛，“不过纪队长，我做刑侦这么多年，你在我跟前耍花样，这是打我脸呢？”

纪炎沉默地同他对视，就知道这老狐狸没这么好打发，视线一转，漫不经心道：“女朋友，满意了吗？”

何澜拍着肚皮大笑：“爽快，敞亮，特别满意。得，八卦到这差不多了，谈点正经事。”

何澜将早已备好的几张照片放到他面前，纪炎低头，全是些模糊不清的人影，但隐约能看清是个体型臃肿的男人，一身黑衣，帽子口罩齐全，全副武装。

“我刚开始还以为只是个普通的变态入室案，但现在看来，事情没这么简单。”

纪炎皱眉：“怎么说？”

“首先，犯人的反侦察意识很强，清楚小区内所有监控点的位置，证明他花了大量时间蹲点，所以少有出镜的几张图全糊，基本看不清面部。其次，他对受害人的行动了如指掌，他最后一次出现在监控的时间仅在受害人回到家的前五分钟，所以，不排除他对受害人存在实时监控的可能。”

纪炎后背一僵，脸色越发阴沉，如果按何澜的说法，江淼现在不管在哪里，都存在极大危险，若不尽快将这人抓住，后患无穷。

纪炎认真看了眼照片，问他：“初秋穿棉衣，这么奇怪的人出现在小区，巡逻保安没有盘查？”

何澜回答道：“九点前后下了场阵雨，雨势很大，持续半小时之久，外出散步的人全回家了，保安也在避雨，自然没人注意这陌生的闯入者。”

纪炎“嗯”了声：“还有其他发现吗？”

何澜抖了抖嘴角："纪队，您昨晚才通知我，查案也需要时间，有消息我会尽快通知你的。"

"嗯，劳烦了。"

他起身时，何澜又叫住他，表情格外严肃。

"据我多年经验，这类罪犯的目的绝不仅限于入室偷窃，他的目标是人，你的小女友你最好看紧一点，千万别给罪犯出手的机会。"

纪炎冷脸应声："我明白。"

一路心事重重走到家门前，拿钥匙开门的那瞬他居然有些后怕，生怕自己一开门，屋里的江淼已不见踪影。

门开后，房子里安安静静，纪炎僵直地站在玄关处，开口的声音都是哑的："江淼？"

安静的卧室传来些许声响，几秒后，披头散发的江淼从房间里窜出，以百米冲刺的速度朝他跑来，一下蹦到他身上，两手搂紧他脖子，咧开小嘴笑。

"你回来了。"

"嗯。"纪队长燥热急促的呼吸暂时得到些许舒缓，长呼一口气问道，"备完课了？"

"哪有那么快……"

她噘着小嘴，两手捧着他的脸，飞速在他嘴角印上一吻："补充能量完毕。"

纪队长仰着脸笑："明目张胆地吃豆腐？"

江淼撒娇似的在他肩上捶了一记，可软肉撞上硬石，酸疼的是自己，不满地揉揉小爪，她开口道："你是石头做的吗？"

纪炎笑而不语，抱着她往房里走，她一脸娇羞地埋在他肩头，原以为他会抱她去床上，结果一身正气的男人居然将她抱回了椅子上。

江淼的脸迅速由红转黑，一双眼睛瞪得眼珠子都要出来了。

纪炎一脸莫名其妙："怎么了？"

江淼气哼哼地转身，声音硬邦邦的："没什么。"

“淼淼……”

江淼在电脑上胡乱打一通字：“我要备课了，你快出去。”

虽不知自己又哪儿做错惹人生气了，但男人对她瞬息万变的情绪已经习以为常，自觉退出房间。

江淼回头瞄了眼床头柜，遗憾里头那盒被自己偷偷拆开的小玩具不能尽快用掉。

她又羞又气。

这男人，不解风情得要命。

夜色浓烈，临近入睡。江淼平躺在床上，歪头看着昏黄的床头灯发呆。

待她昏昏欲睡之际，一直乖乖守在客厅的男人推门而入。

江淼还不想搭理他，慢吞吞地翻了个身，男人亦不介怀，上了床，长臂从身后揽过她的腰，将她困在怀里。

江淼被勒得不太舒服，抗拒着扭动身体：“纪炎……”

他滚烫的唇在她颈后蹭了蹭，声音有些疲倦：“还疼吗？”

江淼脸瞬间变红，本想不回答这个羞耻的问题，谁知男人不紧不慢地加了句：“我给你买了药膏，等你睡着了，再给你抹上。”

江淼呼吸一僵，艰难地从他怀里翻个身，与他面对面，垂眸有些羞涩：“会把我弄醒的……”

纪队困惑地皱眉：“为什么？”

江淼恨不得赏他一个白眼，也不知这男人是真傻还是装傻。

“总之……我不要。”

纪炎抿唇，抵着江淼的额，轻蹭她小小的鼻尖，尾音勾着一丝坏笑：“你不赶紧好起来，我们怎么勤加练习，怎么熟能生巧？”

“你这人……”

江淼被那炙热的注视盯得不好意思，挣脱几下又发现自己无处可逃，干脆一咬牙，将男人反压在身下。

她枕着不够软的肉垫，脸深深埋在他胸口，假装把自己藏起来。

男人对这个睡姿表示很满意，一只手轻抚着她后背，一只手悠闲地枕在脑后。

江淼软软发声："纪炎……"

"嗯。"

她支起头，盯着他的下巴看："你会跟我结婚吗？"

纪炎一愣，抚摸她脑后的黑发，柔声细语道："我们才恋爱第四天……"

江淼手脚麻利地爬上两寸，低头直视他的眼睛："感情跟时间有关系？"

男人附和地笑："没有。可是淼淼……"纪炎压低声线，温和地解释，"恋爱是两个人的事，但婚姻是两家人的事，不可以这么草率决定。"

话糙理不糙，但太过直白的话显然不是情窦初开的江淼爱听的，江淼眸底盛着水盈盈的光，气得张嘴咬他的脖子，男人没躲，任她解恨地咬出牙印。

"你是不是……不想负责？"

纪炎有些无奈："怎么会这么想？"

她两手暴力揉他的俊脸，恶狠狠地威胁道："你要是敢抛弃我，我就去外公坟前告状！我去跟外婆说你故意诱惑我！我去你们消防队门前哭诉，说你欺负良家少女！"

男人制住她作恶的手，一时哭笑不得："话还能反着说？你说清楚点，到底是谁诱惑谁？"

江淼回想起自己昨晚那些大胆主动的行为，心虚地挪开视线，刚才八丈高的气势瞬间落下去……

见人终于安静下来，他搂紧她的后腰，将小脑袋按在他颈窝处，低声开口："江淼，我对这段感情绝对真诚，但若想更进一步，至少我得先得到你父母的认可，不然负责这些话除了哄你开心，没有任何实际意义。"

江淼听见"父母"浑身一震，脑中不禁浮现她妈在谈论外公时狰狞的脸，她妈对外公有怨气，连带着这个职业在她眼里也变得一无是处。她妈应该会……很讨厌纪炎吧，尤其纪炎还曾是外公的手下，简直是罪加一等。

江淼想了想，试探着问：“如果……我爸妈不喜欢你怎么办？”

男人诚恳地回答：“我就努力做到最好，争取让他们改观。”

“要是你已经很努力很努力，他们依然讨厌你呢？”

“那证明我不够好，你需要换一个。”

江淼气绝：“你怎么可以这么快就放弃！”

男人垂眸看她，轻叹了声：“这不是放不放弃的问题……要真发生这种事，最难过的人不是我，而是夹在我们之间的你。”他苦涩地笑，“让你为了我去跟父母对抗，淼淼，这事我干不出来。”

第十六章 尴尬

秋风微凉，又下了一场大雨，地表温度直降十摄氏度，薄薄的外套无法御寒，她又不愿再回之前住的公寓拿衣服，男人便带她去了趟商场，给她新添了几件大衣。

温柔的浅驼色，质地柔软，乖巧学院风，江淼甚是喜欢，一路上挽着某人结实的手臂，脑袋傲娇地翘上天，享受一波接一波路上女人对某冰冷男的火热注视。

上了车，没走多远，江淼嚷嚷着说饿了，他耐心地哄着，说回家给她做好吃的，江淼不依，纪队长没法，车停在路边去给她买吃的，下车前叮嘱两句，只身前往五十米开外的热狗店。

恰是晚餐时间，热狗店前排长队，等了好一会儿才轮到纪炎，等他买好热狗转身，就看见一个猥琐的男人正趴在副驾驶座的车门，用脏兮兮的手敲打车窗玻璃。

他几乎是以百米冲刺的速度冲过去，生怕自己迟一秒，江淼傻愣愣地降下车窗，若真是那盯梢的变态，后果不堪设想。

车内的江淼亦是惊恐，隔着车窗玻璃，看不清来人的脸，可敲击声一声比一声沉重，她吓得浑身发抖，害怕这人耐心用尽，直接砸窗而入。

惊慌下，她终于想起给纪炎去电话，手忙脚乱地摸到手机，按键时心快要蹦出来了。

“啪。”车窗一声巨响，江淼惊得手一颤，拨通键还没按出，手机已掉落在地上。

巨响越发放肆，她拼命忍住眼泪，弯腰在身下胡乱摸索。

就在车内紧张的气氛上升至极点，即将爆炸时，她终于听见熟悉的沉稳男声，随即响起打斗声，伴着一声肝肠寸断的哀号，不过数十秒，战斗结束。

纪炎将人扭身摁在车上，眸底怒火滔天，声音冷似寒刀：“你他妈什么人？干什么的？”

“嗝……”脏汉醉得不省人事，嘴里闷声嚷疼，又舒畅地打着酒嗝。

纪炎见状，便知八成是个喝醉酒闹事的醉汉，心底松了口气的同时，他又开始担心自己回消防队报到后，江淼的人身安全保证。

这儿地处市中心，没多久执勤的民警赶过来了，从他手里将人押走。

民警低头打量醉汉明显不对劲的胳膊，低声感叹：“下手真够狠的，几下就给弄脱位了。”

另一人道：“看那架势就是个厉害的，闹事敢闹到他头上，还不把你收拾得明明白白。”

民警笑：“也对，老虎头上拔毛，找死不是。”

等人走远，纪炎绕到驾驶座，轻手轻脚拉开车门，缩成一团的江淼感受到他的气息，慌乱地凑上来搂住他的脖子，冰凉的身体拼了命地往他怀里凑，只想贴近一点，再贴近一点。

纪炎拍拍她的背：“吓坏了？”

江淼埋在他的肩头吸了吸鼻子，点头，说不出话来。

“就是个醉汉，没什么大事。”男人感受到她微颤的身子，声音放柔，“抱歉，我不该把你一个人留在车上的。”

江淼冷静下来慢悠悠地抬起头，睁着发光的眼睛，拖着哭腔问他：

“我的热狗呢？”

纪炎：“！！！”

他这才想起刚才制服那人时潇洒飞向天空的热狗，落地时早已四散分离。

“我再给你去买？”

她小声说：“不要，我想回家。”

“好。”

男人低头亲吻她的脸：“回家。”

许是知道她惊魂未定，晚餐他特意下功夫，四菜一汤，色香味俱全。

她饭量不大又心有余悸，勉强吃了两口就回房了。

男人收拾干净屋子，前往卧室查看她的情况。

刚推开卧室门，浴室里洗得香香的江淼穿着睡裙走出来，小脸被水蒸气熏得红扑扑的，眼眸润得仿佛能滴出水，淡粉的嘴唇似沾了蜜液，亮得反光，纤细的胳膊雪白光滑，说是“出水芙蓉”也不为过。

纪队长人呆站在那儿，眸色暗下去。

江淼被他过于直白的注视盯得有几分羞，走过来拉住他的手，于是，一八几的高个子听话地被她牵到床边。

他回来便洗过澡了，身上有很淡的沐浴香，江淼坐在床边，两手环住他的腰，仰着小脸看他。

他垂眸，指腹摩挲她的脸，喉音沙哑：“怎么了？”

江淼甜甜地笑，说：“纪炎，你今天说脏话了。”

男人愣了几秒，也跟着笑：“小孩子不该学这个。”

她歪着头，似鹦鹉学舌般重复他恶狠狠的语气：“你……他……妈……是这么说的吗？”

纪炎见她神色专注地认真学习，简直哭笑不得，拽过江淼的手腕，倾身将人按在床上，低头盯着那双雾气蒙蒙的眼睛。

江淼舔了舔唇，他看得眼热，忍不住轻吻她一下。

“你不乖，要受点惩罚。”

江淼羞涩地拽紧他的衣服前襟，声音小小的：“纪炎……”

他眸色深得仿佛要把她吃进去：“知道我要做什么吗？”

她移开视线，脸红地点头。

纪炎调小床头灯的光，房内的光线暗淡下来。她定定地瞧着他英气逼人的脸，一如既往让她心动，诱使她在深渊里沉沦。

对比手忙脚乱的第一次，纪炎明显少了些生涩，多了几分游刃有余。

她有些不舒服：“纪炎……”

纪队长率先回过神，低眼看去，江淼身下有深红的印渍，他大惊失色，一时间脑子都空白了，开口的声音猛颤：“淼淼……哪……哪里不舒服？”

江淼也蒙了，算了算时间，某种让人无语的可能从脑中一晃而过。

她咬了咬唇，羞恼地低低出声：“我好像……来例假了。”

纪炎仿佛感觉一盆冰凉的水从头猛地灌下，这刺激感，简直酸爽到了极致。

他沉思几秒，将人抱起往浴室走，热水调到舒适的温度，倾注而下。

纪炎轻摸她的头：“你先洗干净，我下去给你买东西。”

江淼听懂了他说的话，一想到人高马大的男人大晚上去买女人用品，她觉得尴尬无比。

见她不说话，他担忧地皱了皱眉：“你一个人行不行？”

她毫不犹豫地点头。

二十分钟后，她裹着浴巾小心翼翼地走出浴室，屋外的男人早为她准备好干净的睡衣和内裤，床单也是新换过的。

纪炎将购物袋摊开摆在她眼前，里头是各品牌的卫生棉。

纪炎不好意思地咳了两声：“走得太急，没问清你常用哪个牌子，干脆买了一堆，你瞧瞧有没有你常用的。”

江淼抿着嘴偷笑，选了自己常用的那款递给他，男人一愣，黝黑的脸颊微微发烫：“要我帮你贴上？”

江淼笑得更欢，身子微微发抖，下身又开始不对劲，她赶忙将人推到门外，等一切处理好，才许他进屋。

经期的女人身子弱，人软绵绵的，说话也有气无力，他连着被子将人抱在怀里，有一下没一下地轻啄她的小嘴。

江淼跟小动物似的蹭他的脖子：“对不起，我忘了今天是……唔……你这样会难受吗？”

“不难受。”纪炎低声安抚，“未来的日子还很长，我们可以慢慢来……”

她软了声：“嗯。”

“累不累？”

她虚弱地点头，在他怀里找了个舒服的姿势。

男人低头在她发顶印上一吻：“睡吧，我在这陪你。”

江淼昏昏沉沉地闭上眼，没多会儿便陷入甜美的梦中。

等人熟睡，纪队长抽身退开，轻声关上卧室门。

茶几上的手机一刻不停地响着。

他接通的那瞬，那头急切出声。

“纪炎，有新进展了。”

第十七章 图书馆

周一大清早，纪炎亲自送她去学校，并确定她进入校园才离开。

查案的事刻不容缓，他还有三天假，如果在假期结束前没抓到案件嫌疑人，就算他归队后江淼住在他家，依旧存在极大危险。

车开进公安局时，阴沉的天又开始电闪雷鸣，没多会儿，倾盆大雨落下。

时间紧急，何澜免了寒暄那套，直接带他去监控室看监控。

“周边的监控我们全排查了一遍，确定嫌疑人最后消失的地点是西湖路后街的黑巷子，我猜人应该住附近，熟悉小路，愣是弯弯绕绕一大圈，才消失不见。”

纪炎看着视频中那团背影，此人谨慎地低着头，自始至终没露过正脸。

“这巷子通向哪条路？”

何澜细细一想：“说不好，那边全是居民区，左侧是成片的安置小区，右侧是新建的楼盘，叫山水佳园，住户较为密集，排查起来有难度。”

“嗯。”

男人紧盯着模糊画面中那人略显怪异的步伐，脑中莫名浮现出一个人的身影容貌，他皱起眉问：“有没有可能是乔装的，我是指，故意穿成这样干扰破案。”

“可能性是有的。”

他指了指视频中那人走路时略跛的左脚说：“因为穿着跟自己身形不符的衣服，导致行动不便，这伤估计是当时匆忙跑楼梯时扭伤的。”

视频中的人拐进小巷时，似乎掉了什么东西，他弯腰拾起，不经意间露出一小节干瘦的手腕，纪炎胸腔一震。

他思忖片刻，沉声道：“何澜，你帮我查个人。”

伴着狼嚎虎啸般的狂风，雨又下了一整天，直到深夜，仍没有停下的迹象。

周一永远是一周最忙碌的日子，江淼在台灯下批改作业，时间长了，腰酸背疼，眼睛冒着血丝，瞧着疲惫至极。

男人卡着时间从她身后冒出来，放下手中温热的糖水：“休息会儿，把红糖水喝了。”

江淼从椅子上转过身，撒娇似的抱着他的腰，轻轻蹭了两下。

“好累……”

男人温柔地摸摸她的头：“要不，我帮你改剩下的作业？”

江淼摇摇头，低声道：“不可以，这种事都不能做到亲力亲为，配不上人民教师的称号。”

纪炎淡笑：“还挺较真。”

江淼细心地感受他平缓的呼吸声，原本烦躁的情绪也渐渐安定下来。

她一口气喝光整碗红糖水，意犹未尽地舔舔唇，仰头看他：“还想喝。”

男人柔声拒绝：“晚上不能喝太多。”

江淼轻哼了声：“老顽固。”

纪队似已习惯她偶尔展露出的小孩脾性，也不介怀，低身将她横抱起来，自己坐在椅子上，把软乎乎的江淼放在怀里。

“今天你去学校，有什么奇怪的人出现没？”

江淼懒洋洋地埋在他肩头，浅浅的单音节：“没。”

纪炎低声道：“后天我要回消防队了，放你一人在家我不放心，安全起见，你住回父母家，或者去要好的朋友那儿。”

江淼急切地摇头：“不要，我就要住这儿。”

“淼淼。”

她抬头，不满地撇撇嘴：“你答应过我的，不可以言而无信。”

男人轻叹一声，捏了捏她的脸：“这种时候不能任性，安全第一，等我休假了再接你回来好不好？”

江淼郁闷地垂眼：“不好。”

纪炎笑着亲了下她的眼睛：“听话。”

“不听。”

这姑娘显然吃软不吃硬，纪炎没法子，只能抱着她一通轻声细语地哄。

吻上那张足以挂油壶的小嘴，江淼被他亲得五迷三道，最后竟晕乎乎地应了他的话。

尽管嘴上不情不愿地答应了，可她面上还是憋着气的。

隔日送她去学校，江淼一脸大写加粗的冷漠，下车前也是被男人连哄带骗，才同他吻别。

看着人走进校门，他启动车刚准备掉头，视线不经意地扫过校门左侧，水汽朦胧间，似有人藏在那儿。

他隐约看见一双冰冷的眼睛，死死盯着他的方位，纪炎仔细瞧去，对方已迅速转身，清瘦的身子正常向前移动，微微上提的左脚，显然受不了力。

他的呼吸倏地急促起来，眸色一沉，车子径直开向公安局方向。

江淼今天只有两节课，其余时间都待在办公室备课，外加发呆。

过了今晚，明天她就要搬去茉莉那儿，那丫头接电话后，嚷嚷着非要见纪炎。

江淼叹气，想来明天又是场恶战，以茉莉那爱闹事的性子，自己在劫难逃了。

“江老师。”身后有人叫她，江淼回头，瞧见一脸严肃的教导主任。

她慌张起身：“许主任好。”

头顶地中海的许主任虚伪地扯了扯唇：“有件事可能要麻烦一下你。”

“嗯，您说。”

“我正在找一本有关《论语》的书，新图书馆找遍了也没有，听人说你对老图书馆很熟悉，看来这事只能找你帮忙了。”

江淼呼吸一沉，本想拒绝的，因为老图书馆在学校最偏僻的地方，且平常很少人去那边，有点让人害怕。

许主任见她半天不吱声，脸色一变：“江老师不愿帮这个忙？”

“当然不是。”

江淼心里只想骂人，脸上却堆着笑：“我很乐意。”

“那好。”

许主任潇洒转身，最后留下两个字：“尽快。”

江淼拉着一张苦闷的脸，郁闷得想捶墙了。

午休时间，校园里安安静静。

李宸今天恰好请病假，不然多一个人陪她，她也能安心一点。

老图书馆是修建在学校角落里的一幢旧楼，因时间久了，楼体破旧，遇上下雨天，有的地方还会漏水。

摇摇欲坠的顶灯，伴着风声晃晃悠悠的，她小心翼翼地按下灯的开关，顶灯发出“滋滋滋”的声响，昏暗的灯光一闪一闪。

窗外雷声轰鸣，屋子里暗沉的灯光也在那一秒全灭。

潮湿的屋子，一股难闻的霉味扑鼻而来，江淼只能举着手机自带的手电筒，在书架上找主任口中的书。

四周静谧似水，只有她细弱的脚步声。

窗外一声炸雷，吓得她手机都握不稳了。

同一时间，手机铃声响起，她手忙脚乱地按下接听，那头男人急促的呼吸声响起：“淼淼，你现在在哪儿？”

“我……”

又是一声惊雷，原本暗黑的屋子被闪电倏地照亮。

江淼惊恐地睁大眼，全身一僵，声音彻底哑在喉间。

几米外，一袭黑衣的男人背光而立，冲她露出阴森的笑容。

“淼淼？”

手机滑落在地上，听筒声音很大，在不大的屋子里回响了好几遍。

那人一瘸一拐地靠近她，脸上挂着笑，声音却仿佛从地狱里出来一样。

“江老师，你的手机掉了。”

电闪雷鸣，世间万物均被狂风吹得东倒西歪，掉落的雨点越来越密，天上的黑云仿佛无边的浓墨被重重地涂抹在天际。

明明该是明亮的午后，却似世界末日那般被巨大的黑暗笼罩，空气里腾起一层如烟如云的水雾。

一盆冰寒入骨的凉水泼在身上，昏睡中江淼恍惚找回些许意识，人还是半昏半醒，艰难地睁眼看去，眼前浮现的一切，都像极了噩梦的开始。

她躺在一张潮湿的小床上，试图挪动身子时，才发现自己双手被绑，一股恶寒席卷全身，她害怕到不敢呼吸。

窗边似乎站着一个人，静静朝楼下观望，清瘦的背影，她知道他是谁，但并不知道他想做什么。

那种未知的恐惧感，像极了在跟魔鬼做死亡交易。

她冷极了，也怕极了，可尚存的理智告诉她，无论多害怕，都不该浪费力气在无用的哭泣上。

男人回头，笑眯眯地看着她：“醒了？”

江淼一身沁凉，衣裙被水渍浸透，透出浅粉的肌肤，女人湿身的画面，总会自带诱人的柔光，还有令人神魂颠倒的无尽遐想。

陆榲微笑着走近，轻轻坐在床边，低头看她的眼神，柔情似水，温柔全融在深凹的眼底，浓烈得化不开。

他颤巍巍地伸出手，冰凉的手指刚碰到她的脸，江淼就嫌恶地躲开，男人也不恼，规矩地收回手。

“淼淼，我终于等到这一天了，你睡在我的床上，感受我的体温跟气息……这样真好。”

江淼胆怯地缩缩脖子，哑着嗓子开口：“陆老师，你现在停手，还不算晚。”

“停手？”

他像听到了个笑话，痴迷的目光扫过她的全身，喉间干涩得厉害，原本还算清明的眼睛瞬间被大片猩红遮盖。

“我就想得到你，然后我们一起死，这样即便到了地狱，你还是我的，只属于我一个人。”

恶心至极的情话配上他那张阴森恐怖的脸，着实让人毛骨悚然。

她有些难以置信，缓缓蹦出几个字：“你、疯、了。”

陆榲脸色瞬间阴沉，少了笑容的掩饰，他骨子里的阴鸷邪恶覆盖了整张脸。

他定定地看了她几秒，眼睛倏地睁大，冷不丁一个巴掌扇过去，打得江淼眼冒金星，差点流出眼泪。他呼吸急促，咬牙切齿地怒吼道：“你这个贱人，我对你一往情深，你却把我当成可有可无的透明人，我为你付出这么多，你有认真看到我的心吗？明明是我先爱上你的，凭什么让其他男人捷足先登？”

他的手突然伸向她敏感的前胸，江淼拼尽全力躲开他肮脏的手，他被她抗拒的态度激怒，双手用力掐住她的脖子。

“女人都淫荡，我的前妻是这样，所以她该死。你也是，一个消防员就把你勾得五迷三道，下贱。”他的手越掐越用力，表情逐渐狰狞，“他究竟哪里比我好？告诉我！告诉我！”

江淼胸腔的空气逐渐稀薄，窒息带来的压迫感将她逼到死亡边际，脸涨紫了，薄唇发白。

男人见她眼皮泛白，凭着最后一点理智松了手，江淼终于缓上一口气，剧烈咳嗽起来，眼圈都红了。

他一脸惊慌地看着她，突然间手足无措起来：“淼淼，对不起，我不是故意把你弄疼的……”

如此诚挚的态度，像极了所有家暴男出色的挽留戏，只有傻子才会相信他们是在真心悔改。

江淼努力平缓呼吸，理智告诉她，这种情况下不能用言语激怒陆榅。她坚信纪炎一定会来救她，所以，首先必须自救，她必须足够冷静，才能同恶魔周旋，给纪炎创造更多营救的时间。

“我没事。”她尽量用轻柔的声音说。

陆榅一听她柔声细语，又不禁微笑起来，出于内疚，他伸出手试探着将她扶起身，江淼没躲，半靠在床头。

直到这时，她才看清整个房间的陈设。

三面墙，一面窗，一张床，一张桌子，还有角落上两桶不明物，其余什么都没有。

鼻尖飘过一股浓烈刺鼻的气味，她皱起眉，直犯恶心。

“我想给你看样东西，看完你一定会明白我的心意。”

说着，他走到她正对面的那面墙，上头遮盖着白布，他回身冲她阴寒一笑，手轻轻一拉，贴满整面墙的照片赫然出现在她眼前。

江淼眼睛都直了，恐惧感将她包裹得严严实实。

整面墙，全部都是她的照片。

远距离全身照，近距离局部照，小腿的特写居多，单是秋冬天穿黑丝的腿照就占据一半，裙底的私密照更是放大数倍摆放在正中间。

从小在温室里生活的江淼，第一次真真切切感受到什么叫作“心理变态”。

“喜欢吗？”陆榅没有注意她的神情，完全沉浸在自己的世界里，“这些都是特意为你准备的，最完美的作品。”

江淼已经吓得说不出话来了，她惊恐地看着他，心脏快要不受控制，猛烈撞击胸腔。

陆榅一拐一拐地回到床前，慢悠悠地从口袋里掏出把锋利的折叠刀，白森森的刀刃，像极了愤怒的野兽口中的巨型獠牙。

江淼身子僵硬，一动不敢动，惶恐地看着刀刃轻轻滑过自己的锁骨，划拨薄薄的布料。

那一刻，她仿佛嗅到了死神的气息。

“你想做什么？”她声音都在抖。

陆榅轻轻一笑：“我想做什么，你不知道吗？淼淼，你是上天赐给我的礼物，我会心怀感恩地一点点拆开，再用心品尝你的味道。”

江淼缓下呼吸，勉强扯开嘴角：“为什么要这样？我们慢慢来不可以吗？”

陆榅阴冷地笑了笑：“上一个跟我玩这种把戏的，至今连尸体都没找全，你也想试试吗？”

江淼呼吸僵住，脑子彻底无法运转。

陆榅眼眸深红，扯开她胸前碍事的蝴蝶结，痴迷地看着她，湿身诱惑似加重剂量的毒药，放肆灼烧他的心。

“你不是喜欢火吗？”陆榅的目光移向角落里的两个褐色铁桶，声音仿佛从阴间散出来，“别着急，我会陪着你，满足你最后的愿望。”

反应过来的江淼，心跳已经完全不属于自己了。

她终于记起那股熟悉又难闻的气味究竟是什么。

是汽油。

户外雨势减小，浓雾般的水蒸气逐渐散去，住宅区下被十几辆警车和消防车团团围住。

警察已拉开警戒线，可熙熙攘攘的人群仍是围了一圈又一圈。

嫌疑人所在地是一个老式小区的六楼，根据群众提供的情报，房内疑似传出刺鼻的汽油味，房间很小，若多人贸然破门，恐引起嫌疑人情绪波动，胁迫受害者跳窗而出。

所以他们必须做好两手准备，确保受害者与其他群众的生命财产安全。

何澜负责指挥民警疏散周边居民，转身时瞧见浑身湿透的纪队长已换好消防服欲亲自上阵。

他大惊失色，两步上前拽住男人："纪炎，你现在是休假阶段，请尊重消防救援的规章制度。"

纪炎淡淡回眸，眼睛黑如深潭，泛着冷冽的光，一字一句道："上面的是我的人，除了我自己，谁去我都不放心。"

何澜了解他的性子，只叹了口气："这事不合规矩，要是上头怪罪下来……"

"出什么事我担着。"

男人的眼神无比坚定，声音哽咽，仔细一看眼圈湿红："何澜，我没法再承受我爱的人在我眼前出事，那滋味，比死还难受。"

话说到这儿，清楚他家里事的何澜也不再阻拦，抬手重重地拍了拍他的肩，转身走到枝叶茂盛的大树下。

何澜从兜里翻出个烟盒，本想借着惆怅且心酸的心情吸两口，可谁知泡了水的烟早已瘪得不成样。

起初纪炎指名道姓让他查一位老师，他心里还纳闷，结果不查不知道，这个照片中看似瘦弱无力的老师，竟有着那样不为人知的过去。

几年前他的前妻遭残忍分尸，至今仍未找到头颅，凶手的指纹皆经过特殊处理，给破案造成很大干扰。

而作为案件最大嫌疑人——陆榅，最后竟因证据不足成功脱身，后在烟城安家，在市中心小学任职数学老师。

有了突破口，查案有了具体方向。民警进行针对性走访调查，在多数邻居口中得知，此人为人和善，爱独来独往。

但曾有一名拾荒者好几次在偏僻小路撞见一个穿着怪异的男子，学校扫地阿姨也曾多次瞧见他尾随或偷窥女老师，经照片比对，确定陆榅为嫌疑人。

等他将收集的资料告知纪炎，男人脸色大变，即刻拨出去的电话，仍是晚了一步。他们的调查百密一疏，嫌疑人在烟城有两处落脚地，后来又费了不少功夫才查到这处偏僻的安置小区住所，住户非本人名字。

流失的这些宝贵时间，对纪炎来说，一分一秒都是煎熬。何澜抬头看了眼水汽中忽隐忽现的六楼窗户，皱眉摇了摇头。若楼上那姑娘真出了什么事，本就默默背负了一切的纪炎，他今后的人生，还会有笑容吗？

潮湿的屋子，阴冷得让人牙根发颤，可比身体上的不适更让人绝望的是内心深处无边的恐惧，它撕扯你的血肉，一点一点蚕食你仅存的斗志。

正处经期的江淼本就体弱无力，这几个小时的身心摧残，更使她筋疲力尽。

她躺在床上，眼神空洞，像个任人拉扯的提线木偶。也许，人到了孤立无援的绝境时，偶尔会出现脑电波迅速回流的现象，她能感受到早已冷却的血液正凶猛冲撞着脆弱的皮囊。

锋利的刀刃不急不缓地划破她的衣服前襟，刮蹭肌肤上的茸毛，男人深凹的眼睛燃起邪恶的火光，他对她的渴望，不加掩饰地喷涌而出。

冰冷的刀锋抵着她胸衣的中心，轻轻一挑，他朝思暮想的画面便会呈现在眼前。

江淼压着呼吸，细柔的嗓音略显遗憾：“这就满足了吗？”

男人一愣，停下动作：“什么？”

她垂眸，看向即将失守的防线，轻轻一笑：“你说你爱我，可你连我喜欢什么都不知道，你所谓的爱，是不是很可笑？”

男人摸不清她想玩什么把戏，但有回应的猎物总能轻易勾起骨子里的占有欲，他嘴上笑着，刀放在桌子边缘，枯瘦的大手已抚上她裸露的小腹，猥琐地一寸寸上移。

“那你告诉我，你哪儿最敏感，我一定好好疼你。”

江淼强忍胃里剧烈的恶心，嘴角勾起娇媚的笑："这话得悄悄说……"

疑心病重的人自是不好骗，他冷冷盯着她，纹丝不动。

江淼晃了晃被绑起来的双手："我已经逃不掉了，与其被动接受，不如选择认命，我相信你不会伤害我的。"

陆榅神色莫测地看着她，她一脸纯良无害，一双眸子柔情似水，看得人春心荡漾。良久，他咧开嘴角："我喜欢聪明的女人。"

他缓缓挪动位置，还真像个情窦初开的少年似的侧头凑过去，耳朵贴向她唇边。

女人温热的呼吸擦过他的耳廓，轻轻吹气："不够近哦……"

他笑着再凑近了点，江淼眼神忽现阴狠，嘴一张大口死咬住他的耳朵，下了吃奶的狠劲，不过几秒，猩红的血便从齿间滑落。

男人疼得乱叫，江淼猛地松了嘴，男人下意识后仰身子，还没来得及做下一步反应，江淼就一副视死如归的样子拿过桌上的小刀。被绑的两手蓄力不少，她憋着一口气，尖利的刀锋直直插进他的身体。

陆榅难以置信地看着身上的小刀，反手一巴掌扇过去，早已用尽全力的江淼歪倒在床上。

他一脸煞白，后背的汗水顷刻间浸湿身体，一手强撑着桌边，人恶狠狠地看着她，那眼神，真像要将她撕成碎片。

江淼是第一次做这种事，刀偏了几厘米，不足以致命，但失血过多到最后依旧活不成。

死并不可怕，因为他从一开始，就没打算活着出去。

清醒过来的江淼趁着他瘫软之际，摇摇晃晃地从床上爬起来，飞速冲向大门，可谁知门被锁得死死的，她绝望得快要哭出来了。身后急促的步子响起，她回头，又是一巴掌狠厉地扇过来。

男人一手拽着她的长发往床上拖，江淼挣扎之际不小心踢翻了角落的油桶，满地湿滑的汽油，只要星点火苗，他们便会葬身火海。

江淼被狠狠地甩在床上，男人一手掐着她的脖子，另一手疯了似的扇她的脸，她被打得险些昏迷过去，半昏半醒间，她看见陆榅咬牙将刀从身体里拔出来，高高举起，欲朝着她狠厉刺入。

她缓缓闭上眼，已经没力气害怕了。

砰！一声剧烈的响声，似玻璃破碎的声音。

然后，她隐约听见一阵打斗的声音，有人痛苦哀号，随即重重坠地，再然后，她被一阵熟悉的体温围住。

“淼淼……淼淼……醒醒……”

江淼艰难睁开眼，脸颊红肿出血，等看清了男人的脸，她鼻子一酸，什么话都说不出来，委屈得直掉眼泪。

纪炎心疼坏了，颤抖着看着她衣衫不整的样子，她全身像是在冰水里泡过，经期中的下体已开始渗出鲜血，他无法想象这段时间里她遭受了怎样的虐待。

纪炎拉开防护面罩，低头吻了吻她的额头，将人紧紧抱在怀里，眼圈通红。

“我来晚了，对不起……”

这是江淼第一次见他穿消防服，真好看，像极了来拯救她的英雄。

她冰凉的指尖抚上他的脸，气息微弱：“纪炎，我等到你了。”

第十八章 妄想

窗外风雨交加，凛冽的狂风穿过破碎的玻璃，刮进来一地潮湿冷气。

房内弥漫着浓重的汽油味，纪炎深知这里不能久待，他将虚弱的江淼抱到窗边，转身去对付瘫软在地上的男人。

那人被揍得满脸都是血，眼底阴鸷，一手艰难地撑起上半身，狰狞的刀口淌出鲜红的血液，后背已完全被油渍浸湿，正仰着脸朝他们笑。

窗外惊雷闪动，仅一瞬，照亮陆榅煞白的脸和阴森骇人的笑。他啐了一口血水，用手背抹干："纪队长，没想到你这么看得起我，连死都要陪我一起。"

纪炎冷眼看他，淡淡一笑："该死的是你，我不奉陪。"

"为了这么个女人，至于这么拼命吗？"

陆榅色眯眯地盯着倚靠在窗边的江淼，疯疯癫癫地笑："不过话说回来，身上可够软的。"

纪炎一秒变脸，眸光恨不得将他切割成两半。

陆榅背贴着冰寒的铁门，低头看了眼表，脸上露出怪异的笑："还有三十秒，我们，一起看烟花……"

纪炎停步，警惕地环顾四周，不敢轻举妄动。他冷静下来低声道：

“如果爆炸了，你也别想活。”

陆榅被逗笑了：“我怕什么，死了还有你们陪我，值了。”

纪炎沉默地看着他，此人并非善茬，换言之，从备好两桶汽油开始，他就已做好同归于尽的打算。

屋内空间过小，大门已被焊死，且是一时半刻难攻破的防盗门，他早知这人必然会留一手，但时间紧迫，算不准话里的真实性。

纪炎不敢赌，转身奔向江淼，陆榅看着表，慢条斯理地念道：“三、二、一……”

“轰”的一声，房内仅有的木床从床底被炸穿，破碎的木渣落得满屋子都是。

床单、木头皆是易燃物，燃烧不过几秒，屋内火光四溢。

陆榅仰天大笑，癫狂的笑声充斥着房间的每个角落。

火焰直逼天花板，整个房间都被滚滚浓烟包裹。

此时的纪炎已顾不上那个神经病，一把抱起江淼预备跳窗，楼下早设好消防气垫。由于雨势过大，湿滑度加倍，高空跳下去依旧存在风险，但眼下没有更好的办法了。

江淼是第一次近距离接触火灾，吸入几口浓烟后，大脑逐渐缺氧，纪炎将自己的氧气罩戴在她头上，她深深喘了几口，人也没有刚才那般窒息。

窗口不大，只能勉强容下两人，江淼依偎在他怀里，透过模糊的眼罩盯着男人英俊的脸，心安了几分。

“抱紧我，别怕。”

房内的温度急速升高，湿冷的空气仿佛被点燃了，压得人喘不过气来。

烟雾缭绕间，一双干瘦的大手死死拽住纪炎的脚踝。

他回头，满身是血的陆榅朝他咧嘴，吐出一口血水，断断续续地说：“她是我的……还给我……”

纪炎冷笑一声，狠厉地踹向他的胸口，陆榅被踢得朝后滚了两圈。

“纪炎……”江淼侧头想去看。

男人急忙遮挡她的视线："闭上眼睛。"

她眼前一黑，下一个字还没来得及说出来，便被男人紧紧抱住朝下一跃。一股强烈的失重感席卷全身，两人脱离窗口的那瞬，屋内响起震耳欲聋的爆炸声，她耳朵像失聪了一样，周遭一切寂静。除了纪炎胸腔里沉重迅猛的心跳声，她什么都听不见。

他几乎将她完整地护在怀里，两人双双坠入气垫床，顺着冰凉的积水滚出好几米远，直至完全停下，躺在纪炎身上的江淼才试探地睁开眼。

男人面无表情地躺在她身下，身体僵硬，仿佛死掉了一样。

江淼的心漏了一拍，取下碍事的面罩，小心翼翼地用手去触碰他的脸。

一开口，眼泪就止不住地往下掉："纪炎，你醒醒，你看着我……呜呜……你看我一眼……"

火势虽猛，但现场早已做好充分准备，没多久便干净利落地灭了火，顺便抬出了伤势严重的陆榅，交由警方处置。

这边几个年轻的警察尴尬地站在一旁，说话也不是，沉默也不是，最后还是何澜上前，轻拍江淼瘦弱的肩。

"那个，我说……"

江淼缓慢回头，可怜兮兮地抹开眼泪，声音一抽一抽的："纪炎，是不是死了？"

何澜强忍着没笑出声来，嘴里絮叨着："壮得跟牛似的，哪儿那么容易死？"

江淼没听清："什么？"

"没。"何澜见她衣衫不整，脱下自己的外套盖在她身上，轻声安抚，"晕过去了，不碍事。"

江淼将信将疑："真的吗？"

何澜笑："真的，但恕我直言，你再这么压下去，他指不定会因为呼吸困难……"

江淼一听脸色大变，忙不迭地从他身上下来。

在旁候场半天的医务人员赶紧抬着担架出现，动作利索地将她跟纪炎分开抬上救护车带走。

清理现场自是消防部门的工作，何澜翻开盖着尸体的白布，皱眉火速盖上，感慨道：“惹谁不好惹那家伙，活该你葬身火海。”

医院。

屋外一道炸雷，惊醒床上昏睡的男人，纪炎睁眼，周遭一片纯净的白，伴着刺鼻的消毒水味道。

端坐在沙发上的江牧跟鹿白两步凑过来：“纪队，你醒了？”

纪炎疲倦地闭了闭眼，等彻底回过神，喉间滚出沙哑的字音：“她呢？”

鹿白愣了一秒，倒是鬼机灵的江牧率先回过神：“江老师很好，一点皮外伤，没大事。”

精神高度紧张的纪炎终于喘了口气，吊在悬崖边的那颗心稳稳落地。

他起身下床，脚落地时右脚踝传来一股钻心的疼，纪炎皱眉低头看着包扎过的右脚。

鹿白赶忙上前扶住他：“纪队，您悠着点，脚伤了，安稳休养几天。”

纪炎记得他失去意识时右脚刺骨的疼痛，许是在地上翻滚时受的伤。不过这点疼在他眼中着实算不上什么，比起这个，他有更重要的事需要亲自去确定。

他挣开鹿白的手，一步一步挪向病房门：“你们在这老实待着，不准跟着我。”

鹿白迟疑，有些担心：“可是纪队……”

极有眼力见的江牧用力拽他衣袖，示意他闭嘴，在身后扯着嗓子吼道：“报告纪队，江老师在 411 病房。”

纪炎停步，回头意味深长地看他一眼，随即转身，慢吞吞地走出房间。

鹿白凑过来，不解地问："纪队那是啥意思？"

江牧一脸嘚瑟："你懂个屁，夸我呢！"

鹿白斜眼："你的脸可真大。"

江淼的病房离纪炎的病房不远，走过去也不过十来米的距离。

纪炎站在她病房前，抬手整理好病号服，手刚摸上门把手，就听见里头"啪"的一声，巴掌声又重又响。

纪炎呼吸一紧，条件反射欲推门而入，可里头紧接着传出的尖利女声让他的心瞬间沉下去。

"你了解他？你了解他多少？你知道他当年把他爸丢在火场自己逃命吗？你知道他妈被他逼疯现在还在精神病院治疗吗？我告诉你江淼，你现在就是魔怔了，你跟这样的男人在一起，以后走的就是你外婆的老路。"

江淼急得声音都不稳了："你胡说！"

"我胡说？我还就告诉你，如果有一天你遇到同样的险境，他的第一选择也不会是你，你听明白了吗？"

此话一出，屋内彻底安静了。

纪炎垂眼，缓缓松开握住门把的手，转身那刻，他苦笑了声。

那苦涩，只有他才懂。

本该属于他的光亮，早被他亲手毁了，连渣都不剩。

他不该妄想的。

第十九章 确定

江淼虽是皮外伤，但医生还是建议住院观察几日。

这几日，便也成了她被禁足的几日。

她跟江母一见面就吵得不可开交，谁都不让谁，儒雅的江父恐影响江淼情绪，自告奋勇充当和事佬，顶替江母守护在她病床边。美其名曰是照顾，实则是江母派出的保镖，谨防江淼偷溜出去。

江父素来话少，父女看似和谐独处，其实隐约透露着一丝尴尬。

江淼的手机被没收，没法联系纪炎，只能天天躲在被子里默默掉眼泪，她心里担心纪炎，也不知他清醒了没，伤得重不重……

闺女这几日心事重重，食欲不振，江父看在眼底，也很是心疼。

夜晚，江淼大多数时间都是蒙在被子里数羊，顺带胡思乱想一通。谁知关灯前，蒙在头顶的被子动了动，随即传来江父清润的嗓音。

“淼淼，我得去趟研究所。”

江淼愣了一瞬，缓慢眨眼。

“今晚……”他停了两秒，慢悠悠地把话说完，“应该不回来了。”

江淼呼吸都紧了，猛地挣开被子，睁着一双大眼小心翼翼地问：“那妈妈她……”

江父笑，冲她眨眼：“这是秘密，咱俩谁都不说。”

江淼心领神会，忙不迭地点头，心头竟燃起一丝扑上去撒娇的冲动。

临走前，江父告诉她，明早八点左右江母会来接班，让她时刻保持清醒，千万别误了时间。

父女相视一笑，这是少有的温情时刻。

纪炎早早便赶走了过度热情的鹿白跟江牧，这几日都不曾走出病房，一直躺在床上养伤。

夜深人静，四周静逸。窗外咆哮的风雨如湿凉的长鞭，接连不断地抽打着玻璃，滑出一条长长的水痕。

他翻来覆去睡不着，眼睛直愣愣地盯着雨气朦胧的窗外，脑子却空白一片。

没多会儿，房间传出一阵细弱的响动，房门似被人推开，又轻手轻脚地锁上。

纪队长全身紧绷，呼吸顿住，呈现一级戒备状态。

有人轻轻拉开一侧被子，像只偷腥的小老鼠，磨磨蹭蹭地蹿上床。

她以为他睡着了，动作尽量放轻柔，一点一点挪动身子蹭到他背后，小手轻轻拉扯他的衣服下摆，探进上衣，轻柔地滑过他硬邦邦的窄腰，贪心地来回轻抚。

暗色下，原本一脸冰霜的男人目光一热，以迅雷不及掩耳之势拽出作恶的小手，翻身将人压在身下。

江淼吓得一激灵，手腕被拽得紧紧的，水灵灵的眸子瞪得大大的，嘟着嘴柔声呼疼。

纪队长松开她的手，不紧不慢地拧开床头灯，江淼被灯光刺激得皱眉躲闪，本能地往男人怀里钻。

纪炎捏着她的下巴将小脸摆正，垂眸直视她水润的眼睛，拇指在她脸颊上滑动。

他嗓音粗哑："偷跑出来的？"

江淼一听这话就来气，幽幽怨怨地瞪他一眼："你为什么不来找我？"

男人不动声色地移开视线，干涩笑道：“你那里戒备森严，我总不能爬窗进去吧。”

江淼不满这个解释，气鼓鼓地掐他腰间结实的皮肉，可掐了半天都没找到着力点，再一想起这些天的牵肠挂肚，恨不得揍他一顿才解气。

他的眼眸很深，猛地按住她乱动的手，拽在唇边吻了吻。湿软温热的触感融进手心里，江淼心跳都停了，躁动的情绪一秒安定下来。

他躺回床上，顺带将软乎乎的江淼抱进怀里。

两人的呼吸声一轻一重，她仰头看他，盯着他下巴处微刺的胡楂发呆。

男人沉默了很长一段时间，就在江淼要受不住这种安静时，他才低沉地蹦出几个字：“我以为，你不会来找我了。”

江淼听得一愣，茫然地问：“为什么？”

他声音低下去，情绪也一落千丈：“没什么。”

江淼再傻也能听出几分怪异来，两手执拗地扳正他的脸，逼他直视自己的眼睛：“你怎么了？说话怪怪的。”

纪炎看着她，干燥的唇张了张，话全哑在喉间吐不出来，然后他自嘲地笑笑，动作僵硬地摸摸她的头，生硬地转移话题：“皮外伤也得好好养，以后不要再随便乱跑，快回去，晚了家人该担心了。”

江淼咬了咬唇，盯着他的眼睛：“你不想见我吗？”

“怎么会……”

她眼眶红了，声音哽咽：“那我不该来是不是？”

男人的喉结滚了滚：“淼淼……”话说到一半，又一次失声了。

江淼气得够呛，用力推开他转身便要下床，男人眼疾手快地锁住她的腰，强硬地将她捞回怀中。

他的声音在耳边响起，带着些许湿意：“我没这么想，你别生气。”

她咬紧牙关，强忍着不掉下泪来，倔强的扭动身子，可他分毫不让，反倒箍得更紧了。

男人的身体很烫，如一团炙热的火焰将她包裹住，让她总是在最不恰当的时间，忍不住贪恋他身上的温度，还有他骨子里散发出来的温柔。

“你不想见我，我走就是。”

“怎么可能不想……”他轻咬住她的耳垂，低声笑，“差点没得相思病。”

江淼别扭的哼道：“那是你活该。”

“嗯……”他嘴上应着，将怀里的人转过来，低头蹭了蹭她柔滑的唇瓣，“我错了。”

江淼娇羞地躲开他炙烫的吻，狠捶了他一记，一拳不解气，硬是又多怼了两拳。

“你就是个闷葫芦。”

纪炎宠溺地看她，像要将人融化：“我是。”

两人安安静静地抱了会儿，江淼抬头看他雾蒙蒙的眼睛，看得一时眼热，一手勾着他的脖子，将他压在身下。

她居高临下地看他，多瞄几眼那张英俊的脸，全身的小骨头都酥了，再狠的话出口都是软绵绵的。

“纪炎，我已经成年了，你不要总把我当成小孩子好不好？”

男人静默地看她，没出声。

她舔了舔唇，继续说：“你有不开心不要闷在心里，你告诉我，我都想知道。虽然……我现在的肩膀还不够厚实，或许不能帮你分担很多烦恼，但你需要的时候，我一定会陪着你，我不会丢下你一个人跑远的……”

男人目光深沉，蒙了层她看不透的浓雾。他抬手摸摸她的脸，嗓音低沉：“不管我是什么样的人，你都会陪在我身边吗？”

江淼倏地笑出声，指尖在他胸前交替着上移：“我这个人很固执，我只会相信自己亲眼见过的事，其他人说的话，我一概不信。”

纪炎圈紧她的小手，声音哑了：“淼淼……”

她有点不好意思，可仍是按捺不住想亲近他的心，她想，她这辈子的勇气大概全用在他一人身上了。

“纪炎，我想……确定一件事。”

“什么？”

江淼深吸一口气，慢慢吐出来：“我想确定，你还是不是我的……”

男人愣了几秒，随即勾唇一笑，伸手关上床头柜暗黄的灯。

黑暗笼罩下，她听见男人低低的笑声。

他拉住她的手，缓缓移到衣服下，声音又撩又热：“想要什么，得自己来。”

后半夜，窗外的雨停了，水声汇成悦耳的音符，像一首浑然天成的催眠曲。

睡梦中的江淼紧贴着男人胸口蹭，素来觉轻的纪队长被折腾得一整晚没合眼。

天刚蒙蒙亮，纪炎小心翼翼地抽出麻木的手臂，动静极小，却成功吵醒怀中熟睡的人。

江淼半睡半醒，脑子还是混沌的，一手缠紧他的腰，恨不得整个人黏在他身上。

“醒了？”男声沙哑。

“唔……”

清晨的小奶音酥得人心都化了，软绵绵的，勾着他的魂。

纪炎低头寻着她的小嘴，低声哄着：“天亮了，我送你回去，免得家人担心。”

江淼不从，头深埋进他怀里：“好困，不想动。”

“听话。”

江淼紧闭双眼，选择装死。

纪队长无奈，费了九牛二虎之力才将她从怀中剥离开，先行下床穿好衣服，等他拿着江淼衣物绕到另一侧，她已用被子将自己团团包裹，遮住大半张脸，徒留一双清澈的大眼睛看着他。

男人低手想去拽她，她警惕地皱眉，裹着被子缩后几寸。

纪炎叹了口气：“非得来硬的？”

江淼闷着不出声，两手紧拽被子角，摆明了要将耍赖进行到底。

猫抓耗子的游戏着实有趣，但天真的小耗子明显低估了老猫的战斗力，一分钟后，奋力反抗的江淼终是落入男人的魔爪。

他将她抱在怀里，严肃认真地给她穿好衣服。

穿戴整齐的江淼不肯松手，两手搂着他的脖子，忐忑地问：“你还会不会来找我？”

纪炎愣了下，笑言：“这算什么问题？”

“会不会？”她执着地要个答案。

男人捏了捏她的脸，调侃道：“你这一脸幽怨，弄得我跟抛妻弃子的渣男一样。”

江淼垂眸，心底说不出的落寞，下巴搁在他肩头，呼吸轻弱：“我就是……没什么安全感，总觉得你会离开我。”

“是我的错。”纪炎轻轻拍打她的背，温柔安抚：“如果我做得更好些，也许你能对我多点信心。”

她不说话，就这么安安静静地抱着他，好似这一秒的岁月静好，能温暖地抚慰人心。

其实江淼也不清楚那股道不明的沉郁究竟从何而来，她只知道心里堵得厉害，唯有在他身边，才能舒坦几分。

人心总是贪婪的，欲望永远无止境。一开始她以为她想要的只是他这个人，可到了现在，她发现，她贪心地想要他的全部。

纪炎原想亲自送她回病房，江淼一口拒绝了。

她下意识地避免任何纪炎可能撞见江母的场合，她知道江母不喜欢纪炎，保不准会说些什么难听的话去刺激他，她不愿见到他为了自己低头隐忍的样子。她不舍得，即便只能用自己微小的力量去默默保护他。爱情是什么她还不太懂，她只知道如果一个人难过会带给她撕心裂肺的疼，那她宁愿自己挡在他面前，即便被戳得遍体鳞伤，她也心甘情愿。

她不认为自己有多伟大，因为喜欢一个人，本就该如此，不是吗？

临走前，纪炎拉着她叮嘱道：“明天我就归队了，这段时间没什么假，会很忙，你照顾好自己，我有时间就过来看你。”

“嗯。”江淼依依不舍，嘴里胡乱絮叨着，“你不准受伤，平时不忙要多跟我联系，不准失联，每天都要报平安，还有，你要想我，还有还有……”

“好了，你已经复述三遍了，我都记着。”

江淼这才肯罢休，转身之际，又突然回身，踮脚在他脖子上狠咬了一口，男人没动，直到她松口，心满意足地盯着自己的杰作傻笑。

纪炎彻底被打败，摸了摸被咬出血的脖子，屈指弹她的额头：“顶着这东西，我还怎么带队？”

“这叫宣示主权。”一说起这个，江淼眼睛都绿了，斗志满满，“别以为我不知道，觊觎你这块肥肉的可不止我这头狼。”

男人被逗笑了，宠溺地摸摸她的头：“小野狼，你该回去了。”

她笑眯眯地嘟起小嘴：“亲一下。”

男人应她要求吻了吻她的唇，可江淼不依不饶地缠上来，瞬间点燃唇齿间的呼吸，本是蜻蜓点水的吻，最后愣是勾得男人也有些欲罢不能。

好在男人理智尚存，及时悬崖勒马，等人离开后，整晚没合眼的男人转身一头扎进被子里。

再清醒，已是日上三竿。

鹿白跟江牧准时准点出现在他病房，美其名曰迎接他出院。

三人路过江淼的病房，素来八卦的江牧假模假样地凑过去瞧了眼，转头再看纪炎，神情困惑：“纪队，江老师出院了吗？”

纪炎愣了下，淡定地掏出手机，界面干干净净，没有任何信息跟电话。他默不作声地收回手机，瞥了江牧一眼：“多事。”

江牧耸耸肩，两手一摊。

恋爱中的男人啊，不是装就是矫情，没一个正常人。

归队后，纪炎因脚上的伤未痊愈，所以只参加日常训练，并不参与救援行动。

很快他就投身于严苛的训练中，只是不管衣领遮得多严实，脖颈上那抹撩人的红印仍会偶尔露出来，让人浮想翩翩。

那一道道暧昧不清的目光扫过来，年少的小伙子们憋笑憋得快断气了，纪炎始终板着脸，权当没看见，眼不见为净。

就连素来云淡风轻的朱政委见着后也是意味深长的笑，拍拍纪炎的肩："年轻人血气方刚是好事，但也别太招摇，队里这么多单身汉，还是得考虑一下他们感受。"

纪炎被笑到没脾气，脸颊微红："您说的是，是我欠考虑了。"

朱政委挑眉："听说是吴老的外孙女？"

男人默默点头。

朱政委呵呵笑，揶揄道："老吴这牌面可比我大多了，可怜我家那傻丫头一门心思扑在你身上，你这爱搭不理的，原来早就心有所属。"

纪队长一时无言："政委……"

"也罢，强扭的瓜不甜，不管怎么说，你这老大难的问题算是有了着落，好好珍惜人家，千万别掉链子。"

男人身姿挺拔，语气坚定："是。"

深夜，男人翻来覆去无法入眠，转而拿出手机翻出江淼微信，盯着平静的界面，陷入沉思。

小丫头一声不响地出院，一条消息都没给他发，他怎么想都觉得放心不下。

思来想去，他还是忍不住发了条微信。

"回家了吗？"

直到入睡前，那头依然安安静静，无人回话。

后面接连几天的高强度训练，累得男人沾床就睡，直到第四日深夜，床头的屏幕亮了很长时间，他睡得太沉，第二日醒来才发现有三个未接电话，全是江淼打来的。

他下意识回拨过去，那头已关机。

纪队长一整天魂不守舍，心里七上八下的。这晚又到深夜，他一丝瞌睡都没有，眼睛眨也不眨地盯着手机，这次终于如他所愿，等到了江淼的电话。

不等对方开口，他急切地问："你在哪里？"

那头明显愣住，而后压着声线，气音弱弱的："我转到省人民医院了，手机被我妈没收，联系不了你。"

消防大队离省院不远，说话间，纪炎已火速穿好衣服，拿着车钥匙便准备出门，以不容拒绝的口吻说："我现在过来。"

江淼柔声拒绝道："太晚了。"

男人停步，声线低沉："淼淼，我很想你。"

江淼的脸微微发烫，她掀开被子，偷偷瞧了眼陪护床上熟睡的江父，笑着应声："好。"

十五分钟后，车子稳稳地停在省院户外停车场中，他刚要拿出手机打电话，副驾驶座的门已被人拉开，一抹白影迅速窜上车，纪炎还没看清来人，江淼便已迫不及待地穿过间隔带，男人默契地伸手接住她。

她窝在他怀里，一动不动，男人抬眼，黑眸泛起亮光，江淼被盯得有些羞，四目相对，两人呼吸停了一秒，嘴唇自然而然地贴合在一起。车内的热度不断攀升，男人压抑几日的情绪寻到倾泻口，揉着她的腰，近乎撕咬地亲她，江淼有些招架不住，没多久便软声求饶。

亲完后，江淼埋在他颈窝处，气息不稳地轻喘。

纪炎透过车窗玻璃，看着窗外墨黑的夜色，良久，开口道："淼淼，找个时间，我想正式拜访你的家人。"

江淼胸腔一紧，满脑子都是江母的脸。

"不要。"她迅速拒绝。

男人垂眸，目光沉静："为什么？"

江淼紧闭双唇，思来想去，愣是没找到一个温和且有说服力的理由。

他等了半晌没等到回答，索性强制性地抬高她的下巴，迫使她直视他的眼睛。

“这已经不是第一次了。”他声音低下来，“是我哪里做得不够好，所以你才这么抗拒吗？”

第二十章 生日

江淼轻咬嘴唇，纤细的长睫微微扇动，沉默半晌，不知该怎么回答。

她闪躲的眼神被男人尽收眼底，他的眼神变得昏暗不明，沉静地盯了她会儿：“让你为难了吗？”

江淼头摇成拨浪鼓：“不是的。”

“那是什么？”

她垂下眼，又不说话了。

纪炎见状，知道追问也没太多意义，嘴角一勾，带着微微苦涩：“是我考虑不周，吓到你了。”

然后不等江淼反应，他又故作轻松地转移话题：“身上的伤养得怎么样了？”

江淼的脸烧起来，嘴里不知嘀咕了句什么，男人没听清楚，抬头凑近她的脸：“大点声，再说一遍。”

他滚烫的鼻息蹭到她脸上，温温麻麻的，她身子也没出息地热起来，凑近他耳边，柔声细语地咬耳朵。

纪队长听得眉眼带笑，动作粗暴地将人按在怀里，密密麻麻的吻落下，吻得她娇喘不止。

下车时，她整个人轻飘飘的，一步三回头地冲他傻笑。

男人粗糙的拇指抹开唇上飘散的星点水渍，香甜软滑的触感仿佛还停留在舌尖根部。他意犹未尽地舔了舔嘴角，发动车子离开之际，满脑子都是她纯到滴水的荤话。

“旧伤早好了，身上全是你那晚掐的印，你还好意思问……”

各自继续养伤几日，两人重返工作岗位。

纪炎还是忙碌得一如既往，临近深秋，各类安全事故频发，有时忙得连休息的时间都没有，二十四小时轮流转，日夜颠倒下，同江淼的联系自然也不如之前密切。

偶尔夜间通话，他疲惫到眼睛都睁不开，有一搭没一搭地应声，有时实在累极了，扛不住了闭眼睡去。

电话那头的江淼心疼坏了，舍不得挂电话，便窝在被子听他微沉的呼吸，透过电流一点点灼烫她的耳，心暖了，人也满足了。

她出院后，在家又待了两日，江母还是那执拗的性子，一见她就拼命数落纪炎，把他的工作跟家世全抖了个遍，能说的难听话毫不留情地往她脑中灌，她梗着脖子同江母据理力争，吵得不可开交。

最后还是江父出面调停，迅速想出办法，暂时减缓家庭纷争。

两日后，江父亲自将她送去新买的公寓，也算是为女儿寻了处安静的休养之地。

其实就他本人而言，他对消防员并无恶劣印象，反倒是路过纪炎病房外时，偷瞄过一眼，病床上的男人五官俊朗，眉宇间透着一股英气，看着挺让人心安的，也难怪自家姑娘对他一往情深。

可虽说心理上站队江淼，但情感上又不能忽略自家老婆的感受，于是只能两边哄着，想着等江母怒气消散些，再循序渐进地给她做思想工作。

十一月中旬，江淼的生日。

仔细算来，两人已有一个多月没见面了，心中思念如洪水泛滥，勾得她抓心挠肝的。

她提前两日给纪炎发了微信，也没说她生日，只说自己想见他，直到凌晨一点，那头才回复。

睡梦中的江淼迷糊着摸出手机，界面上两个字倏地撞进眼底，她瞌睡瞬间醒了，一个人傻笑着在床上来回翻滚。

纪炎：等我。

之后的两日，她几乎沉浸在自己编制的幻境里无法自拔，满脑子都是男人宠溺的笑跟迷得她神魂颠倒的脸，她都不敢多想，想多了脸会烧起来，泛着不正常的红晕。

李宸瞧见，调侃她一脸春相，她也不生气，始终笑眯眯的，心情好得不一般。

她委婉拒绝了家人跟朋友的邀约，二十四岁的生日，她只想跟心爱的人一起度过。

电话那头的江母阴阳怪气地对江父说："人还没嫁出去，心就飞了，以后有的是哭的时候。"

茉莉气得暴跳如雷，直说她是个见色忘友的坏女人，江淼一点脾气都没有，一律照单全收。

期待的时间总是度日如年，好不容易熬到生日当天，又恰逢周六，她有一整天的时间好好捯饬自己，顺便把屋子收拾干净。

她特意换了个新发型，柔软的黑发烫了卷，发尾擦过肩头，乖顺地贴着耳朵，衬的巴掌大的脸又小了一整圈，再配上精致的淡妆，就连理发师都说她生得水灵，怎么弄都好看。

小屋收拾得一尘不染，她提前准备好两人份的蛋糕，洋娃娃穿婚纱的造型看得人心花怒放。

她甚至把茉莉之前送的性感睡衣都拿出来，喷上香水，平整地放进被子里，一想到晚上可能会发生的事，自己都害羞到捂脸坏笑。

两人约定好晚上七点见面，她提前发过地址，满心欢喜地坐在沙发上等他，眼睛盯着略长的分针滴答滴答滑过钟盘，等人回过神来，时间已过八点。

手机安静，房门冷清。

她的心从开始的激动一点点归于平静，最后衍生出几分失落跟委屈来。尽管如此，她依旧安慰自己，他只是因为工作耽误了时间，他一定不会忘记的。

屋子里开着昏黄的顶灯，她端坐在沙发上，失神地看着黑亮的电视屏幕，她小小的轮廓印在里头，一动不动。

等时针晃过九点，她实在憋不住阴郁沉闷的情绪，一连发了几条微信过去。

“今晚的约会你还记得吗？”

“你在忙吗？”

“纪炎，我在等你。”

良久，她还是没等到他的任何讯息。心随着流逝的时间慢慢沉下去，她歪靠着沙发背，睡了过去。

也不知过了多久，喧闹的电话铃搅乱深夜的宁静，江淼从梦中惊醒，一看来电，心跳声似脱缰的野马，整个人好像瞬间活过来一样。

她急切地接通电话，声音颤抖：“你在哪里？”

那头静了两秒，出口的语气疲惫不堪：“淼淼，对不起，我今晚失约了。”男人揉了揉酸痛的眉眼，耐心地解释，“城西工厂大火，没来得及跟你说，你等我很久了吧？”

江淼咬紧嘴唇，翻滚的泪珠在眼中打转：“也没……多久……”

“抱歉，都是我的错。”

“不怪你，不怪你……”她一遍遍重复，那话也不知是说给他听还是说给自己听，“没关系的，你工作忙嘛，我理解的。”

她语气中带着浅浅的哭腔，男人怎么可能听不出来，声音软下去：“淼淼。”

江淼“唔”了声，一滴泪掉下来，她忙用手背去擦，谁知越擦越多，最后干脆捂住嘴，不敢哭出声，任眼泪打湿脸颊，全滴在衣服前襟上。

“我……”后面的话还未说出口，那头响起刺耳的警铃声，江淼听见有人推门而入，焦急地喊着“纪队”。

纪炎停顿了两秒，温声细语道：“我先出警，回头给你打电话好不好？”

她飞速回了声“好”，先一步挂断了电话。

屋里又恢复先前的寂静，除了她隐忍的抽泣声，连流动的空气都要凝滞了。

江淼看了眼墙上的挂钟。凌晨一点，她的生日，已经过了。

她失落地点燃茶几小蛋糕上的蜡烛，亮光将她脸上的泪痕照得一清二楚。她深深吸了口气，缓缓吐出，嘴角扯开一丝僵硬的笑：“江淼，生日快乐！”

第二十一章 欺负

生日过后的几天，纪炎每天都抽空跟江淼发微信或打电话，江淼虽没有明说，但字里行间中隐着的幽怨怎么都遮不住。

有时聊得好好的，他突然又接到出警的通知，匆匆挂了电话。

然后，他若整晚不回信息，江淼便担心到整夜睡不着，待在家里的人远比在外冲锋陷阵的人更为心焦。

时间一晃到了月中，她照例开车去外婆家用晚餐，丰盛的饭桌上，她心事重重，就连最爱的红烧肉也只尝了两口便停下筷子。

活了大半辈子的外婆一眼就瞧出不对劲来，江淼眼底原本闪亮的光芒彻底被浓雾覆盖，整个人无精打采的。

她试探着问："囡囡，外婆做的菜不合口味吗？"

江淼这才回过神，摇头否认，勉强扯开一丝僵硬的笑："味道很好。"

外婆一眼就看穿了："那你是不是有什么心事？跟外婆说说。"

江淼垂下眼，被外婆这么一问，本就沉郁的心更是荡到谷底。这段时间她总是强颜欢笑，心里难受也不对外说，就连同茉莉聊天，她都不敢随意谈论有关纪炎的事。

茉莉基本跟江母站一条线上，那丫头现在可是对纪炎一万个不满意，说他除了相貌身材简直一无是处。

其实江淼并不在乎身边人怎么看待他，他有多好，她们又怎会知道？所以尽管她们拼命唱衰，她依旧坚定初心，毫不动摇。

江淼思来想去，小声开口问：“外婆，以前外公在前线救援时，你会不会担心到睡不着？”

外婆一愣，若有所思地打量起江淼，心有疑惑却没问出口，只轻描淡写地说：“常有的事，习惯就好了。”

“那外公他常年待在部队，陪你的时间少之又少，这么多年，您就没有委屈跟埋怨吗？”

说起这，老人嘴角晃过一丝笑意，似回想起一些有趣的过往，感慨道：“年轻的时候也闹过，可又有什么法子，人是自己死乞白赖追到手的，总不能要求人家放弃自己的追求跟信仰吧。”

然后她眉飞色舞地摆摆手，脸上泛着幸福的红光：“何况，打从一开始我就清楚他的工作性质，如果觉得委屈，除了接受便是离开……可是，你爱一个人，不能只爱他的一部分而讨厌他的另一部分，这不叫爱，叫自私的占有。再说，你外公那脾气你晓得的，哪能轻易受别人左右，我是知道自己离不开他，自然只能选择接受。”

老人语重心长地说：“一段感情要想得到圆满结果，必须要有一人先做出退让跟妥协，不然硬碰硬，迟早得散。”

江淼似懂非懂地点点头，也许她年纪还小，很难在最短时间内消化这段话。可最后那句“总要有一人先做出退让跟妥协，才能圆满”，她听进心里去了。

回家的路上，江淼将外婆说的话在心里来来回回过了好几遍，脑子一热，竟驱车来到烟城消防大队。

车停在路边，她拿着手机犹豫半晌，最终还是发了条微信。其实信息发过去她心里也没底，不知他在不在队里，更不知他是不是在忙。

好在没等多久，那头很快回拨过来，江淼紧张地接通，那头气喘吁吁，只说“等我一下”便挂了电话。

几分钟后，宽阔的前坪隐约出现男人挺拔的身影，江淼想都没想就开门下车，男人一路小跑过来，她心急地迎上去，刹不住脚，直直撞进他怀里。

已到深秋，男人穿着短袖训练服，好像刚进行完夜间训练，晚上风凉，冷风轻轻扫过他裸露的胳膊，他却一点都不觉得冷。

江淼紧搂他的腰，完全忽略他身上浅淡的汗气，只觉他滚烫的体温暖得要将她融化了。

两人默不作声地抱了会儿，纪队长温柔地抚摸她的头，看她的眼神又深又沉，难掩心底汹涌的欲望，但到底是在消防队，再怎么忍不住也不能做出过火的举动。

“怎么突然来了？”他低声问道，尾音很暖。

江淼沉浸在他的气息里，磨叽好一会儿才肯抬头看他，水亮的眸子黑得发光：“想你了。”

纪炎抿嘴笑，亲昵地捏她的脸，略带歉意地说：“抱歉，这段时间太忙了，抽不出时间去看你。”

“没关系。”江淼一脸满足，笑眯眯的，“我来看你也行，你别嫌我烦就好。”

“怎么会，你来看我是我的荣幸。”

江淼欣喜地蹭蹭他的胸口，撒娇似的问：“那我以后想你了，就来找你好不好？”

纪炎盯着那张明媚的笑脸，忍了又忍，最后只克制地亲吻她的鼻尖：“随你开心，不过来之前最好给我打电话，我怕你扑空。”

她乖巧点头：“好。”

两人相视一笑，不说话了，珍惜每分每秒，安安静静地抱了会儿。

江淼舍不得松手，总觉得放手了，又会有很长时间见不着他，她想他想得走火入魔，光是梦里都不知梦见过多少次他穿着军装英姿飒爽的俊朗模样。

良久，纪炎小心翼翼地开口：“那晚……你等了我很久吧？淼淼，对不起我……唔……”

江淼踮起脚，用唇堵住他后面要说的话，亲上去的那刻，心底甜如蜜，但好歹在消防大队里，不敢太激进，只轻吻了下，脸红红地放开他，嘴上嘟囔道："那晚已经过去了，我没放在心上，你以后也不许再提了。"

纪队长这才松了口气："你没生气就好。"

这时，后面有人在大声叫纪炎，纪炎扶着江淼的肩，恋恋不舍地退开一寸："我得进去了。"

江淼噘嘴不依："这么快？"

"里头一队人在等我训练，再不回去，就是玩忽职守了。"

江淼低眼，闷闷不乐："哦。"

纪炎垂眼笑着，被她气鼓鼓的幽怨样勾得心痒痒的，低头飞快地在她嘴角印下一吻："这样好了吗？"

江淼偷乐："还不够。"

"下次给你补上。"他安抚地摸摸她的头，等人笑了，他才心急火燎地往里头赶。

江淼呆站在原地，盯着他迅速消失的背影，嘴角还残留着他唇上的温度，她两手捂着脸，一个人傻乐了好半天，才慢慢走回车里。

自那晚成功"充电"后，江淼一扫前几日的阴霾，彻底想通了外婆说的话，她不再纠结热恋期两人之间不算常规的相处方式。

因为她知道，纪炎已经在他力所能及的范围内，做到了他能做的一切。

每天不管多忙，他都会抽空给她打电话，有时可能只是寥寥数语，但她依旧很满足。

某天，纪炎晚上出警回来，照例给江淼打电话。

"你受伤了没？"

"没有。"

"每次都这么说，鬼才相信你。"

男人刚洗完澡，上身仅套了件黑色的紧身背心，江淼还在电话那头喋喋不休地埋怨他不该隐瞒伤势，男人忽然挂了电话，紧接着拨了个视频通话过去。

那头等了好一会儿才接通，他坐在床边用手抚着湿发，认真打量着视频中藏在被子里的江淼，露出细白的胳膊和萌萌的小脑袋。

纪队长一挑眉，带着说不出的痞气："藏这么严实，嗯？"

江淼脸红了，避开他灼热的视线："你也不早说，我好提前准备一下。"

男人笑了："准备什么？"

"早说我就不穿这件睡衣了。"江淼音量渐小，"穿得有点少……"

纪队长一本正经地答道："又不是没见过。"

"喂。"江淼瞪他，可目光扫过他上半身起伏的肌肉线条，本就不多的底气散得一干二净。

男人慢悠悠地问："不想看我？"

她软了声："想……"

他声线低下去，勾着几分暧昧："你不是总怪我不说实话，你不信我我让你检查还不行吗？"

江淼呼吸一下收紧，嗓子哑了："行。"

纪炎被逗笑了，屈指弹了下屏幕："小孩子家家，成天想些什么乱七八糟的。"

江淼郁闷地瘪嘴："你就知道欺负我。"

男人收起笑，被她染上潮红的小脸勾得险些丢了魂："嗯，我是想欺负你。"

他的眼神比以往更为炙热，喉间滚了滚。

"就现在，很想。"

日子就这样又过了一个月，烟城进入深秋，寒风萧瑟，枯叶密密麻麻铺设在整个街道，好一番秋凉美景。

纪炎的工作忙碌依旧，偶尔腾出来的时间也不够两人甜蜜约会，于江淼而言，想他的时候能短短见上一面，她就知足了，不敢有太多奢求。

她明白期望越大失望越大的道理，倒不如从一开始，便将底线压至最低，少了失落的空间，反倒增添几分令人愉悦的惊喜感。

到了十二月中旬，掐指一算，两人又有小半个月没见上面了。

也不知他是不是忙得天昏地暗，跟她的联系逐渐减少，有时到了凌晨三四点才收到他报平安的微信。

清晨醒来的江淼，盯着手机屏幕上言简意赅的几个字，说不上是心疼多一些还是失望多一些。

总之，那是她第一次没有选择立即回复，而是呆滞地在床上坐了很长很长时间，胸腔里充斥着沉重的抑郁感，压得她喘不过气来。

心底明明告诫自己不该生气，可那些大义凛然的话在心头绕过一圈，最终仍是抵不过江淼家特有的别扭。

她赌气好几天不搭理他，电话不接，信息不回，跟人间蒸发一样。

到了第五天晚上，江淼从图书馆回家，人刚走进楼道，便被等候多时的男人堵个正着，她嗅到熟悉的气息，一时呆愣住，好半天没回过神。

昏暗灯光下，男人那张英气逼人的脸好似蒙了层滤镜，漆黑的眼睛像沾染了清透的露珠，水亮清澈，泛着光。

他的动作不算粗暴，大手圈着她的手腕，不动也不说话，只低头深深凝视她。

明明绅士得跟什么似的，可她的眼神一触到他的注视，心间那点缠绕的藤蔓便舒缓的展开，温温热热的。

她面上过不去，装模作样地挣脱他，男人好脾气地任她闹，等人没力气了，便拽着她的手将人抱进怀里，炙热的气息喷进她发间，他的指尖温暖而有力，轻轻抚摸她脑后的头发。

他声音哑得厉害，粗粝如沙石："我错了，别生我气。"

低沉的几个字音，仿佛刺穿了江淼浅薄的皮肉，她不知该回什么，柔柔"唔"了一声。

男人侧头，唇刚好擦过她的耳朵，她敏感地哆嗦，耳根红得彻底。

纪队长借着柔光见她绯红的脸颊，抿嘴笑了声，倏地低头去亲她的小嘴，有段时间没亲热，江淼反应迟缓，瑟缩了下。

男人挑眉："躲我？"

江淼害羞地推他一把，嘟囔道："谁让你来了？"

两人虽交往没多久，但论哄江淼的本事，他也勉勉强强算出师了。

他沉默地看她，等她被盯得站立不安，呼吸困难，咬着唇转身时，男人突然用力将人扯到跟前，抱着她往后退两步，避开昏沉的光线，就着墨黑的夜色，将人按在墙上，略带用力地吻上去。

前后不过几秒，江淼彻底乖顺下来，微微闭眼，配合他极具侵略性的吻。

直到他喘着气停下，她仍晕晕乎乎地紧贴他胸口。

男人的唇蹭蹭她的鼻尖："淼淼，我很想你。"

江淼低眸，哼道："骗人。"

纪炎轻笑："哪骗你了，刚才不够卖力吗？"

江淼脸红了，娇羞地踮脚去咬他的下巴，直到印上浅浅牙印才满足："你总这样，随便两下就把我哄好了。"

"谁让我家姑娘心地善良，善解人意……"

江淼被哄得心花怒放，强忍着没笑出声来。

男人声线低低的："不气了好吗？圣诞节我提前请假，好好弥补你。"

江淼眸子一亮，差点蹦起来："真的吗？"

"真的。"

"不准再放我鸽子。"

"不会。"

"好。"江淼笑眯眯的，两手搂住他的脖子，踮着脚在他耳边吹气，"你不去我家吗？"

纪炎笑得有几分坏："这算不算诱拐？"

她羞恼地捶他一记。

男人说："今晚不行，我偷跑出来的，得马上回去。"

江淼眉眼一低："哦。"

他咬住她泛红的耳珠："别着急，再多等几天。"

江淼被撩得呼吸热了："你又耍流氓！"

"嗯。"男人吻上那张小嘴，嘶咬一番，声线粗哑："流氓等不及……"

安静的楼道里，唇齿纠缠的声音，甚是悦耳。

圣诞节一天天临近，江淼掰着手指头数，每晚躺在床上都会翻来覆去地脑补一些美好的画面。

她已经想好了，圣诞节那天哪都不去，就跟他待在家里，一起做饭，一起洗碗，一起看电视……，还有……一起睡觉。

他休息的时间太过宝贵，她总觉得只有二十四小时都在一起，才算没有虚度。

每每想起这些，她总会不由自主地露出一脸痴笑，某次在茉莉的小酒吧聚会时，茉莉毫不留情地揶揄她一番。

江淼才不跟她计较，好心情地咬着吸管喝葡萄汁。

茉莉斜眼："我说，这消防员大叔是不是给你下蛊了？"

江淼不搭腔，美滋滋地晃动小脚。

茉莉一副受不了她的样子，无奈地转移话题："你圣诞节怎么过？我一群朋友从国外回来，个个高颜值，家境殷实，介绍给你认识认识？"

江淼头都没抬，慢悠悠地出声："我圣诞节有安排了。"

"跟谁？"

江淼闭口不答。

茉莉一脸讽刺的笑："怎么，消防员大叔终于有空搭理你了？"

"他不老，你别总叫人大叔。"

茉莉翻了个白眼："那叫什么？大伯？大爷？"

江淼被气得够呛，知道她对纪炎有偏见，怎么都说不通，索性不聊了，拿起包转身就走。

茉莉在身后嚷嚷道："你别好了伤疤忘了疼，上次生日还不够刻骨铭心？非得给人伤了一次又一次，才知道自己蠢得可怜。"

江淼没回头，快步离开，只是在心底很小声地跟自己说，他才不会，至少这次，一定不会。

时间一晃到了圣诞节当天。

前一晚，他很抱歉地告诉她，上头只肯批半天假，江淼心里虽有失落，但依旧在憧憬那剩下的半天时间。

过了午后，他发微信告诉她已经出发了，半小时后到她这里。

江淼以最快时间换好衣服化好妆，乖乖坐在沙发上等。

时间一秒秒地滑过，约定的半小时到了，她看着静悄悄的手机跟大门，心不自禁地揪成一团，一股道不明的无力感瞬间席卷全身。

她冷静地又等了半小时，发微信过去，没人回，打电话，没人接。

同生日那晚一样，电话那头一声接一声的绵长忙音，似一把被打磨得锋利无比的剑，在她胸前穿透而过。

那一下午，她已记不清打了多少电话发了多少微信，直到暮色降临，她握着冰冷无比的手机，看着窗外淡淡的月光，委屈到想哭，却掉不下一滴泪。

即便她心里清楚他又一次爽约很可能是因为工作，又或者其他更重要的事。

但她呢？好似所有的事都比她要重要，她应该要耐心，应该习惯等待，习惯失望，习惯每一次从满心欢喜到难过心伤。

她自问自己要的并不多，但即使要的再少，依旧会被人无情忽视。

这时，手机振了两下，她心底倏地燃起一丝光，可看清的那瞬，又骤然坠入潭底。

茉莉发来的小视频，小酒吧里挤挤攘攘的人群，潮红的脸颊紧贴在一起举杯畅饮，对比她冷冷清清的房间，她的所有期待就像个笑话，只有她憧憬得像个孩子。

五分钟后，她彻底放弃等待，提着小包，踏着高跟鞋出了门。

等她顶着一张心如死灰的脸出现在茉莉酒吧门口，茉莉惊讶地瞪圆了眼，走过来还没说上两句，江淼一屁股坐在角落，仰着头，面无表情地吐出四个字："我要喝酒。"

茉莉："？？？"

半小时后，初尝酒味的江淼毫无意外地醉倒在小沙发上，茉莉叹了口气，看着醉到不省人事的江淼，红扑扑的小脸，眉间皱成一团，即使在梦里，大概也是不开心的吧。

江淼虽什么话都不说，但茉莉大概能猜到某人如此反常的原因，指挥酒吧服务生将人背到里面的房间休息，低手准备去拿江淼的包时，忽然听到清晰的手机铃声响起。

晚上十点，纪炎拖着沉重的身子走出医院大门。

夜间的凉风吹过来，混沌的脑子逐渐清明。

他的指尖滑过裤子口袋，触到微凸的硬物，后知后觉地想起手机的存在，以及……他今天的约会。

等他掏出手机一看，果不其然，江淼的无数微信消息和电话砸过来。

他懊恼地叹了口气，伸手按了按眉角，充血的眼睛瞧着略微瘆人。

电话拨过去，那头长时间无人接听，就在他上车准备直接去她家时，电话突然接通了。

可接电话的人不是她，且语气不善，尖利的女声，声音里充斥着怒意，他冷静地问清位置，急忙往那边赶。

酒吧门前，茉莉气势汹汹地靠在墙边，脑子里早已设想了无数个把即将到来的恶劣的男人数落到无地自容的场面。

十五分钟后，一辆黑色的皮卡停在路边，车门打开，一个穿深色皮衣的高大男人下了车，径直朝她走来。

茉莉点烟的手一抖，微弱的灯光下，男人跟镀了层金光似的，身材比例堪称完美，那张脸也是一等一的绝，比起酒吧里那群穿搭精致的油头小伙，这男人的荷尔蒙简直是从骨子里散出来的。

有那么一瞬，她突然明白江淼神魂颠倒的原因了。试问哪个怀春的少女能抵挡住这种极致诱惑，当然，这其中并不包括她这种阅人无数的老油条。

尽管心底是欣赏的，可面上该有的傲娇不能少，她点燃烟，轻轻吸了口，挑衅地问来人："你就是纪炎？"

男人点头，看样子也没有要寒暄的意思，言简意赅地问她："江淼呢？"

他冷漠，茉莉也不虚，阴阳怪气道："听闻纪队长公务繁忙，怎么，突然想起自己还有个小女朋友了？"

纪炎低头看她，又重复一遍刚才的话："江淼在哪里？"

"喝醉了，在里面休息。"

男人瞧着闹哄哄的酒吧，微微皱眉，只说："有劳照顾。"

他抬脚往里走，茉莉突然在身后叫住他。

"作为江淼最好的朋友，我觉得我有必要问清楚一些事。"

纪炎回头，沉静地看着她："你说。"

"你对她是认真的，还是玩玩而已？"

男人低声回答："我没有闲情跟时间跟任何人玩感情。"

茉莉冷笑："话说得冠冕堂皇，像你这种专门利用江淼的纯良，却踩在人真心上欺负的男人，是不是太低级了？"

纪炎神色锐利，她的话很刺耳，但他并不明白她的敌意究竟从何而来。

"你有什么话，可以直说。"

茉莉毫不畏惧地对上他的视线："这已经不是第一次了，你知道为了今天的约会，她期待了多久吗？你一言不合就玩失踪，一句交代都没有，这样把人当傻子耍，有意思吗？"

"上次也是，她生日等了你一整晚，哭得眼睛都肿了，还得善解人意地体谅你的工作，你是多大的官，多崇高的职业，需要这么去为难一个女孩子？"

男人愣了一秒，话脱口而出：“她生日？”

茉莉难以置信：“你是真不知道还是在装呢？”

纪炎沉默了，他突然想起那晚他临时出警后，电话那头她哽咽的声音，明显是带着哭腔的。

她生日，却没告诉他。为什么？大概是，她不想让他分心，害怕因为自己的事影响他的工作。

他微微阖眼，心底说不出什么滋味。

直到现在，他才知道，她所有的包容都是建立在牺牲自己、委屈自己的前提下。

她为了成全他的所有，自己早已低至尘埃。

第二十二章 原点

江淼醉得神志不清，被他从酒吧一路抱上车，东倒西歪地瘫在副驾驶座上，纪炎恐她摔倒，车速降到最低，等到了她家楼下，她整个人缩在座椅上，瘦弱的肩膀一颤一颤。

男人以为她是撞伤了哪里，赶忙把车停好，绕过去将人从车上抱下来。

醉梦中的江淼陷进温暖的怀抱里，紧绷了整晚的情绪仿佛寻到安全的突破口，两手揪着纪炎的衣服前襟，脸埋在他胸前小声哭起来，小嘴一张一合，不知在说些什么。

纪炎低头凑近去听，她猛然抬头，哭得泪眼婆娑，鼻头红亮，眼底绪着满满的泪，一张嘴，大滴眼泪便往下砸。

“茉莉，我好辛苦……”

她似在醉梦里，卸下所有坚强的伪装，手轻轻压在起伏的前胸，触到离心脏最近的位置，委屈到极致，一颗心早已四分五裂。

“这里……好疼……”江淼吸吸鼻子，眼泪全糊在他的衣服上，呢喃着道，“我快没力气了……”

男人僵硬地伫立在原地，阴沉的脸面无表情，安静地听她大声哭闹、宣泄，自始至终没开口说一句话。

江淼新搬的小公寓，纪炎是第一次来，干净整洁的小屋子，散发着清新淡雅的香气，同她身上的味道。

他轻手轻脚地脱去她的外套，将她放进松软的被子里，梦中的她，睡得极不安稳，巴掌大的小脸皱成一团，似被梦魇纠缠着。

当他指尖的温热停留在她脸上，她猛地侧过身，将男人的大手包在掌心里，她整张脸贴上去，滚烫的泪水顺着眼角滑落，打湿他的手心。

纪炎坐在床边，借着床头灯的微光，沉默地盯着她湿润的小脸，良久，他低头在她额前印上一吻，江淼像是被他的气息安抚，紧皱的眉头慢慢展开，人也逐渐安静下来。

等她彻底陷入沉睡，纪炎小心翼翼地抽回手，为她盖好被子，转身时，视线不由得被床头柜上的小日历所吸引。

十一月上旬，每个数字下都画着沮丧的脸，苦闷之情溢于言表，可时间到下旬，画风突转，鲜亮的小桃心几乎将方格填满，越是临近圣诞节，越是成倍增长。

她有多期待今天，无须只言片语，光是这些无声的信息，便能知其所有。

纪炎起身，脚步一点点后退，刻意将自己隐在暗处，就好像，他原本就该属于黑暗。

自他爸爸在他面前葬身火海，他的灵魂就被暴力地撕掉一半，而现在，剩余的另一半被吊挂在火山中央，随时都会飞灰湮灭。

他想，如果没有接到那个电话，如果没有发生让人绝望的事，此时此刻的他，应该会躺在这张床上，咬着她的嘴唇说些让她面红耳赤的话。

可惜，“如果”这个词，本身就是个笑话。

他根本就没资格去奢望一些不该拥有的美好，因为，他不配。

夜，静得像一潭死水。

电话铃响起的那刻，纪炎条件反射地按断电话，唯恐外界的噪音会吵醒睡梦中的人。

他轻轻关上房门，低头看来电显示，面色一僵，冷静地回拨过去。

那头接起来很快，轻柔的女声，不过寥寥数语，纪炎目光僵住，心跳声清晰地漏掉一拍，连呼吸都停滞了。

挂断电话，他至少有五分钟，脑子是完全空白的，手脚失了力气，好似那股能支撑他行走的力量，在这一秒，消失殆尽。

他回头看了眼紧闭的房门，空洞的黑眸慢慢有了聚光点，目光深沉仿佛穿过房门，将她恬静的睡颜一点点印刻在脑子里。

而后他决绝地转身出门，卷走所有属于他的气息，就像是，从来没有出现过一样。

医院的深夜，远比任何一处寂静之地还要阴冷。

白布遮盖的尸体，渗着浓烈的死亡气息。

老人走得很安详，眉宇安宁，没有痛苦。

纪炎笔直地坐在医院长廊里，坐姿僵硬，无神地盯着泛白的墙体发呆。

身边不知何时坐下另一人，女声温柔，隐隐听得出几分心疼："这不是你的错，你不要太自责了。"

男人稍稍回过神，情绪可能一时半会缓不过来，连侧头的动作都没有，声音沙哑地说："不管怎么说，这几年，谢谢你照顾我妈。"

宁夏羞愧地低头，眼底含着泪："对不起，如果我更细心一点，说不定阿姨她……"

"不怪你。她恨我，连做梦都想惩罚我。"男人看着前方，尾音微颤，"而死，是最有效的方式。"

周日不上课，江淼难得睡到自然醒。

一夜宿醉，清醒时头痛欲裂。

江淼头昏脑涨地从床上爬起来，酒醉后头好似被人从中间撬开，一动一晃，晕得更厉害了。

她千辛万苦挪到洗手间，强烈的反胃搅动五脏六腑，她抱着马桶大吐特吐，等胃里吐干净了，才找回几分神来。

等她洗漱完毕，茉莉的电话准时响起，接通后，那头的人暧昧地调侃道："昨晚是不是战斗到天亮了？"

江淼口干舌燥，灌了一大杯水，敷衍地回答："你瞎说什么？"

茉莉以为她故意装傻："装，你再装，我不信那消防员大叔会放过你这到嘴的肥肉。"

江淼听得呼吸一滞，水差点洒了满桌："消防员大叔？"

茉莉听蒙了："你一点都记不起来了？"

她茫然地问："昨晚不是你送我回来的吗？"

"我去，敢情你真醉到不省人事了，昨晚人家把你从我这带走，我顺便代表爱和正义训了他一顿。"茉莉哼笑，"怎么，难不成被我刺激了，立志做个正直的好男人？"

江淼完全呆住，茉莉絮絮叨叨的话她一个字都没听清楚，也不管那头会不会骂街，利落挂断电话，转身在房间各个角落搜索他留下的痕迹。

如果他是有不得已的苦衷，如果他是迫不得已才会失约，如果他真的有来找过她……

昨晚的梦里，她梦见了他，说不上是梦境还是现实，总之她是真切感受到他身体的温度，熟悉又温暖。

她要的不多，只要他陪在她身边，看着她起床，陪她吃早饭，简单而温馨的清晨可以很好地抚慰人心。

她那么好哄，也许，他再多说两句好听的话，她撒撒娇，昨晚的事也就过去了。

可即使如此，他依旧吝啬，什么都不愿留下，包括他存在的气息。

她静默地坐在沙发上良久，突然一跃而起，拿起车钥匙便出门。

她不想在这样被动地任人宰割，那种坐以待毙的感觉，简直让人生不如死。

驱车赶到烟城消防中队，车子刚停稳，她掏出手机准备打电话，拨通键还没按下，前方视野中，就出现一男一女的身影。

男人没穿军装，只着普通的黑色外套，嘴角紧抿，脸色黑沉，女人长发齐腰，背影纤细，看不清正脸。

她将一个中等大小的盒子递给男人，男人接过，不知说了什么，转身进到消防队里，几分钟后，他又出来了。

黑色的皮卡车停在不远处，女人乖巧地跟在他身后往车的方向走。

江淼的呼吸提到嗓子眼，脑子已经彻底混乱，她手忙脚乱地给男人打电话。

然后，她眼睁睁地看着男人从口袋里掏出手机，瞄了眼界面，动作停顿两秒，又塞回去。

事情发展到这一步，已经完全超越她能处理的范畴，她心跳如鼓，血液在体内横冲直撞。

如果是以往的江淼，她或许会胆小地落荒而逃，可此时的她，突然涌出极大的勇气，推开车门，径直冲了过去。

这头的纪炎刚刚发动车，脚踩在油门往下压，前方突然晃过来一个人影，直愣愣地挡住他的去路，他紧急踩下刹车，车子发生剧烈颤动。

后座的宁夏被这一下惊了魂，等她回过神，正前方出现一个江淼，站得笔直，张开双臂，那一脸遮不住的怒意，真有几分视死如归的气势。

她望向男人略显凝重的侧脸，犹豫片刻还是开了口："纪炎……"

男人冷声道："不好意思，不能送你回去了。"

宁夏一听这话就知道是下了逐客令，再不甘心也清楚现在不是纠缠的好时机。

"没关系，我自己可以，你忙你的。"说完，她拉开车门下了车，朝着反方向走了一小段路，抵不住好奇心，偷偷藏在一棵树后看着。

纪炎摔门下车，几步走到江淼跟前，居高临下地看她，眉眼染着一抹冰寒，气场低得可怕。

“你这样很危险知不知道？如果刚才我没及时刹车，你要怎么办？”

他嗓音本就低沉，稍重些就显得异常严厉，江淼被吼得一愣，胆怯地缩缩脖子，刚刚还昂扬的斗志，瞬间下降。

“我只是想拦住你，没想那么多……”

男人目光冷下去：“拿生命开玩笑，这是件很蠢的事。”

江淼被骂得有些委屈，好多好多话堵在胸口，可当看向他时，眼神触到他满眼的不耐烦以及紧皱的眉头，她又什么话都说不出来了。

当一个人在蜜罐里泡了太久，一丁点的酸苦都会令她不知所措。

她缓了缓呼吸，壮着胆子问：“你为什么不接我的电话？”

男人不假思索：“在忙。”

江淼不满他这种态度，话几乎脱口而出：“忙着跟别的女人约会吗？”

他盯着江淼涨红的小脸，到嘴的话又收了回去，没有矢口否认。

他的默认仿佛像一个凶狠的巴掌，打得江淼眼冒星光。她眼圈红了，心猛地抽搐一下，似有什么尖利的东西从里头撑开，血液渗进骨缝里，堵得她呼吸困难。

男人不自然地移开视线，不敢再多看一眼她受伤难过的脸。

他重重咳了两声，硬着嗓子问：“还有其他事？”

江淼站在他跟前，气势上完全不占优势，尤其在他冷言冷语的攻击下，连站稳都需要用尽全身力气。

“你昨晚是不是来找过我？”

纪炎平静地看着她，没答话。

江淼穷追不舍地问：“那你昨晚……为什么失约？”

男人再次沉默，干脆闭口不答。

江淼失神地看着他，咬紧下唇，眼泪掉下来，带着浅浅的哭腔问：“你现在连理由都不愿意想了吗？”江淼两手拽紧衣摆，不想自己哭得太狼狈，可她完全控制不住，低着头一直掉眼泪，“可是……

你明明答应我的，你说过这次一定不会失约，你明明说过的……”

男人冷冷地看着她，突然出声：“江淼。”

江淼错愕了一秒，这才察觉到他叫的是全名，她一时间难受极了，两手慌乱地擦眼泪，可是越擦越多，她真的停不下来。

她根本不知道发生了什么，怎么一夜之间，什么都变了，他就像换了个人似的，冷漠得让她心寒，那根针异常锋利，扎着她的心，好疼好疼。

男人轻叹了声，一字一句宣判死刑。

他说：“我累了。”

江淼抬头，眼泪迷离，抽泣道：“我听不懂……你说的话。”

纪炎神色复杂，一手紧握成拳垂在身侧，青筋暴起：“一条路走到尽头，也许，是该回头了。”

江淼听见自己很轻地问：“回到哪儿？”

男人冷冰冰地吐出两个字：“原点。”

第二十三章 好人

过路的风透着初冬刺骨的冰寒，伴着他的尾音一丝一缕荡进她心底。

江淼将紧握的拳头藏进衣袖里，指尖深深掐进柔软的手心，痛楚刺激她的大脑皮层。

她的眼前被一圈圈虚幻的光影遮挡住，不见一丝光亮。

原来人的心，是可以说变就变的。

毫无征兆的一句“我累了”“我不喜欢你了”就能轻而易举地将人拽进深渊，不顾你的死活，不管你能否承受。

冰山崩塌时，过眼的温暖都成了虚无，似泡沫般一碰就碎。

江淼安静地擦干眼泪，不愿在所谓“尽头”前，展露自己最狼狈最可怜的一面。

她舍不下自己最后一点自尊，因为，她还得依靠这点仅存的尊严，把深陷泥沼的自己拉出那个危险的旋涡。

江淼站得笔直，目光定定地锁在他脸上，轻声开口问：“你决定好了？”

“嗯。”

“好。”江淼深吸一口气，慢慢呼出来，“我同意分手。”

纪炎盯着她的眼睛，盈盈水光，眼眶深红，却固执地不愿掉下泪来。再怎么下定决心，可眼下这一幕烙进心底，依旧会撕心裂肺。

“江淼……”

江淼扯开一抹苦涩的笑，她转身朝前走了两步，又突然停下，沉默良久，语气难掩受伤：“纪炎，你以前跟我说过的话，全都是假的吗？”

“之前是真的。”男人低声道，“现在，也是真的。”

“唔……”她轻声应着，字音带着哭腔，人却一步步坚定地朝前走，只是在他看不见的地方，早已泪流满面。

泪水打湿下颚，在白皙的颈上留下一条条湿痕，源源不断地渗进衣领中，温热的眼泪被冷风吹得冰冽入骨。

她恍恍惚惚地走到车前，机械地启动车。直到车驶离街道，她缓慢停在路边，一手痛苦地捂住胸口，趴在方向盘上号啕大哭，倾泻自己所有的委屈跟难过。

她从没经历过失恋，只觉得五脏六腑仿佛绞在一起，心窝子被一把尖刀狠进狠出，鲜血溅满整个胸腔。

那种疼，只有经历了才知道，简直生不如死。

纪炎站在原地，垂在身侧的拳头自始至终没有松开，反而掐出深深的指痕。

他的目光始终停留在她车尾消失的方位。

“你母亲的事，没告诉她吗？”身后突然过来个人，纪炎侧目，见原本应该离开的宁夏站在他身边。

男人没答话，自顾自地转身往车里走。

宁夏叫住他，又说：“纪炎，我觉得你这样的男人，冷静得有些残忍。”

男人停步，视线看向前方，幽幽地道：“所以我这种人，不值得期待，你也不要在我身上浪费时间了。”

“我知道……”宁夏低头，自嘲地笑，“我照顾你母亲这几年，你对我心存感激，所以即使你清楚我的心思，即使你知道我打着送遗物的幌子来找你，你还是客客气气的，没说一句让我难堪的话，但我心里清楚，你不喜欢我。”

纪炎转过身，面色依旧冰寒：“我们都是成年人，有些话我不说，你懂就行。”

宁夏不死心地追问：“那刚才那个江淼，你喜欢她吗？”

男人低头无声，半晌才缓缓开口：“喜欢这词，太肤浅了。”

宁夏苦笑：“我明白了。”

喜欢当然是肤浅的。因为只有爱，才能配得上刻骨铭心。

绝大多数人失恋，虽不至于宛如行尸走肉，但多少会表现出点不正常。

可对于身边熟悉的人而言，江淼正常得简直有点不正常了。

她没有一蹶不振，没有满腹幽怨，行为举止跟正常人无异，对待工作一丝不苟，合理安排运动及学习的时间，每天行程排得满满当当。

她脸上总是挂满微笑，虽然那笑，比哭还难看，就连李宸都心疼不已，有时间便拖着她出去吃饭聚会，想尽法子让她开心。

江淼总是笑着拒绝，拍着胸脯宣称自己啥事都没有。

只是每到周末，她都会一声不吭地出现在茉莉的小酒吧里，自己抱着酒瓶坐在角落，安安静静地喝。

驻场的歌手有好听的烟嗓，弹着吉他低声哼唱英文歌。

她心底堵得难受，眼底却没有泪，目光呆滞地盯着橘黄色的射灯在小桌上照出的光圈，一动不动地保持这个姿势，像个木头人一样。

茉莉实在看不下去，走过去将人抱在怀里，疼惜地说：“想哭就哭，哭出来会好受些。”

怀里的江淼用力摇头，声音轻飘飘的：“不能哭，哭了就停不下来了。”

“淼淼，为了这种男人，没必要这么折磨自己。”

“我没有折磨自己……”

江淼仰头，眸色湿润，卷着几分酒意：“我只是害怕一个人待着，我知道不该，但我还是控制不住自己去想他。茉莉，你总说恋爱会让人成长，可你没说过，分手的时候会这么疼，我如果知道，我宁愿不要开始，我什么都不要……”

茉莉霸气地抱紧她：“你要是气不过，我找人帮你教训他，只要你开口。”

“不要。”江淼笑起来，傻乎乎的，“你还不如给我介绍一些‘乌龟’‘海归’，这个更靠谱。”

茉莉被逗笑了，温柔地摸她的头：“淼淼，会好起来的。”

烟城过了一月，彻底进入寒冬，小雪纷飞，一下就是一星期。

江父月底又要出去公办，归期未定，于是，江淼回家吃饭的次数也变多了。

江母许是从茉莉那听到什么风声，一改往日的尖酸刻薄，饭桌上一个劲地给江淼夹菜。

无可避免的，江母嘴里会时不时蹦出一些男人的信息，光是校长家的那个“了不起”的儿子，她听得耳朵都生茧了，可她又实在提不起兴趣重新去接触一个人，所以每次都打个马虎眼敷衍过去。

江母被敷衍几次后又露出本来面目，咬牙切齿地骂她蠢，挑男人的眼光极其差劲。

江淼左耳进右耳出，也不同她吵，吃完便躲到书房里练习书法和绘画。

到了夜深人静的时候，江淼仍会失眠，纪炎的微信她没删，不算多的聊天内容，她翻来覆去不知看了多少遍，每次看完的心境都一模一样。

两人动心暧昧时的甜腻，到后来越来越简短的信息，再到最后，整个聊天界面都是她一人的独角戏。

她想，爱情的真谛也许便是如此。如烟花般绚烂的开始，再到星光散尽，徒留一地黑灰。

又是一个周六，在图书馆看书的江淼意外接到外婆的电话，她特意从县城来到市里，说是有个特别的饭局，想要江淼陪同。

她许久不见外婆，自是想念，一接到电话便收拾东西往饭店赶。

外面洋洋洒洒地飘着雪花，冷风刮在脸上，跟冰刀似的。

她套上厚厚的羽绒服，帽子、围巾、手套缺一不可，硬生生将自己裹成一个粽子。

推开包厢门，屋内只有两人，衣着精致的外婆跟一位气质优雅的女人。

这个女人江淼认识，如果没记错，她是外公远房亲戚的孙女，比江淼年长几岁，听说是某知名医院的护士，气质好，相貌佳，举手投足间女人味十足。

“囡囡，你来了。”外婆满面春光地向她介绍，“看看这是谁，还记得你吴吟表姐吗？”

江淼木讷地点头：“表姐好。”

吴吟微微笑，柔声细语：“淼淼都长这么大了……上一次见她才十几岁，一晃几年，越长越水灵了。”

外婆笑着附和道：“人长大了，性子也变得古灵精怪的，小时候那才叫乖呢。”

说完，外婆招呼江淼坐她身边，笑吟吟地压低声音跟她说：“今天这顿饭特别重要，事关你表姐的终身大事。我怕她尴尬，所以让你也过来了。你待会儿机灵点，多说点好听的话……”

江淼眨着眼：“表姐要相亲吗？”

“嗯。”

“跟谁啊？”

外婆神秘一笑：“你见过的……”

“我见过？”

江淼蒙了几秒，脑子开始飞速过滤一些男人的面孔，可还没锁定好目标，紧闭的包厢门再次被人推开。

然后，一个高大的男人身影出现在她眼前。

棕色外套，深色长裤，什么衣服穿在他身上都宛如定制款，衬得腰窄腿长，内里短T恤凸起的胸肌的形状，干净的寸头，轮廓刚硬的脸，目光坚定得近乎冷漠，只是当视线落在江淼脸上时，神色微变，眼睛如吸盘般紧紧锁在她身上，再也挪不开。

分开到现在已有一段时间了，江淼以为自己已经有足够的勇气去面对他，可当他真实地出现在眼前时，她的第一个想法，竟是逃跑。

因为只是瞧上一眼，她都觉得难受到喘不上气来。

纪炎来时就知道今天是什么场合，老人家操心自己的婚事已不是一两天，尤其听说纪母吞安眠药自杀后更是急切地给他张罗。

老人家前前后后约了他不下五次，他每次都借故推脱，可谁知老人竟冲到市里来组这个局，他没办法，只能硬着头皮来，不好辜负老人一片心意。

只是他没想到的是，屋里会多出一人，此时最不该出现的人，却也是令他日夜牵挂的人。

他理智地收回目光，转而看向外婆："不好意思，下雪路滑，迟到了。"

"安全第一，不打紧。"外婆笑颜如花，"快入座吧。"

说着，她把纪炎安排到吴吟身边的位置坐下，嘴里念叨着吃饭时要好好照顾人家。

纪炎本就是性子淡漠的人，尤其不擅长跟不熟悉的异性打交道，坐下来十分钟，一句话都不说，碗筷也不碰，只规规矩矩地坐着。

外婆一见他愣头青的模样就好笑，刚要开口介绍，谁知他身边的吴吟率先朝他伸出手，自报家门："你好，我叫吴吟。"

男人低头看了眼她白皙的手，又下意识地看向隔了两个位置的江淼，江淼正在垂眸玩手指，关注点完全没在这边。

然后，他轻轻握了下吴吟的手，声音很冷："纪炎。"

外婆喜笑颜开："第一次见面多少会有些不自在，以后相处多了就自然了。

“吴吟是市中心医院的护士，跟你一样，都是为人民服务的工作，你俩应该多的是共同话题。”

话说着，她胳膊捅捅一旁的江淼：“囡囡，你说对不？”

江淼板着脸细声嘟囔道：“消防员那么忙，话都说不上两句，哪有时间去找共同话题。”

“咳咳……”外婆差点一口气没提上来，这丫头，存心来捣乱的啊，“你这孩子尽瞎说，你外公就是消防员，还不是跟我相濡以沫过了一辈子……”

江淼好没好气地说：“那是外公为人正派有责任心，又不是全天下的消防员都这样，那运气不好的说不定就会遇到一些专门玩弄女人感情的浑蛋。”

“囡囡！”外婆听得脸红一阵白一阵的，这好不容易弄的局，再被丫头搅和两下，真就彻底凉了。

她冲江淼各种使眼色：“这世上有好人就会有坏人，但我相信你纪叔叔一定是个正直的好人，对不对？”

江淼本就憋着一股子气没处发泄，外婆又各种眼神攻势，颇有几分威胁的意味。

她索性脖子一横：“没错，他是天大的好人。”江淼特别“友好”地为他正名，“纪叔叔从来不会玩弄女人，他只会欺负江淼，欺负人家年少无知，青涩好骗，世纪大好人非他莫属！”

外婆跟吴吟听得一愣一愣的。

反倒是纪炎，眼神高深莫测，认真瞧，能瞧出他嘴角浅浅的笑意来。

这一出戏，闹得再傻的人都能看出点不对劲的地方，外婆看着一脸愤怒的江淼，再看向男人面无表情的脸，歪头困惑。

吴吟则眨眨眼：“淼淼，你跟纪炎是不是有什么误会？”

“我跟他一点都不熟。”她话锋一转，“刚才是我胡言乱语了，你别当真。”

江淼头昏脑涨地起身，刚才一时冲动说出的真心话显然搅了外婆的局，还是趁早溜吧，“我学校还有事，就不陪你们吃饭了，祝你跟纪叔叔相处愉快，幸福美满。”她撂下一句，也不顾外婆的吆喝，逃命似的往外跑。

包厢门关上，一直沉默不语的男人也顺势站起身。

“抱歉，我去一趟洗手间。”

第二十四章 相亲

纪炎追出去时，江淼已走出饭店大门。

屋外的雪下大了，雪白的花絮大团大团地往下砸，地面湿滑一片。

她走得急，帽子围巾全落在包厢里，从暖气房到冰天雪地，冻得她浑身打战。

原想小跑着去找停放在街对面的小车，可脚踩在雪地里，人还没踏出几步，便被身后追上来的男人拉住手腕。

熟悉的温度一路从手臂蔓延至胸腔，她的心跳快到近乎失常，小口喘息着，平静了几秒才幽幽转身，换上一副纯良无害的笑容。

“纪叔叔，有事吗？”

纪炎默不作声地看着她，老实说，刚才脑子一热追出来，本是想同她解释清楚今天的事。老人家冒着风雪来组这个局，他纵使心里千般抗拒，于情于理也得露个面，相亲走过场这事他经历不少，这次也不例外。可话明明都到了嘴边，一瞧见她清澈眼底下藏不住的怨气，他这才后知后觉地想起来，自己已然没有解释的资格了。

他的目光看向街对面停放的小车，低声道：“大雪路滑，我送你回去。”

江淼一脸冷漠，硬着嗓子哼笑了声：“用不着。”她看着他的眼睛，极认真地问，“纪叔叔，请问你现在以什么身份来管我？”

纪炎愣了一秒，淡然地回："单凭吴老队长跟我的关系，我就有资格管你。"

江淼甩开他的手，她仿佛见到另一个世界的自己，也从未如现在这般清醒。

她一字一句道："一个理由从开始用到结束，你自己不觉得烦，我都觉得好笑。"

"纪炎，我是年纪小，但这并不代表我软弱到不堪一击，我不会去指责你的不负责任跟朝三暮四，也不会因为你去怀疑自己，因为对待这段感情，我问心无愧。所以，请你以后尽可能不要出现在我面前，我不想见到你。"

字字灼心的一段话，显然要了她的全部力气，话说得铿锵有力，只是脸颊沾染的红晕和急促的呼吸，将内心的怯意显露无遗。

一段时间不见，她清瘦了不少，饱满的下颚削尖，本就小巧的五官更显精致。

雪势渐大，飘飘洒洒的雪花落在她头顶上，衬得她唇红齿白，樱红的小舌若隐若现，男人看得入神，恍惚间竟回想起两人接吻时，那软滑湿糯的诱人触感。

他喉间干涸，看江淼的眼神不自觉深了几分。

江淼垂眸，压根不敢看他的脸，光是被这眼神注视着，她都觉得浑身难受。

见他沉默不说话了，她一秒都不想多留，可在她转身之际，男人先一步开口："等我一下。"

说完他便转身走向不远处的黑色大车，返回时，手里多了条灰色的男士围巾，不算新潮的款式，但胜在暖和实用。

然后，在江淼诧异的眼神下，他动作自然地将围巾圈在她脖子上，围巾很大，可以完全遮住她的小脸，露出一双湿亮的大眼睛。

"以后穿暖和点，不要生病。"纪炎声线柔和，倒真有几分长辈的慈祥，"你叫我声叔叔，我就有义务照顾你。"

粗实的毛线上全是他身上的味道，柠檬香皂的气味夹杂淡淡的烟味，她闭着眼睛都能脑补他侧头吸烟时，那流畅的下颚线条。

她呆在原地，愣了几秒，刚才那点虚张声势的气焰被男人三两下破解，江淼回过神，恶狠狠地瞪他一眼，转身落荒而逃。

半小时后，歪坐在沙发上的江淼一脸无措地盯着茶几上的围巾，懊恼自己一不留神就把敌人投放的“糖衣炮弹”带回了家。

就在她纠结该如何处理这个危险品时，茉莉的电话恰逢时宜地打来。

电话那头，茉莉眉飞色舞地向她介绍第N个优质男，并公式化地询问要不要见面了解一下，原本她也就随口一说，谁知江淼听后沉思片刻，轻声回了句：“好。”

茉莉一下没回过神：“你确定？”

“嗯。”她在很短时间内做好决定，眼神异常坚定，“你不是说忘掉一个人最好的方式就是新欢跟时间吗？时间太缥缈了，新欢才是最务实的选择。”

茉莉欣慰地笑：“哟，小白兔出师了，大灰狼横空出世。”

挂断电话，江淼起身将围巾叠好，藏进衣柜最隐蔽的角落。

她心头堵着一股闷气，越想越生气。他都迫不及待地开启相亲模式了，自己凭什么还傻乎乎地在原地转圈圈？不就是相亲吗，她也会。

接下来的一段时间，性格娇软害羞的江淼好似打通任督二脉，茉莉介绍的男生她几乎来者不拒。

下班后的时间几乎排满了，每天一个不同款型，人长得大同小异，穿着也有模有样，看久了，她居然觉得全长一个样。

茉莉身边的人脉快要掏空了，江淼却一个有感觉的都没有。

江郎才尽的茉莉无奈吐槽：“江小姐，找男朋友又不是选后宫男宠，你非要按照消防员大叔那款找，我劝你还是直接去军营挑，我身边都清一色的留洋富二代，全是夜店泡大的，哪有你要的生猛款？”

江淼被说得脸红，特别委屈：“我已经很努力了。”

她努力跟他们聊些不感兴趣的话题，努力听他们天马行空地吹嘘自己，努力抑制住中途退场的想法。可是感觉这个东西本就很奇妙，她或许说不清自己喜欢什么，但至少明白自己不喜欢什么。

那些浮夸虚荣又自大的男人，她实在提不起兴趣进一步接触。而且，前段时间发生过一个小插曲，那日她搅局纪炎的相亲会，几日后，外婆打来问责电话，她说表姐对纪炎很满意，如果没有江淼耍孩子气一通瞎说，男才女貌的两人说不定真成了。

然而最后结果是，纪炎以工作忙为由，冷淡拒绝表姐的几番邀约，表姐脸上挂不住了，哭哭啼啼地给外婆打电话，把责任全推在江淼身上。

江淼被外婆一通训斥，她闷闷地轻声道歉，憋屈的情绪无处发泄。

挂断电话后，她当即便把男人的微信跟电话删得一干二净。眼不见为净，最好以后再也不要见了。在一起时就总是惹她哭，分手了还要害她背黑锅，还真是阴魂不散。

第二十五章 撞见

月底，江父外出公干。尽管不情不愿，江淼仍保持每周两次回家吃饭的习惯。

简单的家常菜，江淼吃了这么多年，再难吃也习惯了，闷头咽下咸到发苦的上海青，味如嚼蜡。

“下周五是你外婆生日，你记得早点过去陪她。”江母跟她说。

江淼疑惑道：“既然记得这么清楚，为什么不一起帮外婆庆生？”

在学校累了一天的江母甚是疲惫，语气淡淡的：“我俩脾气不对付，她嫌我烦，我嫌她啰唆，一见面就闹个不停。她性子是越老越固执，现在又有高血压，我能躲就躲，就怕触她霉头，气急伤身。”话说到这儿，江母似突然想起什么，低声叮嘱，“还有，上次你住院那事，我花了不少功夫才瞒住她，你机灵点，别一时说漏嘴，她年纪大了，禁不住这种刺激。”

江淼点头：“知道了。”

饭毕，江淼依照惯例收拾餐桌，碗筷刚放入水池，江母在身后叫她，她没回头，轻应了声。

“你跟那个纪炎，真断了？”

她呼吸紧了紧，水龙头倾泻而下的冷水，冻得她一哆嗦，思绪一下飞远了，敷衍着回江母的话：“如您所愿。”

江母靠在门槛上，语气柔和地开口：“你年纪还小，偶尔走了弯路也不碍事，学会及时止损，也是一种成长。”

“我明白。”江母难得这么温声细语，江淼自然也会顺坡而下。

母女之间哪有隔夜仇，顶多是在一些事情的处理上看法相异，但总归是一家人。

她离开前，江母故作随意地提起校长家留学回来的儿子，明里暗里都在询问江淼的意思。

江淼想着，反正这段时间已经成了相亲机器，多一人少一人也没差，这次没再强硬推脱，只说不喜欢应酬式相亲，但可以接受单独见面。

江母自是不满意，但闺女好歹松了口，最终还是应了她的要求。

见面约在两日后的某咖啡厅。

那天放学，她提前十分钟来到咖啡厅，选了个靠窗的位置坐下，要了杯柠檬水，看着窗外的风雪发呆。

至于身边何时出现一个人，她也不知道，直到服务员送上菜单，她才恍惚着回神，发现桌对面坐着的男人。

一身整洁合体的西装，戴着精致的金边眼镜，眼睛细长，脸颊白净，斯文雅致，第一印象还是好的。

两人对视一眼，稍显尴尬。

男人礼貌微笑，率先开口：“你好，我是李煜。”

她也淡淡地笑：“我是江淼。”

男人说：“常听程主任提起你，今日有幸见到，果真如她所言，三水成淼，甚是水灵。”

江淼被夸得有些羞：“你过奖了。”

这时，李煜绅士地将菜单递给她，江淼说：“卡布奇诺就好。”

男人叫来服务员，除了她要的，还要了杯冰美式。

“你喜欢喝甜的？”他轻声问。

“嗯。”

“都说人的味觉跟个性相符，爱吃甜的人，善良心软，梦幻主义。”

江淼顺着他的话问：“那你呢？”

“我喜欢征服高难度，越不可能达到，越有挑战性。”

江淼逮着话题，轻松把话递回去，“冒险主义？”

男人笑了：“可以这么说。”

后面的时间，两人相处得很愉快，一杯咖啡很快喝完，他又叫了沙拉跟甜品，江淼认真听他说话，不知不觉吃个精光。

李煜这种男人，聪明懂分寸，说话慢条斯理，一句多余的话都没有，更不会抛出让女人感到无聊或者具有侵犯性的话题。

此外，江淼还可以确定一点，这个男人的学识跟阅历必然在她之上，且高出很多。

因为他能接下她抛出的所有话题，即便是在她教学领域里颇为深奥的四书五经，他都能侃侃而谈，谦虚地发表自己的看法。

结束时，男人提出送她回家，她婉言拒绝，他也不坚持，只加了微信，让她到家后报平安。

这头江淼人还没进屋，八卦的茉莉就发来微信，猴急地问她相亲进展。

江淼歪头想了想，认真回复：“很好，但没有心动。”

随后茉莉发来一长段语音，大致意思是感情可以培养，门当户对、志趣相投的关系才最为稳固，让她多接触多了解，感情这玩意，不知不觉就冒出来了。

江淼当然也知道这个道理，但就是觉得，不是她想要的那种感觉。

茉莉笑她矫情，她也不反驳。

如果连感情生活都不可以矫情，只顺着大环境随波逐流，得过且过，那何必要费心培养一个人的独立人格，直接像流水线生产机器人似的培养人岂不更妙？

以后的日子，李煜总会在合适的时候发合适的消息，对分寸的把握极其到位，两人聊得不多，但永远不会冷场。

她又陆续跟他见了两次，一次去书店，一次去看电影。

江淼觉得跟他相处的确轻松，两人就像认识很久的朋友，但感觉也只能到朋友为止，多一分她都不习惯。

周六，她去学校参加教师培训，晚上李煜约她吃饭。

他知道江淼爱吃甜，特意选了家甜品很出名的法国餐厅，两人相谈甚欢，江淼浅浅尝了一小杯红酒，脸颊红扑扑的，她不敢喝多，点到为止。

这家餐厅处在大厦顶楼，刚刚吃完主菜，楼上突然响起一阵骚动，不一会儿便嗅到一股烧焦的味道，且越来越浓烈。

楼上的人群火急火燎地往下跑，女人们踏着高跟鞋嚷着“着火了”。

餐厅里的人几乎全站了起来，这时，店里的服务员开始一边道歉一边紧急疏散人群，告知安全通道的位置。

李煜还算镇定，一手拿起江淼的小包，一手拉着她快步走出餐厅。

楼道里的灯忽明忽暗，空间又小，人扎堆往下跑，难免会有肢体碰撞。

江淼跟在李煜身后，身侧突然挤过来一名肥胖的贵妇，屁股用力一顶，娇小的江淼被这一击猛攻撞到墙壁上，下落时一脚踏空，整个人跪下去，膝盖磕在凸起的石阶上，好在前面的李煜及时接住她，才没滚下去。

两人保持这个姿势没动，等身后的人陆陆续续越过他们往下逃，直到人差不多走空了，李煜才将人扶起来。

他柔声问：“你怎么样？”

江淼皱眉：“没事，膝盖撞了下。”

“你试试还能不能走？”

她试探着动了动那只脚，可一动就疼得厉害。

李煜见她脑门冒出细汗，静了几秒，说了句：“失礼了。”

然后，他不顾江淼惊愕的表情，直接将人打横抱起，一步一步稳稳下楼。

江淼原想开口拒绝，但转念一想，自己脚受伤走不了，也是在变相耽误他的时间，于公于私，他这么做也是在理的。

两人没多久便下到一楼，掀开门帘，刚走出会所大门，迎面就撞上来人。

李煜停下来，说了声："不好意思。"

怀里的江淼闻声微微抬眼，目光直了，呼吸也空了。

这运气好得简直可以去买彩票中大奖了。

他们撞上的不是别人，正是烟城消防大队的三尊佛，身着消防服的纪大队长，还有全副武装的左右护法鹿白跟江牧。

纪炎面无表情，乍一看与往常无异，只是当眼神从江淼脸上移到李煜身上时，肉眼可见地冷下去。

这时，率先进场的消防员已迅速解决战斗，下楼向他汇报。

厨房插座漏电引发火灾，但好在火势不大，已及时处理，未有人员伤亡。

可话虽如此，纪炎仍不放心，转头对两个跟班说："你们上去查看现场。"

"是。"

两人异口同声回答，就这宇宙碰撞的刺激场面，他们是一秒也不想多待。

李煜也是精通察言观色之人，光是江淼躲闪的目光以及男人略带敌意的注视，他便觉得事情不简单。

纪队长死盯着江淼低垂的小脸，尤其再嗅到她身上飘散的淡淡酒气，脸色越发难看，沉声问她："伤哪儿了？"

江淼本不想搭理他，但碍于现在并不适宜沉默的尴尬氛围，只能硬着头皮开口："就膝盖磕了下，不严重。"

男人皱紧眉头，以不容拒绝的口吻命令："伤得重不重医生说的才算，先去医院处理伤口。"

江淼看着他略显阴沉的俊脸，既不愿乖乖听话，又不知该怎么出声拒绝。

反倒是一旁被完全忽略的李煜礼貌发声："谢谢提醒，我现在就带她过去。"

纪炎没出声，只是看他的眼神，颇有万箭穿心的杀伤力。

李煜抱着江淼越过他身边，男人胸腔一热，忍不住唤了声："江淼。"

前进的两人停步，李煜转身，怀里的人一脸迷惑地看着他。

纪炎缓过神，后知后觉地察觉到自己在干蠢事，他抿了抿嘴角，又说："没事了。"

这时，对讲机里响起江牧的催促声，公事在身，纪炎也不好多作停留，视线在江淼脸上停留了几秒，转身往里走。

等人消失了，李煜淡声问她："你跟刚才那位消防队长认识？"

江淼不觉得自己跟李煜已经到了可以聊隐私的地步，随口回答："算吧，他是我外公以前的队员。"

"看着挺关心你。"

江淼牛头不对马嘴地说："他很尊敬外公。"

话说到这儿，李煜笑了下，他知道是问不出什么实话了，索性聊些轻松的话题，缓解她膝盖上的疼痛。

鹿白跟江牧指挥其他人处理后续。见差不多了，就开始闲聊，话题自然而然地扯到纪炎身上。

鹿白："我就说这段时间纪队情绪不对劲，搞了半天，不是更年期提前，而是把江老师给弄丢了。"

江牧接着话说："要我说啊，就我们这群干消防的，就别去幻想什么儿女双全，家庭美满了，还是老老实实当个单身狗，孤零零过一辈子得了。

"你看纪队，有模样有身材有社会地位，卡里的钱可能没有那些败家子多，但人品绝对能秒杀他们，可那又怎样，老妈老妈没了，老婆老婆跑了，有苦说不出，只能默默咽下去。"

话题到这儿，鹿白突然想起什么，歪头问他：“说起这事，我越想越奇怪，你说老太太在疗养院安安稳稳待了几年，虽说对纪队不算友好吧，但也没做过什么出格的事，怎么就莫名其妙吞药了？”

“老人家的心思谁又能懂……”

鹿白凑过来，小声问：“还有，那天下午老太太不是被送去医院抢救吗？后来转到重症病房时，我隐约听见宁护士跟纪队说，前一晚有人去探望过她，唉……你说这事会不会有什么联系？”

江牧摇摇头：“这鬼知道，我只知道就算是阎王爷来索命，以纪队那性子，这笔账他也只会算在自己头上。”

“可怜的老纪啊，身上莫名背了两条人命，这下老婆也没了，我都不知道他以后怎么笑得出来。”

鹿白也跟着长叹一声：“惨，实惨……”

江淼外婆生日当天，烟城下了入冬以来最大的一场雪。

那天是周五，江淼下午没课，处理好工作，她便马不停蹄地往县城赶。

雪下得极大，成团成团地往下砸，乡间小道窄小易打滑，江淼全程龟速，谨小慎微地朝前行驶，开了整整两个多小时才到外婆家。

屋里暖气很足，江淼一进屋便热得脱下厚厚的棉袄，惬意地窝在沙发上，外婆瞧见了，嘴里絮絮叨叨地说：“会着凉。”

随后外婆又不知从哪翻出一件正红色的连帽披肩，江淼拗不过，不情不愿地将自己变成现实版“小红帽”。

外婆起身去厨房泡花茶的功夫，紧闭的房门传来清脆的敲门声，外婆让江淼去开门，江淼刚刚坐热乎，一脸不开心地起身走向大门。

门一开，一个巨大的果篮出现在她面前，塑料薄膜上挂着星点雪花，将她的视线挡得严严实实。

她两手扶住果篮，歪头看过去，目光恰好跟正对面的人撞个正着，江淼恍惚眨眼，盯着男人一时无言。

纪队长静静地等在门外，粗硬的发梢沾染细碎的白雪，一双黑眸如夜鹰般锐利。

“你……”江淼张了张嘴，后面的话还未出口，身后的外婆端着一壶花茶走来。

“是纪炎吗？”

男人应声：“是我。”

外婆轻拍他衣服上的雪，语气柔和地说：“下这么大的雪，我都说了你不用特意赶来，耽误工作就不好了。”

“明天休假不碍事，再说您的生日，我怎么都不能缺席。”

话说到这儿，被忽略的江淼在心底闷哼。

我的生日你就可以缺席？害她傻乎乎等了一整天，哭得眼泪都干了。

江淼心里憋着气，将男人堵在门口寸步不让，纪炎也不催促，以标准军姿伫立在门外。

外婆眼珠一转，侧头望向江淼：“囡囡，你站在这里做什么？想把你纪叔叔关在门外啊？”

江淼哼哼，气闷地瞪男人一眼。

想，想就能实现吗？如果可以，她真想将他锁在冰天雪地里，冻个三天三夜才肯罢休。

心头热血翻涌，脑补无数种折磨他的办法，可当着外婆的面又不好显露，她只能潇洒转身，自顾自往沙发处走。

男人将果篮搬到厨房，外婆正准备煮点饭前小甜品，其中有江淼最爱的酒酿小丸子，聊了两句便将纪炎赶出厨房。

沙发上的江淼规规矩矩坐着，目不转睛地盯着电视播放的喜剧片，早已心猿意马。

她余光始终跟随着男人移动，直到男人停在她正对面的沙发上。

一模一样的位置，似曾相识的场景，可心境却大相径庭。

男人坐得端正，低头不说话，他拿起餐桌上的苹果跟小刀，慢条斯理地削起苹果皮。

电视里的人物耍宝似的闹腾，江淼却一点都笑不出来，明明一遍遍告诫自己不准丢脸，不准犯傻，可目光仍是情不自禁地偷瞄向男人。

对比夏天的黝黑，他皮肤似乎白了不少，下巴处的胡须没剃干净，围出一小圈青色，反倒是增添了几分勾人的男人味。

视线缓缓下移，男人喉间凸起的软骨在微微地上下滑动，她看着看着就不自觉地咽了下口水。

他上衣没完全扣紧，两粒纽扣散着，微微弯腰，透过敞开的领口能隐约看见起伏的线条。

江淼脸一热，口干舌燥地舔舔唇。

这时，男人猛然抬眼，江淼惊慌地移开视线，看似平静，只是脸上那娇羞的红晕无情地出卖了她。

男人抿嘴笑了下，也不拆穿她，只将削好的苹果递给她："吃吧。"

此时的江淼还在无地自容中，哪有心思吃东西，板着脸摇头拒绝。

纪炎拿过干净的水果盘，将苹果切成小块，配上银质小叉，将果盘放在她面前。

江淼原不想搭理他，可男人灼烫的目光死死盯着她，大有不达目的誓不罢休的气魄。

最后，在强劲的眼神攻势下，她不情愿地叉起一小块苹果放进嘴里，慢慢咀嚼的同时听到男人低沉的声音。

"上次那个，是你男朋友？"

江淼被突如其来的问话吓到，也险些被苹果呛住。

等勉强咽下，人也清醒几分，她语气平淡地回："纪叔叔说是，那就是了。"

纪炎脸色一僵，声线低下去："你酒量不好，以后不要随便跟人喝酒……万一遇上图谋不轨的人，你的处境会很危险。"

她心里堵着一口气，硬着嗓子回道："那是我的事，现在也不归你管。"

"我只是不想你再走弯路，我希望你能轻松一点……"

江淼被“轻松”一词成功刺穿心底薄薄的保护膜，她低头藏住瞬间变红的眼圈，咬紧下唇，一字一句地说：“从认识你到现在，我没有一天是轻松的。也许……”她微微抬眼，眸底水汽四溢，“也许你离我远一点，我才能回到正常生活。”

话说完，她一秒都不愿再在这儿多待，起身走向屋外的小院。

说她逃跑也好，不敢面对也罢，总之她就是不想再被那些烦人的思绪侵占她的理智。她不确定自己对他还残留多少感情，但有一点毋庸置疑，她对他依旧没有抵抗力。

见着了就会忍不住想亲近，想念他滚烫的怀抱跟强势的热吻，即使那些已经不属于自己。

情难自禁，这本就是件让人绝望的事。

外婆从厨房出来，不见沙发上的小丫头的人影，唯见窗前落寞孤寂的男人背影，他正盯着窗外那抹倩丽的红影发呆。

老人瞄了眼窗外，见戴帽子的红衣江淼蹲在树下，不知正用树枝在雪地里写些什么。

“外头冷，快叫囡囡进来，她最馋的小丸子煮好了。”

纪队长酸涩地笑：“她不会听我的。”

“什么？”

男人生硬地扯了扯嘴角：“没什么。”

外婆瞄了眼窗外的人，再看向一脸苦闷的男人，老人家摇摇头，深叹一声：“纪炎，上次我就觉得你俩不太对劲，你老实告诉我，你跟囡囡到底是怎么回事？”

纪炎没有正面回答这个问题，只说：“是我没照顾好她。”

外婆没好气地瞪他一眼：“你吴老队长就这么一个心肝宝贝，你也敢欺负呀？”

“我哪敢欺负，我只想好好护着，什么苦都不让她吃。”

纪队长也很苦恼，好像自己怎么做都是错的。话是从心底深处涌出来，句句都是掏心窝子的话，也不知憋在心底多久，终于找到了宣泄口。

“可我的工作性质您也知道，没时间陪她，她需要我时我总是不在，次数多了，连我都觉得自己可有可无。

“我知道她跟我在一起很辛苦，我是真舍不得。我想，如果给不了她想要的，我就不该再这么耽误她，这样做太自私了。”

外婆愣了几秒，这还是她第一次从纪炎脸上见到低落懊恼的情绪，她觉得稀奇，笑了两声。

纪队长更无奈了：“您笑什么……”

“我就觉得这事儿有意思……”老人家使劲憋着笑，“老吴以前总说你是个千年铁树，带队一把手，可一遇上跟女生打交道的事就歇菜。我这么些年也给你介绍了不少优秀的女孩子，没承想你会一头栽在囡囡身上，这事要让老吴知道，估计也能吓一跳。”她看着男人黑沉郁闷的脸，难免有些心疼，“纪炎，不是我说你，你这孩子啥都好，就是心思太重，什么都藏着不说，脑瓜子又不灵光，净胡思乱想了。”

“也不知道你们这些干消防的什么毛病，你吴老队长当年拒绝我时，说的话跟你一模一样，什么不耽误我啦，让我去找更好的男人啦。”

外婆冷哼一声：“笑话，耽不耽误那也是我说了算，哪就你们能单方面决定了，哦，通知我们一声，这事就结束了？

“我当时听了就火大，第二天买了火车票头也不回地走了，那最后还不是他后悔了，硬把我从去上海的火车上揪下来，抱着我不肯撒手。”

纪炎认真地听着，细细琢磨了好久。

老人见他懵懵懂懂的样子就好笑，真不知道他这榆木脑袋是怎么当上队长的。

“该说的我都说了，之后要怎么做，你自己去想。”外婆打趣道，“你可别指望我会帮着你忽悠我家宝贝，这事没得商量。”话毕，她走过去拉开大门，朝树下专心写字的江淼吆喝两句。

江淼抬头，白茫茫的雪地里，她红衣瓷肌，黑宝石般的眸子亮晶晶的，笑起来如阳春三月的暖阳。

窗边的男人看愣了神。

焦灼的呼吸一遍遍炙烤体内鲜红的血液，良久都沉静不下来。

晚餐的菜色极其丰盛。

大多数时间都是外婆一个人眉飞色舞地说着，另外两人闷头吃菜。

见饭桌上气氛怪异，外婆特意将自己亲自酿的葡萄酒端出来，江淼不愿扫兴，小口抿着喝了一小杯，纪炎恰逢休假，便也陪着老人多喝了几杯。

到最后，酒喝光了，外婆半醉半醒，男人除了脸颊微红，到瞧不出几分酒意来。

屋外的雪越下越大，两人停在小院的车全覆上一层厚重的雪，地上积雪也很厚，看样子，今晚是回不去了。

纪炎将老人家扶到二楼床上躺好，顺便拿了两床干净的被子下来。

一楼有两间门对门的小房间，一间是卧室，一间是书房。

他理所当然地把卧室让给她，准备自己在书房的躺椅上凑合一晚。

等他全部收拾好，江淼还窝在沙发上看电视，穿着红色披肩，瘦小的一个人，感觉一只手就能轻松将她抱起来。

纪炎盯着她的背影瞧了几秒，想了想，走过去跟她 说："别太晚睡，熬夜不好。"

江淼不说话也不动，用倔强的后脑勺对着他，漠视他。

纪大队长当然也没指望她能给出什么好脸色，转身往书房走。

等脚步声走远，江淼才回头偷瞄了眼，顺便安抚下狂奔的小心脏。

目前很安全……今晚也一定要平安度过……

她在客厅坐了半个小时，确定男人应该已经睡着了，才轻手轻脚地关灯往一楼的卧室走。

床上放有整洁的睡衣，那是她以前留宿时放在这里的。

她拿上睡衣跟新的毛巾准备去浴室，结果一开门，对面的门也开了。

男人像刚刚洗过澡，发梢还在往下滴着水，屋里暖气充足，他仅穿了件黑色工装背心，肩胛与手臂的肌肉线条完美凸显，脸颊红润，眼睛也渗着红光，直勾勾地盯着她。

江淼害怕地退后一步，满脑子都在纠结该不该逃回房间去。喝了酒的男人，她可不敢随意招惹，生怕他兽性大发扑过来。她不觉得自己有足够的抵抗力跟反抗的决心。

男人沉默着，江淼飞速移开视线，僵硬地挪动双脚往浴室走，可刚走两步，男人突然叫住她。

“江淼。”

江淼站在原地，心跳加速，呼吸乱了。

他嗓音哑哑的：“睡前记得锁好门，夜里不安全。”

她愣了一秒，转头问他：“防小偷吗？”

男人深黑的眼睛泛着红光，他勾唇笑了下。

“防我。”

第二十六章 午夜甜品

县城的冬夜，静得像与世隔绝。

一楼的卧室暖气很足，许是太久没人入住，少了几分烟火气。

窗外雪很大，成片成片往下落，江淼躺在小床上，侧身看着飞扬的雪景，翻来覆去睡不着。

人迷糊了一阵，刚要一脚踏进梦乡，窗外挂着厚重积雪的树枝就被压断了。

江淼猛地惊醒，胆怯地用被子蒙住头，好一会儿才露出头去瞧。

外头白雪皑皑，本就静不下的心彻底脱离原始轨道。她知道今晚是难眠了，索性不睡了，睡衣外套着红色披肩，蹑手蹑脚地推门往外走。

客厅出奇的安静，她不敢开灯，手机的闪光灯也太刺眼，她摸索着走进厨房。

肚子发出巨响，她打开冰箱，借着里头自带的灯光轻轻翻动食物。

“找什么？”身后冷不丁响起低哑的男声，江淼心一紧，条件反射地回头，一头撞上男人硬成石头的胸。

她揉着撞疼的额头往后退，后脑勺险些与冰箱门亲密接触，好在男人先一步拿手护住才躲过一劫。

她睁着大眼看他，屋外路灯深橘色的光斜斜透过玻璃，照亮他刚毅的侧颜，仿佛蒙上一层浅浅的滤镜，怎么看怎么不真实。

纪炎淡定地关上冰箱门，按开壁灯开关，不算澄亮的光线，但好歹，不会让她跌跌撞撞地摔着碰着。

江淼站在原地，一时不知该说什么。

她总觉得这种时间这种环境下的独处，暧昧得有些怪异，却又不妨碍她灵魂深处的蠢蠢欲动。

男人垂头看她，目光柔软，声线压得很低："饿了吗？"

她别扭地点点头："嗯。"

他圈着她的手腕将她拉到餐桌旁，将她安置在椅子上："坐这儿等会儿。"

然后，他在冰箱里拿出外婆之前煮好的小甜品，寻了个小锅，放灶上小火热着，不一会儿，屋子里飘起甜腻的酒香，光闻着就要醉了。

乖巧等喂食的江淼盯着他健壮的背影，黑背心迷彩裤，穿在他身上，少了几分正气，多了几分藏不住的性感。

明明不是第一次见，但怎么都看不厌。

江淼一直自诩绝非见色起意的花痴，但此时此刻，她又不得不承认，这个男人对自己有致命的吸引力，真要人命了。

男人端着热好的甜汤转身，刚好同江淼直愣愣的目光撞个正着，江淼的脸一下热起来，不动声色地挪开视线。

纪队长眉目含笑，将陶瓷小碗放在她跟前："有点烫，慢一点吃。"

"哦。"江淼冷漠地答，捏起精致的勺子舀了颗玻璃珠大小的丸子，鼓起小脸轻吹几下，热气散开，白滚滚的丸子送进嘴里，软糯香甜，配上酒香浓郁的甜汤，一口便能让人上头。

她吃得很起劲，一会儿工夫，小碗见了底，她托着下巴眯了眯眼，大写加粗的满足。

吃饱喝足后，她自觉地端着小碗走向洗碗池，水龙头的热水流下来，沾湿指尖，触感温热顺滑。

男人突然出现在她身后，长臂灵活地绕过她的细腰，阻止她洗碗："我来收拾，你去睡吧。"

熟悉的气息将她完全包裹住，江淼手一抖，心跳要撞出胸腔了。

这姿势简直不要太暧昧。她都能想到自己回头时，对上那双深红的眼睛，里面灌满了欲望。

“我……我自己来……”她紧张的话都说不利索，男人倒是舔唇笑了笑，似感受到她微颤的身子，故意低头凑近她耳朵，轻轻吹气：“听话。”

江淼耳朵红了，且没出息地在很短时间内软了全身，白皙的皮肤泛起诱人犯罪的潮红。

江淼努力深呼吸，抖着声音说：“你……唔……离我远一点。”

男人偏不如她意，两手撑在料理台边缘，形成结实的人墙，将小小的人圈在里头。

经过一两个小时的沉淀，男人的酒劲彻底上头。他本就不属于酒量超群的那一类，当消防员这么些年，喝酒的次数两只手都数得清。今天喝的老人自酿的葡萄酒，几杯下去，脑子就开始有点飘，谈不上醉得多厉害，但总归比清醒时，多了几分放肆。

江淼无处可逃，可脑子里还在认真思索如何顺利逃跑。

厨房的光亮跟户外的路灯倏地全灭，黑漆漆一片，仅有微弱的月光照亮冰箱一角。

视线一下全黑，她下意识转身，惊恐地往男人胸前藏。

“停电了吗？”

江淼摇头：“不知道……”

以前便听外婆吐槽过，这地方安静，空气也好，唯一缺点就是基础设备不完善，一遇上狂风暴雪的天气就容易造成大面积停电。

可江淼也只是听过，没想到会如此倒霉地撞上。这运气，简直不能用差到极致来形容了。

男人的身体一如既往的燥热，裸露的双臂毫无凉意，一沾上全是火，灼热她微凉的体温。

黑暗中，他的呼吸声越发沉重，心跳声如鼓槌般撞击她的耳膜，好似在极力压抑什么。

她终于察觉到处境的危险，轻轻退出他的怀抱，轻咳两声："我先去睡了。"

男人没答，也不动。

江淼呼吸急促，还想说什么时，手机提示音先一步响起。不大的声音，在寂静的夜晚格外有存在感。

男人垂眸看她，嗓音微哑："不回信息？"

江淼硬着嗓子道："现在不回，也可以。"

"看看吧，万一有急事找你呢？"

江淼当然不相信他真有这么好心，可这人脸皮厚，困住她一动不动，好似她不照做就不会放她走。

江淼不情不愿地掏出手机，屏幕一亮，时间显示十二点整，界面上出现一条微信。

"睡了吗？"——李煜。

莫名心虚的江淼还来不及收回手机，那头又弹出一条微信。

"睡不着的话，给你讲个故事。"

头顶灼热的视线渗进头皮，她苦闷地咬了咬嘴唇，颇有几分被人现场抓包的窘迫感。

看似简单的文字，可放在这深更半夜，硬是激起丝丝缕缕的暧昧来。

她思来想去，唯有逃跑最为保险："我回房间了。"

纪队长沉默几秒，突然倾身压过来，江淼顺势往后退，背贴紧冰冷的台沿。

男人低头看她，被微光照亮的黑眸，闪着她看不懂的情绪。

"你真跟他在一起了？"

江淼两手推他胸口，嘴里小声说："那也……不关你事。"

男人的呼吸明显乱了，吐出来的全是醉人的酒气，大手紧紧扣住她的后腰，江淼还没反应过来，唇上一热，又软又烫。

他舌尖舔过她的下唇，低声道："可我不同意。"

江淼惊慌地捂住嘴，瞪着大大的眼睛，声音从指缝中碎出来："你疯了？”

男人喘着粗气不说话，江淼受不了这种气氛，用蛮力推开他，低身从他臂弯下逃跑，可惜的是，刚逃出两步远就被男人拽进怀里。

他将她按在冰箱上，一手控住她的后颈，低头咬住微张的红唇。

江淼皱着眉承受着他的吻，推不动，也挡不住，一点点地沉溺，直到毫无抵抗的力气。

她被火热的深吻亲得头昏脑涨，忽然，她冷得浑身一颤，江淼如梦初醒，警惕地推开他，一手捂住大开的前胸，慌张地问他：“你到底想干什么？”

男人温柔地抚摸她后腰上细腻的肌肤。

“嘘，楼上能听见。”

江淼这才想起楼上还有外婆在，如果听见什么奇怪的动静，老人家随时可能下楼，如果真被撞见这一幕，她跳进黄河都洗不清了。

她瓮声瓮气：“那你先放开我……”

纪队长闻言笑了：“好不容易才抓到，怎么放？”

这一夜，过得很慢。

等一切后续处理完，纪队长的酒也醒了七七八八，江淼在床上睡得正香甜，他站在床边看了许久，心头热热的，忍不住弯腰亲她的脸。

可谁知刚还一脸恬静睡颜的江淼猛地睁开眼，敏捷地裹着被子往身侧滚了一圈，警惕地看着他。

沉浸在温柔乡的纪队不知所措：“怎么了？”

“纪炎。”生硬的女声。

“嗯……”

江淼深呼吸两次，冷漠开口道：“今晚只是今晚，什么也不算。”

男人一愣，轻声反问：“什么意思？”

“我们都是成年人，有些话，不用说太明白……”

纪队长缓缓直起身，歪头纳闷，且不说这江淼变脸跟闹着玩似的，就她说的这话，怎么听着这么耳熟。

等他回想起这是自己平时拒绝女人时的口头禅，他揉了揉额，无语地笑出声。

谁承想这种话有一天会弯弯绕绕地回到自己这里，说是报应也不为过。

他原本就没想过江淼会如此轻易地原谅他，再加上他们之间还有问题没解决好，就算真和好了，依旧存在隐患，他心里明白，也不会操之过急。

“你也累了，早点休息。”撂下这句话，他转身欲打开房门，手刚握上门把，江淼再次叫住他。

她硬着嗓子，颇为严肃地问他：“我想知道，你跟我分手的真正原因是什么？”

男人沉默片刻，低声回她：“到了合适的时间，我会告诉你。”

江淼显然不满意他的回答，听着就像是在敷衍一个闹脾气的孩子。

“那什么时候合适，我们什么时候再谈。”她一字一句道，“如果永远不合适，那就永远都不要再见了。”

第二十七章 无赖

次日，纷飞的大雪逐渐转小，只飘着些雪粒。

江淼一夜未眠，满屋子都是两人欢爱后留下的味道，一闭眼，眼前全是男人那张过分英俊的脸，耳边回荡着他低沉的喘息声，诱得她心跳加速，半分睡意都无。

天不亮她便起床，试探着按开床头灯，暖色的光亮刺了她的眼，好在停电没多久，不用担心摸黑摔着碰着。

她窸窸窣窣地穿好衣服，出了房门，对面男人的房间大门紧闭，她暗自松了口气，经过这迷乱一夜，她实在没想好现在该怎么面对他。

屋内屋外安静极了，她动作轻柔，猫着腰一步一步走向大门。

谁知门一开，低矮的果树上闪着暗黄的小灯，她的小车前，映着男人挺拔的身影。

江淼愣了片刻，帽子围巾重重包围下，那双清澈明净的眼眸里，全是那个专注清理车上积雪的男人。

纪炎做事认真，警觉性也超乎常人，细弱的开门声入了他耳，他不紧不慢地做完手上的事，这才转身走向江淼。

“醒了？怎么不多睡会儿？”

江淼垂眸，纤长的睫毛轻轻眨着，不自在地咳了一声：“睡不着。”

纪炎停在她面前，动作自然地给她整理歪斜的帽子，低笑了声：

"怎么，怕我再半夜偷袭？"

江淼脸一红，总觉得他随口的一句话都沾着荤腥，经过昨晚，这男人在她心中的形象已然崩得四分五裂。

男人穿着薄薄的外套，脸和手冻得通红，头上落着冰凉的雪花，他随手拍了拍，雪溅到江淼白皙的脸颊上，他想用手抹掉，可指尖沁凉，江淼冷得皱了眉。

纪队长收回手，粗粝的掌心贴在一起小力搓热，小心翼翼地看江淼脸色。

他压低嗓音："天亮了再走，现在开车不安全。"

江淼颇为傲慢地扬了扬下巴，不理会他的贴心话，径直走向自己的小车。

原本遭厚重积雪覆盖的汽车已被男人收拾干净，她拉开车门，人还没坐稳，男人大手压上去，轻松制住她欲关门的动作。

江淼抬眼，不耐烦地瞪他："你还有什么事？"

纪队长平静地看着她，温和开口道："非要现在走也行，到家给我个信息好吗？"

江淼没好气地回道："我凭什么给你发信息？"

"我不放心。"

她冷眼相待："那是你的事，我没这个义务。"

话都说到这份上，男人也沉默了，只是那大开的车门始终关不上。

两人大眼瞪小眼地对峙，无奈力量差距过大，江淼用尽全力，憋红了脸依旧动不了分毫。

良久，江淼气一落，闷声嘀咕道："我早把你的联系方式删干净了。"

"嗯，知道。"

她呼吸一热，握方向盘的手紧了紧，收回视线不再看他。

男人一脸沉静："听说文科生记忆力好，我报一遍电话，你能记住吗？"

江淼想都没想便脱口而出："不用，我背得出。"

纪队长笑了，无耻地装没听见：“什么？”

话一出口她便后悔了，懊恼地咬紧嘴唇，恨不得把自己藏进白茫茫的雪地里，这还真是，怎么丢人怎么来。

她支吾着解释道：“我就是……嗯……偶尔……能过目不忘。”

“哦，这样……”男人一副原来如此的样子，笑得不怀好意。

然后，他突然压低身子探进头来，在江淼还陷在各种羞恼情绪时，在她额头轻轻印上一吻。

不等瞬间呆住的江淼回神，他已经迅速抽身离开，仿佛刚才那幕不过是虚无的幻影。

“回去吧，路上小心。”

明明只是轻轻一吻，可那温软的热源依旧透过额头渗进她体内，她的脸没出息地红到了脖子根，要不是被围巾帽子包裹严实，估计自己会暴露得一清二楚。

她故作镇定地关上车门，发动车前，又慢慢降下车窗，抬头看向男人。

“纪炎。”

“嗯……”

“我突然发觉，你这人挺无赖的。”

纪队长一脸深沉地点点头，嘴角藏起一丝笑：“这事得分人，我对其他人又不这样。”

江淼愣了一秒，目光触及他眼底遮不住的笑意，猛然想起这话出自自己之口。

她郁闷地瞪他一眼，利索关上车窗玻璃，流畅地倒车转向，车子很快驶离小院，穿梭在路灯暗沉的雪白小道上。

纪炎伫立在树下，看着渐行渐远的小车，任飘散的雪花在肩头堆积。

他从口袋里掏出手机，翻出江淼的微信，还是那个搞怪的头像，奇怪的昵称，只是朋友圈那一栏干净如同一张白纸。

其实一开始他并不知道自己被删了，只是某天照例翻看江淼微信时，发现她的朋友圈空白了，他以为自己手机出了问题，来回开关机数次后，百思不得其解的他只能硬着头皮把江牧叫过来，还自认为很隐晦地问他：“就是那个微信……你有出现过对方朋友圈消失的情况吗？”

江牧嘴角抽搐，强忍着没笑出声：“纪队，你被谁拉黑了？”

纪炎脸一僵，他捂嘴咳了两声，假装不在意：“你可以归队了。”

江牧难得逮着老纪吃瘪的光荣时刻，哪肯就此罢休，他一脸过来人的嘴脸：“这姑娘家家嘛，一吵架就喜欢拉黑，纪队你别慌，哄人这事我最擅长，只要你开口，江老师现场教学，保证药到病……啊我……”他被一脚踹得龇牙咧嘴，“有话好说，别动手啊……咳咳咳，行行……我马上走……马上滚。”

等人滚远了，纪队长一脸失落地低头看手机，心脏好似缺了块重要的零件，呼吸也越压越沉重。

他同她的交集本就不多，这下，彻底断得干净。

没过多久，天亮了，灰蒙蒙的，雪也越下越大了。

他头上落满白雪，可他仍一动不动地站在原地，目光呆滞地看着小车消失的方位。

其实，他究竟是什么时候对她动的心，连他自己也说不上来。

他生在军人家庭，自小便严谨自律，做事一板一眼，自成年起，他靠着出色的外貌吸引了不少情窦初开的女生，情书收到手软，可他一封都没看过，全是当人面退回去，一丝幻想都不愿给对方。

成为消防员后，他更是全身心投入训练中，出警时常会遇到各式各样的女生向他示好，次数多了，他拒绝的说辞也越来越敷衍，江牧跟鹿白总笑他是个顽固不化的石头，他笑笑，也不否认。

当然，偶尔也会有躲不过的相亲局，撇开他的工作性质，光谈相貌跟身材，纪炎的确会是大多数女生喜欢的类型，可他只觉得跟女人相处麻烦，每每走个过场便没了下文。

江淼对他而言，一开始只是个意外，而后，便成了他躲不过的情劫。

严格说来，他对她并不是一见钟情。

第一次见面，两人误打误撞地吃了半顿火锅，他只是记住了那个懵懵懂懂的江淼，她有一双很漂亮的黑眸，笑起来水盈盈的，脸红的时候很好看。

后来，两人又在学校遇见，她受了伤，他低身抱起她，她的脸贴着他胸口，明明是再正常不过的救援工作，可当她窝在他怀里抬头看他时，那期许又羞涩的小眼神，成功燃起他压抑不住的狂热。

在郊区的小院里，他知道她是吴老队长的外孙女，讶异之余，更多的是心底藏不住的悸动。

皮相这东西，纪炎向来不屑一顾，一个男人如果单靠相貌去吸引女人，这只能说明这个男人的无能。

可当他赤裸着上身给她检查汽车时，江淼脸颊酡红，那抹明晃晃的注视却紧紧黏在他身上，那一刻，他突然觉得颜值这玩意，偶尔出卖一下，也是可以的。

再后来，那个枯燥无聊的夏令营，让他对看似娇弱的她有了全新的认识。

她求胜欲强，不会轻易认输，人格独立，不会轻易被他人左右。她有小孩脾气，但不矫情，不闹的时候很乖很软，闹起来像只张牙舞爪的小猫，说翻脸就翻脸，但话说清楚后又很好哄。

了解多了，心也不自觉地跟着沉溺进去，等他意识到时，早已无法抽身。

他并不是一个擅长处理男女关系的人，甚至很早以前他便想过独身过完这一生，特别是在父亲意外去世后。

江淼的出现，让他生出一丝错觉，以为只要自己努力，就一定能让她幸福。

可惜，现实总是很残酷，他的工作性质注定会让她受很多委屈，时间长了，次数多了，再炽热的心也会慢慢冷却。她跟他在一起很辛苦，也不快乐，他全都知道，却无法在短时间内改变现状。

转文职工作的申请送上去几次，次次都被上头撤回来，光是朱政委找他谈话都不下五次，更别说一波波给他做思想工作的团级干部。

他明白这事不可能一蹴而就，可他真的舍不得再让江淼失望，不愿看她故作大度地包容他的所有，在他看不见的地方偷偷掉眼泪。

提分手并非冲动决定，他们之前牵扯太多，绝非一两句可以说清楚，可说完后他立刻就后悔了，这也是真的。

他天真地以为即使换个身份，依旧可以像之前那样在她身边照顾她，却未曾想过她身边还会有其他男人的出现。

老实说，当他亲眼见到她温顺地窝在那个男人怀里时，那一瞬，他嫉妒得想揍人。

很明显，他高估了自己的承受能力，也低估了对她的占有欲。

吴老夫人的生辰，他顶着风雪赶来，他知道她一定会在，即使她心里对他有怨，冷淡得像个陌生人，他依旧愿意放低姿态，全盘接受，甚至不惜用颜值引诱江淼沉沦。

她想要的答案，他原想一辈子藏在心里，但经过昨晚，他彻底清醒过来，有些事，他需要亲自去弄清楚。

只有失去过才会明白，他对她的渴望，早已深入骨髓。

他需要江淼。

因为她是他昏暗人生中，最后的一束光亮。

第二十八章 和好

回到家的江淼，疲惫到眼睛都睁不开了，连睡衣都来不及换，一觉睡到大中午。

醒来时，窗外的雪又停了，她从窗户望去，整个世界一片纯净的白，可当她摸出手机，低头看了一眼，瞬间心乱如麻。

显示一个陌生号码发了十几条短信，她当然知道号码的主人是谁，只是指尖点在屏幕上，犹豫着不知该不该回。

江淼呆坐在床上，静止了好长一段时间，她先给外婆打去报平安电话，约等于间接跟他说了，然后，她将手机藏进枕头下，起身走向衣柜。

翻箱倒柜一番，终是翻出藏在角落的围巾，款式老旧，可贴在掌心的温度，却能一秒暖化她的心。

上面全是他的味道，熟悉的味道一丝一缕钻入她鼻尖，等她清醒过来，厚软的围巾已圈住她的脖颈，温暖如春。

她轻轻闭眼，耳边全是他说过的那些话，她越想越开心。

江淼自嘲地笑。

她还是无可救药地喜欢他。

特别特别没出息。

努力过，却也真的无能为力。

江母的电话打过来时，她还沉浸在自己的世界中，她手忙脚乱地接通。

江母询问她跟李煜的进展，江淼答得含糊其词，字里行间都是敷衍。

“你少糊弄我，我今早给你外婆打电话，她说昨晚纪炎也在，你跟我说实话，你是不是又跟他搅和到一起去了？”

江淼心头一跳：“没。”

江母何等聪明，一听她颤巍巍的声音就知道有猫儿腻，话调一转，“你跟李煜相处也有一段时间了，校长提议家长见个面，早点把这事定下来，你的意思如何？”

“太快了。”江淼呼吸一下急了，“我们刚认识不久，也不够了解，现在就谈这些是不是太早了？”

江母音调拔高：“是了解不够，还是你压根不愿了解？江淼，我已经给你足够的空间了，你若是非要忤逆我，那也别说我不讲情面。你解决不了的，我亲自帮你解决。”

“你要解决什么？”

江母默不作声。

江淼慌了神：“妈！”

电话被挂断了。

江淼一时间心慌意乱，在房间里不停打转。

她虽听不明白江母的意思，但同江母相处这么多年，她也知道，江母从来都是不达目的誓不罢休的人。

室外温度零下十摄氏度，纪炎照例带队训练。

刚训练不到半小时，江牧气喘吁吁地跑来，说外面有个中年女人找他，纪炎隔着操场瞧过去，一眼就看见那个趾高气扬的妇人。

他抬高帽檐，眸色一点点转冷：“我没去找她，她倒先找上我了。”

江牧听得莫名其妙，低声问：“纪队，见不见？”

“见。”

他吩咐着：“你找个安静地方，把她带过去。”

“是。”

十分钟后，空荡荡的会议室。屋里没开暖气，冷得像个冰窖。

两人面对面坐着，江母从容不迫，纪炎不卑不亢，两人视线对焦，即使不发一言，仍是一出精彩的对手戏。

江母不阴不阳地笑：“纪队长，好久不见了。”

纪炎冷笑：“阿姨，寒暄就免了吧，您有话可以直说。”

江母一脸刻意的温情：“之前无意中听说你母亲去世，我深感惋惜。你跟在我父亲身边多年，算得上半个儿子，我作为亲人过来慰问下你，也是应该的。”

一提起纪母，男人的脸瞬沉下去，眼底散发着凌厉的寒光：“亲人？您这话说得可真有意思。”他皮笑肉不笑，“之前我顾忌淼淼的感受，有些事糊里糊涂，也没想求个正解，但您今天亲自上门送温暖，我好奇想多问一句……

“我妈自杀前一日，您曾去疗养院拜访过她，恕我冒昧，请问您跟我妈聊过些什么，刺激到她宁可服药自杀也不愿再见我一眼？”

江母脸色变了变，情绪很快稳定下来，反问道：“你是觉得你妈的死跟我有关系？”

“我不是孩子，清楚任何事情都讲究证据，我不追究不代表不重视，但如果我真想把事闹大，您也是存在教唆嫌疑的。”

江母冷笑：“纪队长这是在威胁我？”

“阿姨，如果不是淼淼，我想我们之间不存在如此‘和谐’的对话。我心疼她，所以有意隐瞒这些，不愿意她在我们之间左右为难。我也知道您不喜欢我，但没关系，我如今也不在乎您对我的看法，如果您今天来的目的是想劝退我，我只能说，您白走这一趟了。”

纪炎起身，面无表情道：“我妈的这笔账，您该担几分责，我们以后可以慢慢算。但对于江淼，我绝不会再放手了。”

临近期末，学校事情堆积如山，李煜约了江淼好几次，她都借故推脱了。

那个熟悉的电话号码每天都会给她发短信，有时候只是寥寥几句，有时候会长篇分享出警时遇到的趣事。

尽管她都当没看见，可时间长了，江淼又情不自禁地开始期待他的信息，手机一响，心就不自觉地狂乱颤抖，她知道自己不该这样，却依旧做不到心静如水。

所以人的心，哪是自己能随意左右的。即使心理建设做得坚不可摧，仍抵不过短短几个字带来的强烈冲击。

努力想挣脱眼前灰白缥缈的浓雾，殊不知它早已侵入心底，灌满整个胸腔，把自己逼上绝路，无奈只能选择臣服。

李煜再约她，她没有拒绝，既然已经看懂自己的心，就不该再给其他人任何遐想的空间，同没有发展意向的人保持暧昧关系，这本就是件不道德的事，她理应及时停止。

出校门时，屋外又下雪了，她没打伞，戴着毛茸茸的帽子，围着同衣着毫不协调的男士围巾，遮住了小半张脸，露出小巧的鼻尖和一双澄亮水灵的眼睛。

李煜的车停在路边，她拉开车门刚准备上车，人突然顿住，莫名感觉一道灼热的目光紧紧黏在自己身上。

她抬头，就见街对面，停着一辆黑色的皮卡，男人一袭黑衣倚靠在车头，指尖夹着点燃的烟，深吸一口，白雾散尽，那双黑漆漆的眸子闪着锐利的光，看她的眼神深不可测。

江淼一下愣住了，僵在原地一动不动，任雪花在眼前飘散，模糊了视野。

"江淼？"车里的李煜觉得奇怪，柔声唤她。

江淼整个人僵住，仿佛什么声音都听不见，眼里只有那个沉默抽烟的男人。

纪炎的视线缓缓落在那条灰色的男款围巾上，唇微勾，轻笑了声。

这时，他电话铃声响起。

男人熄了烟，接通后还没听两句，脸色阴沉，眉头紧皱，挂断后直接上车。

车平行驶过时，男人侧目看了她一眼，看不出表情，只是目光过于炙热，一眼看进她心底。

直到车尾消失在转角，她才猛地回过神，带着积攒的一身风雪上了车。

车已经开出几公里，江淼仍有些恍惚，李煜同她说话，她也是回答得心不在焉。

李煜是聪明人，一眼就看出不对劲的地方，车没有按原计划开向预定好的餐厅，而是缓缓停靠在街边。

"你还好吗？"

江淼降下车窗长吁一口气，感觉脑子清醒不少，她努力微笑，点头："没事。"

李煜侧头看向她："如果你有话跟我说，不用勉强自己吃完这顿饭的。"

男人足够直接，江淼也不必再纠结扭捏什么，她沉默几秒，轻声道："对不起，我好像没办法跟你继续约会了。"

李煜面色稍变，只问她："因为刚才那个男人？"

"嗯。"她没想隐瞒。

李煜看向前方，理智地为她分析："若是按照吴主任的高要求，那个消防员应该不在她的考虑范围内，如果得不到家人的支持，你以后会过得很艰难。"

"我知道。"江淼眼神坚定，"但这是我自己的选择，我不会后悔，也不会畏惧将来可能发生的一切。"说完，她侧身看向李煜，字里行间都是歉意，"对于你，我很抱歉，我应该一早就说清楚的。"

"相亲只是一种形式，能否继续发展取决于两个人的意愿，我尊重你的想法，同时也表示可惜，江淼，我挺欣赏你的。"

她微微笑，如释重负，真诚地回答他道："我也是。"

成年人的对话，很多时候都无须说得太明白，一点即通，尤其像李煜这样的高智商人才，驾驭语言的能力超群，无论什么时候，都不会把场面弄得太尴尬。

他笑着问："饭还吃吗？"

江淼也笑："吃，但这顿饭我请。"

"好，没问题。"

这顿饭对于两人而言是最后的晚餐，今后应该也不会有过多接触的机会了。

饭桌上两人相谈甚欢，少了相亲关系的束缚，相处起来反而更轻松，只是饭吃到尾声，江母突然打来电话，说外婆高血压住院了，让她尽快来医院。

江淼匆忙买完单，李煜见她心神不宁，好心送她去医院。

她担心外婆的身体，一进医院大门便慌了神，跌跌撞撞地找到住院部，好不容易才找到外婆的病房号。房门开了一个小缝，她刚要推门进去，就听见外婆情绪激动地拍床大吼。

"今天要不是江牧那小子给我送东西，无意中说起这事，我还不知道我自己费心养大的女儿竟然这般恶毒，连一个生病的妇人都不放过。你说你这么做，让你爸在九泉之下怎么面对纪炎的父母？"外婆越说越大声，呼吸急促，"你今天把话给我说清楚，纪炎妈妈自杀究竟跟你有没有关系？是不是你刺激的？"

门突然被推开，一脸惊愕的江淼伫立在门前，目光呆滞地看着气到面色潮红的外婆，视线慢慢落在床边的江母身上。

江母站起身，神色惊慌："淼淼。"

江淼一步步走进，嘴里低喃着，有些失魂落魄："妈，外婆刚才说的话是什么意思？"

"淼淼，这事不是你想的那样……"

"纪炎的妈妈去世了？"她面色苍白地看向外婆，很轻地问，"什么时候的事？"

老人家只深深叹气，目光低垂，不知该从哪里开始解释。

江淼外婆得知纪炎妈妈去世的消息后就觉得奇怪，在疗养院待得好好的人怎会莫名其妙服药自杀，她严肃地问过纪炎，男人总是欲言又止地转移话题，她怎么都没想到这事居然能跟自家女儿扯上关系。

虽说她一直不赞同江母处理事情的方式，但也未曾想过她会疯魔成这样，为了控制江淼的婚恋，竟向挑唆一个手无缚鸡之力的病人。

这事也就纪炎没深究，不然她进到公安局里，还真不是三言两语就能逃脱嫌疑的。

江淼见她半晌不说话，急得眼泪都快出来了：“外婆……”

“上月月底，有一段时间了。”

江淼眼圈红红的：“为什么没人告诉我？”

上月月底，不就是圣诞节前后吗？

“囡囡。”老人被问得心力交瘁，仍撑起一抹笑，“大人的事，你别太担心，等事情处理好，纪炎会自己说给你听的。”

江淼一下泪流满面：“他才不会！”

他发生什么事都不告诉我，我就像个傻子一样，永远都是最后一个知道的人。

江淼回想起他眼眸暗处晃过的犹豫深沉，她就知道，他肯定有什么事瞒着她，可为什么？

不管两人年纪的差距有多大，至少在感情上，他们之间是平等的，他不该总是将她排除在外，让她就好像在围城外圈不断地徘徊，怎么走，都走不进他的心。

这时，电视突然插播一条重要新闻，烟城郊区某化工厂爆炸，人员伤亡惨重，现场已有数名消防人员殉职，且存在再次爆炸的危险。

江淼脸色大变，满脑子都是放学在校门前见到纪炎时，他接完电话后严峻的脸色。

他一定会去的。

越是险恶的事故，他越是会不顾一切地冲在前面。

一想到这，江淼心慌意乱地掏出手机给男人打电话，果不其然，那头传来关机的提示音，江淼彻底慌了神，一声不吭地冲出病房。

“淼淼。”

江母在她身后焦急出声，原想跟着追出去，却被外婆厉声呵斥住。

“你不准跟去。从现在起，他们之间的事不许你再插手。”

江母重重跌坐在椅子上，彻底泄了气：“妈……”

“你还叫我一声妈，我就有资格管你。囡囡是我的心头肉，她喜欢谁，我也爱屋及乌。纪炎这孩子我看了这么多年，成熟有担当，要不是你从中作梗，两人两情相悦，男才女貌的，看着就欢喜。”

老人家俨然是动气了，胸口剧烈地上下起伏着。

“你若再想耍什么手段，我老婆子第一个不答应。”

化工厂爆炸现场一片狼藉，天色暗下，腾空的火烧云将黑夜染得通红，浓烟堆起的烟柱从四面八方涌出来，厂内能见度极低，随处可见的明火及泄露的化学气体，极其容易造成二次爆炸，也给消防员的救援工作造成极大困扰。

厂外凶猛的火势渐渐被控制下来，纪炎带领一队人进入工厂搜救幸存者。

里头一片灰蒙蒙的，偶有火光升腾，呛人的白烟浓密成团，将他们眼前的视线遮盖个七七八八，纪炎几乎是凭借经验确定方位，指挥下面的人开始搜救工作。

刚开始，搜救工作的进行还有条不紊，少数几名幸存者被解救出来，可越靠近爆炸点，工作越是艰难。

房梁已被大火烧得摇摇欲坠，稍有不慎，进入厂内的所有人都会被困住，非死即伤。

江牧跟在纪炎身后，走至深处，他隐约听见左侧有细弱的呼叫声，断断续续。

“纪队。”

纪炎面色镇定，呼吸平稳：“你跟鹿白过去看看，小心点。”

身后两人得令，一步一步警惕地朝左侧移动。

浓烟遮挡下，竟真让两人在残破的柜子下寻到一名幸存者，他满脸是血，已经奄奄一息。

鹿白咬牙抬起压在他身上的重物，江牧配合扯住男人的脚往外拖，可谁知后退时，脚踩上一根烧焦的木头，“嘎吱”一声，后方烧焦的木柜开始摇摇晃晃。

他一回头，身后庞然大物突然朝他倾倒，江牧来不及躲闪，可下一瞬，剧烈的疼痛感没有袭来，纪炎及时出现在他身后，冒着火星的木柜重重撞击在他的背上，他闷哼一声，脸都憋青了。

江牧急了：“纪队……”

男人磨着牙齿出声道：“快点。”

江牧恢复清醒，将伤员拉扯出危险范围，抬着担架的接应人员将人赶紧送出去。

鹿白放下仿佛千斤重的重物，双臂好不容易松懈下来，刚喘口气，这头纪炎没力气了，单腿下跪，险些扑倒在地。

“轰”一声，厂内另一边又燃起熊熊大火。

男人结实的后背仿佛在火上炙烤，比疼更让人绝望的是从已破损的防毒面具灌入的令人窒息的化学气体，以及他逐渐消退的意识。

“纪队……”

江牧见他痛苦地闭上眼，人似乎陷入混沌中，生怕他昏迷过去。

“你俩先走。”

这是他意识尚存前说的最后一句话，然后，耳边是江牧跟鹿白急促的呼唤声。

他眼前铺展开的是黑烟弥漫的火场，一具具烧焦的尸体。

他看见父亲的身体，歪倒在熊熊烈火中，被烧得面目全非。

“纪炎。”

恍惚听见的女声，又甜又软。

他身前出现一个模糊的人影，穿着简单的衬衣背带裤，朝他走近，他用目光一点点勾勒出她甜美的轮廓。

她勾着他的脖子，踮起脚，笨拙地亲他的唇。

他想起他们第一次接吻的场景。

她羞涩又胆大，窝在他怀里不依不饶地要检查他身上的伤势，他生涩而热烈地亲吻她。

眼前白光散尽，耳边全是她一遍遍的呼唤，宛如坚韧的藤蔓，将他从无尽的地狱之海一点一点拉出来。

纪炎意识慢慢苏醒，眼前出现江牧挂满眼泪鼻涕的大脸。

“纪队，你终于醒了……呜啊……”

江牧提心吊胆了许久，终于可以放声哀号，手背胡乱擦拭着眼泪。

纪炎环顾四周，发现自己躺在消防车里，手背上挂着点滴，身旁围了一群消防员，医护人员被挤到后面。

他试探着动了动身子，后背被灼伤的那块火烧火燎的，他皱紧眉，疼也不吱声。

男人看了眼江牧，一出声，嗓子嘶哑：“哭什么，出息。”

江牧真的被吓坏了，跟在纪炎身边这么久，这还是他第一次陷入昏迷，刚过去的两小时，自己甚至连追悼词都想好了……

“你要死了，我怎么活啊我，这一命抵一命也还不起啊……”

纪炎恨不得给他一脚：“别嚎了，头疼。”

鹿白被吓得差点心跳停止，见他终于醒了，人也松了口气。

“你安静点，让纪队好好休息。”

纪炎沉声问：“现场怎么样？”

“火势已经控制住了，江北江南区的消防支队在做收尾工作。”

纪炎听到这儿也放下心来，今天这场大火，灭火加搜救总共持续七八个小时，耗费无数人力物力，好在顺利扑灭了。

车子朝消防队驶去，纪炎极度疲累，昏昏沉沉睡了一路。

刚到消防队前门，江牧无意朝外瞄了一眼，以为自己眼花了，不确定地多瞧了几眼。

“纪队，那个不是……”

纪炎缓缓转醒，见江牧欲言又止地念叨着，他强撑着起身，身旁两人见状赶忙将他扶起。

然后，透过车窗玻璃，他远远瞧见一个小小的人影蹲在地上，天上飘着小雪，冷风呼啸，人没戴帽子，冻得整个人蜷缩成一团。

“停车。”纪炎自行拔下针头，连外套都没穿，火急火燎地冲下车。

江淼在消防队门前一等就是数小时，冻得手脚都麻木了，冷冰冰地站在那儿，活像个花白的雪人。

站岗的消防员看得于心不忍，门卫更是出来劝了几次，可江淼铁了心，怎么都要在这里等他。

她蹲在地上，两手僵硬地抱着腿，耳朵被寒风冻得通红，早已失去知觉。

急促的脚步声由远到近，她一抬头，心心念念一整晚的男人顶着风雪朝她走近。

江淼的腿冻僵了，费了好大力气才直起身。

男人一脸愠色，心疼得想发火，谁知话还没出口，江淼两步奔来，重重撞进他怀里，用力抱住他。

她喉音哽咽，什么话都说不出，眼泪决堤似的往下掉。

江淼身上冷极了，一碰全是雪，也不知在这儿待了多久。

纪炎叹了口气，沾满黑灰的大手轻抚她脑后的发，试图用自己的体温温暖她身上的冷。

“淼淼……”

她将头埋在他胸前，抽抽搭搭地出声：“我以为你死了……呜呜……我以为再也见不到你了……”

“我好好的，不哭了。”纪炎低声哄她，“为了你，我也不敢死。”

“唔？”

江淼支起头，水汪汪的眼睛被泪水模糊了，盯着他脏兮兮的脸。

男人扯了下嘴角，眼神柔得滴水：“死了，怕你嫁给别人。”

江淼愣了愣，这话不知触发她哪条敏感神经，一拳头狠狠砸在他胸口，纪队长闷声受了一拳，就见刚才还泪眼蒙眬的江淼突然气鼓鼓地瞪他。

“纪炎，你就是个浑蛋！”江淼絮絮叨叨地说，“你来找我，一句话不说就走了，你就是存心让我难受的，你怎么能这么欺负人……

“你什么都藏在心里不说，让我像个傻子一样去猜去想，你是不是非要我嫁给别人了，才愿意敞开心扉接受我？”

她嘴上说着，越想越生气，一拳一拳不间断地朝他胸前捶，不久前刚死里逃生的纪队长此时一点脾气都无，看她揍得狠，他反倒不要脸地笑出声来。

江淼气绝：“你还笑！”

男人笑得无赖，死皮赖脸地去抱她，江淼扭扭捏捏地挣脱，但力量悬殊下，娇小的她还是被强壮的男人困在怀里。

江淼脾气上来了，别过脸不看他：“你放开我。”

“不想见我？”

“不想。”

他微微弯腰，亲吻江淼冰凉的脸：“又说不想我，又在这儿心急如焚地等我。”

她被这一下亲得呼吸都热了：“我那是……我昏了头……我脑子糊涂了……”

“淼淼。”纪炎低声唤她，目光温柔如水，“我想你，想天天见到你，想把你藏进口袋里，不让其他人看见。”

江淼到底年纪小，抵不住男人过于炽热的甜言攻势，可她心里还装着事，一时不知怎么答，侧过脸不看他。

男人察觉到她低落的情绪，蹭蹭她的鼻尖：“怎么了？”

她垂眸，沉默了几秒，小声地问：“阿姨的事，你是不是准备一辈子瞒着我？”

纪炎愣了愣，看着江淼躲闪的眼神，想来这事她是知道了。

他没正面回答她的问题，只说：“不想你为难，却又一直让你难过，很明显，是我做错了。”

奇怪的，他说着词不达意的话，她却能完全听懂他的意思。

也许，他已经习惯去背负一切，即使是一身洗不尽的罪孽，但至少在他期望中，她永远能微笑着站在阳光下，不沾染星点昏暗。

江淼心里说不出的难受，眼泪直往下掉。

男人低头吮吸她脸上滴落的泪珠，亲她湿润的睫毛。

“我承认，我爱人的方式存在问题，但我的初衷只是想尽可能地保护好你，如果因此让你受到伤害，我很抱歉。”

江淼抬头看他，纷扬的雪花落在他发梢上，尽管那张英气逼人的脸挂满乌黑，但他的眼睛仍旧漆黑明亮，说的每一句话，都坚定而真诚。

他哑声问：“你说，像我这种无可救药的人，还有机会照顾你吗？”

江淼吸吸鼻子发声：“那你……以后不许什么事都瞒着我。”

“好，我答应你。”

“不可以再随便说分手。”

“除非我死，否则我绝不可能再放开你。”

江淼一听这话就急了，抬头瞪他：“你也不准死！”

纪炎低声笑：“我命硬，没那么容易。”

江淼紧紧抱着他，身心暖得好似泡在温水里，她踮脚，在他下巴处咬了口。纪队长笑眯眯地享受着江淼独特的调情方式。

她满意地印上浅浅的牙印，目光柔软地看他，小脸红得发烫。

“亲我，我就原谅你。”

第二十九章 纪队的补品

成片成片的乌云，像瓦块似的堆叠在一起，天上落起了鹅毛大雪。

晶莹的雪花飘在她鼻尖上，贴着她冻得发白的嘴唇。

男人轻柔地亲吻她的小嘴，冰凉，软滑。

他浅尝即止，两人对视，腼腆地笑着。

纪队长紧抱着她，低头想加深这个吻，谁知不远处传来一阵戏谑的口哨声。

江淼吓一跳，将脸埋进他胸前，纪队长不爽地瞧去，就见刚才那群累得手脚乏力的小子，居然抱团躲在暗黑的铁闸门后，也不知看了多久好戏。

江牧带头扯着嗓子吼道："纪队，加油啊！"

其他人你一言我一语跟着附和，口令喊得震天响："纪队别㞞，包子馒头，再来一笼。"

"纪队，我们什么都没有看见，你继续，别管我们！"

江淼脸皮薄，羞极了，恨不得钻进地洞把自己藏进去。

纪队长板着脸，以恶言恶语遮盖内心深处的羞涩。

"你们都闲得没事了？不累了？一个个皮痒了是吧？没事就去操场跑个十圈。"

"别别别。"

大魔王一发话，谁都不敢再瞎嘚瑟了。

江牧赶紧指挥撤退，免得这男人发起飙来，所有人跟着遭殃。

“我们火速消失，不打扰你老好事。”

大家行动力毋庸置疑，短短几秒，众人消失无影踪。

人是走光了，可怀里的江淼也失了刚才一往无前的勇气，轻轻推开他，抬着头，轻声说：“唔……那我先回去。”

“太晚了。”

好不容易才失而复得的纪队长哪能这么爽快放人，安抚似的摸她的头：“今晚就住这儿吧。”

江淼一愣：“消防队吗？”

男人低笑：“嗯。”

十分钟后，江淼跟着男人进入宿舍区，说是有专门给探亲的家人准备的房间。

房内空间不大，但很整洁，简易的家具，单人床，配有暖气，洗手间，以及简单的女士用品。

江淼看着倾泻而下的热水，水雾缭绕间，总觉得今晚有些不真实，像是自己虚构出来的一个梦境。

等她恍恍惚惚地洗完澡，因为没有衣服可换，只能套上他的衣服，宽大的衣领往下滑。

她用吹风机吹干湿透的长发，镜子上突然出现男人的身影，江淼刚要转身，男人一手按住她的肩，示意她别乱动。

然后，他接过她手上的吹风机，继续刚才的操作，舒适的热风穿透半干的发丝，一缕缕荡过他手心，丝滑如水。

半晌，他放下东西，牵着她的手将她带到床边，他坐下，两腿微微岔开，将人轻轻按在腿上。

凑近点，她能嗅到他身上清新的肥皂香，想来也是冲完澡过来的。

他裸着上半身，小麦色的肌肤上有深深浅浅的伤口，有些江淼见过，有些明显是近期新添的，疤痕很深，泛着骇人的血红。

江淼心疼坏了，指腹轻抚着那处："你又受伤了……疼不疼？"

"不疼。"

江淼柔柔地瞪他："你就会骗我……"

男人笑着，长臂绕过她的细腰，大手探进衣服里。

他抬头看她，眼眸泛着猩红的光，江淼咬着唇，头低垂在他耳边，忍不住娇气地吟了声："在这里，你也敢……"

纪队长挑起浓眉，表示毫无压力。

他不紧不慢地撩开她的衣服，低头凑近。

江淼渐渐软声低哼起来。

尝了甜头的男人心满意足地舔舔唇："跟自己老婆办事，谁能管得着。"

江淼被突如其来的称呼叫得心花怒放，面上假装傲娇："谁同意嫁你了？"

男人咬她的鼻尖，低声问："刚才登记本上写的什么？"

江淼脸一红，气势弱了半截："家属。"

纪炎挑眉，一脸得逞地笑。

这时，门外突然传来两声清脆的敲门声。

"纪队，你在里面吗？"是鹿白的声音。

江淼完全吓蒙了，慌张地想从他身上下来，可男人控着她腰不让她逃，嘴上不紧不慢地答着话。

"什么事？"

江淼脸都白了，闷着嗓问："你锁门了吗？"

纪炎故意逗她："没。"

江淼两眼僵直，都快吓哭了，男人还能面不改色。

鹿白轻咳两声，小声问："那个……纪队……你方便出来一下吗？"

纪队长冷着声回话："你说呢？"

门外的鹿白一听这声就知道自己选了个错误的时间，但朱政委交代的事又必须办妥当，只能硬着头皮道："你有事你先忙，我在外头等着，不着急。"

纪队长忍住骂人的冲动，压低嗓音：“到楼下去等！”

鹿白轻呼一口气，高嚷了声“收到”，识趣地赶紧离开。

纪炎低头瞧着吓成兔子眼的江淼，眼圈红红的，格外惹人疼爱，他一把将她抱起，放在旁边的木制书桌上……

完事后，江淼已经累得快散架了。

纪队长凝视她恬静的睡颜，心头暖得不可思议，低头亲了下她的额头。

他为她盖好被子，转身之际，男人轻笑了声。

看来，带她跑步这事，得尽快提上日程了。

这一夜，江淼睡得格外香甜，日上三竿都不愿醒。

她的梦里，有只黑色的大狗一直追着她舔，舔得她一脸口水，她抗拒地想躲，可怎么也逃不开。

眼前模糊的视线一点点清明，窗外的雪停了，温暖的阳光抚到脸上，她蒙眬睁眼，发现自己窝在男人怀里，他低头，蹭着她的嘴唇轻柔地吻。

腰间揽着男人健硕的长臂，身体严丝合缝地贴着，许是一夜亲密后羞于直白地面对他，江淼在他怀里侧身背过去。

“怎么？”纪队长笑着，“害羞了？”

“纪炎！”江淼的羞耻心爆棚，猛地掀开被子，一双眼眸无比清亮，脸颊绯红，嘴唇微肿。

男人目光泛红，喉间干涩。

江淼手忙脚乱地用被子裹住自己，露出小脑袋：“你不许看了。”

纪炎眉眼笑得欢，刚摆出一副大灰狼生吃小白兔的架势，敲门声不合时宜地响起。

“纪队。”

这次换了个人，江牧一看就是被强推上来送人头的。

江淼瞧着男人瞬间僵硬的脸，笑得乐不可支，刚还心有余悸，现在立马嚣张地朝他吐舌头。

“纪队？”

外头声音低了一截，小心翼翼地询问。

男人一脸不耐烦："我还没聋，有事说事。"

"那个……晨练结束了，等着你老人家过去呢……"

纪队长不冷不热地开口："全体负重再跑个五圈，没跑完不要找我。"

江牧眉目抽搐，倒吸一口凉气，心里骂骂咧咧地诅咒他。

等人走远，刚才燃起的那点欲念彻底消了，他抬起头，利索地给江淼穿好衣服，带着去刷牙洗漱。

外头天冷地冻，他将江淼裹得严严实实，牵着她的小手往屋外走，一路叮嘱道："先去食堂吃早餐，吃饱了去我休息室等我，江牧会带你过去，我这边完事后就送你回去。"

江淼被围巾裹成粽子，露出一双大眼睛，急切地问："然后呢？"

纪炎知道她想问什么，有意逗她："然后我再回队里。"

"哦。"江淼失落地低垂眼眸，心情一瞬荡至冰潭。

两人并肩下楼，江淼怏怏的，小步小步地挪动，纪队长先下一截楼梯，转身将人堵在上头。

他明知故问："不开心了？"

"没有。"

江淼默默反省，深觉自己太幼稚了，缺少外婆的大爱情怀，人是她自己选的，总不能要求人家放弃理想来满足自己的私欲。

"你喜欢的工作，我会好好支持的。"

纪炎眼眸很深地看着她："是吗？"

她轻轻出声："嗯。"

男人意味深长地笑，猛地拉下遮挡住小脸的围巾，江淼吓一跳，没来得及掩藏被牙齿咬得血红的下唇。

"其实……上头批了我两天假，说是让我好好回家陪老婆。"

他故意拖长尾音，摆出一副惋惜的神情。

"不过既然你这么乖巧懂事，我也不好让你失望，就按你说的办，努力工作，报效祖国！"

"不是的！"刚还仿佛被全世界抛弃的江淼瞬间回过神来，两手拉扯他的衣摆心急地说，“我才没有那么无私奉献，我其实……也想让你陪陪我的。”

纪队长满意地笑，终于等到江淼向他诚实地表达自己的想法。

他抬手摸了摸她的头，指尖缓缓滑到她唇边，抚摸那处略深的牙印。

“我说过了，以后不要再瞒着我一个人难过。”纪炎将她的小手反握在掌心，温柔揉弄，“我不需要你委屈自己来迁就我，出于职责和身份，也许很多时候我会把人民群众放在首位，但就个人感情而言，在我力所能及的范围内，我也会尽可能达到你的期望，所以，你开心或难受都直接冲我来，我照单全收。”

江淼的心宛如灌了蜜，终于展露笑颜，很乖地答：“知道了。”

她见四下无人，凑上去偷亲了男人一下，原想浅尝即止，却被男人按住了后颈。

与此同时，往下半层的鹿白跟江牧面面相觑，无比尴尬地看着这辣眼睛的画面。

鹿白颤抖嘴角：“要上你上，我可不想去送死。”

江牧索性转身，潇洒地挥挥手：“散吧散吧，我还想多活两年。”

江淼的小公寓，终于迎来了男主人。

有纪炎在的场合，江淼就像个无所事事的闲散人员，只围着他转来转去。

午餐是他做的三菜一汤，色香味俱全，江淼一口气吃了三碗饭，撑到嗓子眼了，又跑去厕所全吐了出来，末了还要埋怨是男人做饭太好吃，诱惑她犯罪了。

背黑锅的纪队长表示十分乐意接受，然后动作自然地关上门，没多久，浴室里传出水声。

“你做什么？”

纪队长舔舔唇，微微一笑：“饭后运动。”

“我不要……我唔……”

话被人堵得死死的，再不给她任何喘息的空间。

两小时后，江淼被男人抱出来，江淼眼睛鼻子通红，瞧着跟小可怜似的。

男人神清气爽，抱着江淼说了好一会儿情话，她听得脸红红，低头瞧着腰间乌青的指痕，羞愤地非要在他胸口挠出红印来才肯罢休。

纪队长挑挑浓眉："我是无所谓，只不过……要是被那群臭小子看了去，误会你有什么特殊癖好就麻烦了……"

他这么一说，江淼沉思半晌，默默收回小爪，扭过头不理他。

男人喜欢她耍小脾气的样子，脸颊鼓鼓的，噘着小嘴，可爱得让人想咬上一口。

两人在沙发上连着看了两部电影，江淼在他怀里昏昏欲睡，再次醒来时，沙发上只有她一人，厨房的灯亮着，锅碗瓢盆的声音逐一奏响。

她舒服地伸了个懒腰，满脸幸福，笑开了花。

半夜，窗外又飘起了雪花，原本抱着她入眠的男人猛然惊醒，胸腔一震，熟睡的江淼跟着醒来，人还迷糊着蹭他胸口。

"怎么了？"

纪炎的额前冒出成串的汗珠，他定了定神，意识到刚才只是一场梦，紧绷的神经松懈下来，长长吁了口气。

他搂紧怀中的江淼："没什么。"

江淼安静了一瞬，突然挣脱他的怀抱，坐起半个身子，拧开暗黄的床头灯。

她低头看他："纪炎，我想听实话。"

男人抿嘴沉默几秒，低声道："我又梦见我爸了。"

江淼瞥到他额前的细汗，轻轻用手背抹去，柔声说："叔叔的事，我从没听你提起过。"

纪炎凄凉地笑，眉目黯淡下去："是我自始至终没办法原谅自己，也觉得自己现在所拥有的一切，很肮脏。"

江淼温柔地摸摸他的脸，暖心开口道：“如果你想说，我愿意听的。”

男人抬眼瞧她泛起微光的眼睛，他支起上半身，轻靠着床头，伸手将人搂进怀里，贴近他滚烫的胸膛，他缓缓出声，声音里充斥着懊恼与苦涩。

“当年那场大火伤亡惨重，最后冲进火场的十几人里，只有我死里逃生幸免于难，因为我爸硬生生用他的命，换了我的命。

“我有时候会想，如果当时我动作再快一点，是不是就能多为他争取几秒逃生的时间，说到底，是我太没用了。”

江淼轻轻地说：“人生如果有后退键，就不会有那么多遗憾了。”

纪炎眼底不知何时被模糊的水汽遮盖，酸楚地说道：“我妈也是，她因我而疯，受尽病痛的折磨。她每时每刻每分每秒都期盼着我能代替我爸去死，事实上，我也希望死的那个人是我，因为活着，远比死了要艰难……”

他声音哽咽，听得江淼心碎不已，她从他怀里直起身，反手将高大的男人拥在怀中，用她纤瘦的身子给足他所需要的温暖。

“纪炎，血浓于水的亲情，越是处在危难中，越是弥足珍贵。我相信叔叔当时也是基于一个父亲的本能，如果他见到你因此怪罪自己，一定会心疼的，只有你好好活着，才是他的初衷，是他所期盼的事。

“至于阿姨，老人家总说虎毒不食子，我想她应该只是执念过深，始终接受不了叔叔殉职这件事。除了叔叔，你就是她最亲密的人，理所当然成为她的情绪宣泄口，尽管你会很累，但这也是躲不开的血缘之情，对不对？”

纪队长被江淼三两句安慰的话哄得心软如水，徘徊在胸腔的浊气慢慢散尽，他顺势搂着她的细腰，将头埋进她胸前，沉闷出声。

“没想到我这么大把年纪，还得让个小孩来开导我。”

江淼笑颜如花：“你不知道文科生的魅力就是擅长用语言的力量来感化人吗？”

纪炎笑着将人拉下来，重重压在身下，有一下没一下地亲吻着。

江淼被他火热的身体磨得全身发烫，扭着身子躲他，两人腻歪着闹了一通，又窝回他怀里，仰着头看他线条刚硬的下颚，小心翼翼地问出困惑许久的问题。

“阿姨的死，真的跟我妈有关系吗？”

男人沉默片刻，哑声道：“对我妈而言，死是一种解脱，也是对我的惩罚，所以不管你妈曾经说过或做过什么，归根结底，源头还是在我身上。我妈原谅不了我，只能选择这个极端的方式。”

江淼垂眼，想说些什么，又发觉自己并没有安慰的立场，只能替江母的莽撞道歉。

“对不起。”

他低头凑近，声音在她耳边回响：“该道歉的人是我，自以为是，想放你自由，结果把事情弄得一团糟，还差点把你弄丢了……”

江淼软着声：“我没丢，我一直在原地转圈圈，等着你。”

纪炎碰了下她的唇：“淼淼，你真好。”

“我这么好，你还不抓紧时间娶我。”

纪队长笑了：“你这是，逼婚呢？”

江淼嘟起嘴：“你要不娶，我就随便找个我妈喜欢的人嫁了。”

“你敢？”男人一听这话就来火，“跟着我就是一辈子的事，除非我死了，你……唔唔！”

小嘴用力堵住他后续所有的话，末了还狠咬他一口，江淼气呼呼地瞪着眼：“你再说这话，我真的不理你了。”

“好，不死。”

男人笑着将被子蒙过头顶，身子一点点往下探。

“死了谁来照顾你？”

自从江淼铁了心要跟纪炎在一起后，江母不知是受到外婆的压制，还是心里对纪炎母亲的事有丁点愧疚，没再出声阻拦，间接默许了他俩的关系。

原本各种唱衰的茉莉也抵不住好友的柔情攻势，不情不愿地接下伴娘这个重要角色。

柳暗花明后，两人挑了个黄道吉日领了证。

婚后的生活平淡温馨，他还是一如既往忙碌着，江淼不再纠结他的工作性质，尽量让自己也充实起来。

江淼偶尔路过那家火锅店时，会想起第一次见到他时的场景，男人笔直地坐在那儿，像根木头桩子似的，眉宇间英气逼人，光是看脸都能让人痴迷。

奇怪的是，在她对他毫不了解的情况下，光是见着这个人，就莫名觉得很有安全感，诡异的直觉，似电流般侵占她的理智。

江淼认为，“一见钟情”这个词根本就是见色起意。

所以，她从不否认自己“见色起意”，不仅馋他的脸，馋他的身子，甚至还馋他的声音，他身上的味道。

一年后。

喧闹的火锅店，勾人食欲的牛油锅底，飘着让人欲罢不能的香气。

江淼坐在窗边，自动屏蔽嘈杂的环境，安安心心地看书。

“你好。”

身侧似乎有人在叫她，她抬头，瞧见一张清秀的脸，男生年纪不大，衣着打扮像大学生。

江淼礼貌地回答：“你好，有事吗？”

“哦，是这样的。”男生指了指不远处的大圆桌，全是些青涩的大男生。

“我们正在玩游戏，我输了，需要问全场最漂亮的女生要微信号。”

江淼很给面子，没有拆穿这种老得掉渣的搭讪方式，刚要开口拒绝，就见他身后飘来一个满脸阴沉的男人。

她强忍着没笑出声，故意说：“要微信吗？可以呀。”

“真的吗？”

小男生到底沉不住气，喜笑颜开地从口袋里掏出手机，刚按开屏幕，后领莫名被一股蛮横的力量拽紧，轻而易举地将他挪开半米远。

他不爽地回头，就见一个黑脸的严肃男人冷冷盯着他。

“要电话吗？”

男生愣了下，傻眼地看了眼乖巧看戏的江淼。

男人的声音狠得像要债的一样：“119，随时能联系我。”

这三个数字进入耳朵，男生再傻也明白自己撩妹踢到铁板了。

他哆哆嗦嗦开口道：“那个……消防员叔叔，你误会了，我们就是玩游戏，瞎闹的。”

纪炎挑眉：“还不走？”

男生吓得够呛，慌不择路地赶紧消失了。

男人入座后，看着对面笑得前俯后仰的江淼，不太愉悦地皱皱眉：“能耐了你？都能随便给人微信了。”

江淼两手托着下巴，笑得甜甜的：“纪叔叔是有危机感了吗？”

纪队长表示毫无压力，不屑地哼了声：“他们就算比我小上二十岁，体能也未必能赶上我。”

江淼呼吸一紧：“你这人……”

菜品陆续上齐，江淼嚼着纪炎给她夹的牛肉，猛然间忆起一些早被她遗忘在天边的事，她阴阳怪气地嘲讽他。

“差点忘了，这里曾经是某位消防员叔叔相亲的好地方。”

纪队长不慌不忙，微微抬眼：“我怎么记得，那天也是某位女老师相亲的好日子。”

“那个……”江淼郁闷地咬了下舌头，刚一冲动说出口，就想起自己那天也是来相亲的，“我就是随便来一下……没想怎么……”

纪炎顺着接话：“我也是，随便来一下。”

“你撒谎。”

江淼气哼哼地说：“我在外面全看见了，你跟人家一起吃得可欢了。”

男人静静地看着她，意味深长地笑：“原来我家淼淼那么早就开始关注我了……”

江淼气势一下弱了，嘴硬道：“才不是……”

纪炎慢悠悠地给她夹牛肉，低声道："你放心，我那天总共说了不到五句话，剩下的时间都在埋头吃菜。"

江淼一想起就酸得厉害："骗人。"

"真没骗你……"男人轻捏她的脸，宠溺地笑，"我把你点的牛肉全吃光了，一片都没给她剩。"

江淼笑出来，眼波流转，娇嗔地瞪他："对了，妈妈问我们准备什么时候办婚礼。"

纪炎想了想，回答："今年把这事办了，我来安排，你别操心。"

"好。"江淼将碗里的牛肉夹到他碗中，"你也吃，一起补身体。"

两人相视一笑，默契地加快进食速度。

那晚，又是一夜未眠。

结束时，他喘着粗气，余热尚存。

"淼淼，能遇见你，我这辈子值了。"

"我也是。"江淼虚弱地搂着他的脖子，眼睛在发光，"我爱你，很爱很爱你。"

男人心头一暖，抱着她翻个身，让她睡在自己身上，江淼深情地亲吻他的唇。

他配合着接下她的吻，等人亲过瘾了，又将其翻倒在身下，化被动为主动，开启新一轮的进攻。

窗外，静似一潭碧水。

屋内，暖似三月初阳。

番外一 游乐场篇

婚后一年，两人的婚姻生活平淡而温馨。

他平时工作忙，难得的休息日格外珍贵，要不陪她窝在家里做一对甜腻腻的连体婴儿，要不带着她去周边转转，感受大自然的无穷魅力。

江淼性子温软，乖乖被他牵着满世界溜达，看花也好，赏月也罢，去哪里玩什么从来不是重点，纪炎几乎占满了她的整个世界。

用句矫情的话来说，当他出现时，她的眼里就只有他一个人。

不管是工作日还是休假日，纪队长一如既往，变态自律。

只要在家的日子，他清晨五点准时醒，天不亮出门跑步，迎着初升的朝阳回家，洗澡，再把家里收拾得干净整洁，餐桌上摆好丰盛早餐，顺便留下一张纸条。

酷夏提醒她不要贪凉喝冰水,寒冬叮嘱她出门别忘了戴帽子围巾。

在这个推崇线上沟通的信息化时代，古板的纪队长依旧执着于手写，他总说亲手书写的更有温度。

江淼舒服地窝在他怀里，笑他这是退休老干部作风，他笑眯眯的，也不恼，径直抱起她往房间走……

隔日，累瘫了的江淼从床上艰难爬起，刷牙时动作过猛，酸疼的胳膊带动全身肌肉，差点腿软到整个人滑下去。

早餐桌上，她满脸苦闷地咬着热腾腾的包子，越想越觉得自己被欺负了，气急败坏地掏出手机，戳开他的微信，原想发个愤怒的表情包轰炸，结果目光瞥过他的头像，呼吸颤了颤，脑子麻了几秒。

五星红旗换成了Q版纪炎，消防服小圆脸，造型可可爱爱，那是她无聊时随手画的。

这个闷骚的老男人。

她抿嘴偷笑了声，点开他的朋友圈，原本黑漆漆的封面竟改成了他们的结婚照。

消防车前，他穿着笔挺的火焰蓝制服，她一袭飘逸白纱挽住他的手臂，男人侧过头亲吻她的脸，她笑眯了眼，甜蜜羡煞旁人。

午休时间，忙了一上午的纪队长抽空给她打来电话。

“喜欢吗？”

“唔？”

“我的头像。”

江淼偷乐，面上装无知：“什么头像？”

那头静了两秒，再出声时，低沉的嗓音透着几分郁闷跟失落：“我以为你看见了。”

她捂嘴拼命抑制住笑意，清了清嗓子：“没想到纪叔叔也有装嫩的一天。”

电话那头传来愉悦的笑音，刚才那点小苦闷顿时烟消云散。

“老人家总得想点法子回春，不然怎么配得上如花似玉的江淼？”

江淼笑他：“老牛吃嫩草。”

“嫌我老？”

“哼。”

他勾起唇：“你要嫌弃我，我就去你外公坟前哭诉，说你追到手不负责，玩弄叔叔感情，始乱终弃……”

“呸呸呸！”

江淼的脸烧起来，他痞起来就没个正形，哪有平时正气凛然的男人气概。

“纪队！”

电话那头似乎有人在喊他，像是江牧的声音。

纪炎粗声应着，利落起身往外走。

“我下午要去省里的消防队，这两天可能不回来。”

“嗯。”

她已经习惯了他的忙碌，亦接受他特殊的工作性质。

“过几日就是结婚纪念日，到时候带你出去玩。”

“好。”

“我要挂电话了，有什么想跟我说吗？”

“注意安全。”

“还有呢？”

“我好想你，纪炎。”

他眉目含春，低低地笑：“我也是，老婆。”

江淼跟纪炎结婚纪念日当天恰逢周六，阳光明媚。

纪队长晨跑结束回家，天刚蒙蒙亮。

洗完澡出来，头发还在往下滴水，他半裸着上身，一头扎进厨房做早餐，现包的虾仁鲜肉小馄饨，饱满的整颗大虾仁，这是江淼的最爱。

一切准备就绪，就等着床上睡梦香甜的江淼起床，再掐着她洗漱的时间煮馄饨，刚好赶上那口热乎的。

谁知计划得天衣无缝，可操作起来却格外艰难。

江淼今年开始负责高年级的学业，工作量比之前翻了几倍不止，一到休息日各种赖床，只想睡个天昏地暗。

“淼淼，乖，起床了。”床边的男人弯腰凑近她耳边，温声细语地唤着。

“唔。”她鼻间闷出细弱的响声，翻个身，又睡着了。

“……”

纪队长耐着性子哄了半小时，困顿的江淼起床气上来，掀开被子猛地扑上来，一个翻身将他重重压在身下。

“淼淼，嘶……”

喉间抽气声急促剧烈，脖子上遭人狠咬一口。

那凶猛的架势像极了饿狼扑食。

她解气似的重重地咬了一口，迷糊地抬起头，睡眼蒙眬地盯着他那张英气逼人的脸发蒙。

“你是我的。”

小嘴里倏地蹦出几个字，人又傻呵呵地笑起来，单手捏起被子角扯过来，完美覆盖住两个人。

眼前视野瞬黑，纪炎还没来得及出声，作恶的小手已经摸上他肌理分明的腹肌。

“淼淼……”他慌乱按住她的手。

“纪叔叔，我想吃早餐。”

她嗓音很细，微微的喘息声听得他耳根发麻。

“我给你包了小馄饨。”

“不。”

她哼了声，带着几分江淼的骄横：“我就要吃你。”

“好。”

纪炎笑了，嗓音有些哑，一字一顿。

“不要后悔。”

两个小时后，江淼眼圈红红的，坐在餐桌前吃小馄饨，满面春风的纪队长坐在对面，唇角勾起一抹遮不住的笑意，嚣张至极。

“你欺负人。”江淼没忍住小声控诉。

男人直接笑出声来：“你自己非要吃，我没拦住，这也怨我？”

江淼脾气上来才不管是非对错，铁了心把锅甩在他身上，纪炎向来对她宠溺无下限，温柔地将赌气的人儿拉在腿上，好声好气地哄着。

“今天是结婚纪念日，想去哪里？”

江淼推他，闷哼：“家里。”

“在家玩，你得累死。”

“……”

这话说的，赤裸裸的威胁恐吓。

他笑着在她唇上碰了下：“带你去游乐场，以前答应过你的。”

任何年纪的女孩子都藏着一颗未泯的童心，刚还闷闷不乐的江淼眼冒星光，亢奋地跑回屋里，翻箱倒柜地找漂亮的小裙子穿。

阳春三月，春暖花开。

屋外的阳光明亮不刺眼，照在人身上暖洋洋的，舒服极了。

烟城最大的游乐场建在郊外，车程约一小时。

江淼还没睡醒就被折腾得够呛，直接在车上睡了一路，打着哈欠转醒时，车已稳稳停进停车位。

今天周六，游乐场内人满为患。

两人穿梭在挤挤攘攘的人流里，纪炎怕她走丢，专门给她买了个夸张的米老鼠发箍戴上。

江淼是精心打扮过的，浅蓝色牛仔小外套罩在白色蕾丝长裙外，一双干净小白鞋，微卷长发束成两股分散肩头，恰到好处的淡妆，俏皮可爱，又不失小女人的微熟韵味。

相比江淼不算刻意的扮嫩，纪队长简直完美演绎什么叫成熟男人的野性美。

黑衬衣黑裤黑靴，深褐色飞行外套，未剃干净的络腮胡冒出些许青色，眼神凛冽坚定，看人时压迫感炸裂。

“我想玩旋转木马。”江淼牵着他的手，抬头看他。

“好。”

他二话不说便带她走向旋转木马处，排在长长的队伍后头。

“渴不渴？我去给你买点喝的。”他低声问。

江淼点头，他皱着眉又叮嘱了几句才离开，大意就是让她老实待着别乱跑。

纪队长走后，排在他们前面的两个大学生模样的女生找她搭话，一脸花痴的羡慕。

“小姐姐，刚才那个是你叔叔吗？长得好帅啊。”

江淼愣了下，本想否认他的身份，可转念不知想起什么，倏然笑出声来，她嘚瑟点头：“嗯。”

“那方便问一下，他有女朋友吗？”

江淼微微一笑：“我叔叔已经结婚了。”

“不会吧？”

小女生垂眼，无比失落：“我还准备要个微信的。”

话刚落地，面无表情的纪队长赫然出现，他拧开瓶盖，顺手将可乐递给江淼，嗓音很柔：“慢点喝。”

江淼接过，仰头灌了口，余光瞥到小女生们那火辣辣的注视，一个不留神呛到了，捂着嘴剧烈咳嗽起来。

纪炎低头凑近去看，贴心地为她擦干唇边的水渍，话音带笑。

“慢点喝，又没人跟你抢。”

前方看戏的女孩子们窃窃私语：“真的好帅啊，声音也好听。”

“对啊，还贼温柔，简直绝了。”

江淼心头憋着一口浊气，血液里的热流又酸又涩，平时在外内敛乖巧的江淼，不知哪来的胆量，两手拽紧他外套衣摆，众目睽睽之下，她猛地踮脚亲上去。

纪炎瞪圆了眼。

另外两人直接看傻，惊得半晌合不拢嘴。

双唇相撞，稍纵分开。

她脸颊滚烫酡红，面上淡然解释：“没带纸巾。”

回过神的男人笑了，再看她时不时朝前方瞥去的小眼神，瞬间明了，伸手将她抱进怀里，坏心思地捏起她的下巴：“来，叔叔看看，弄干净没？”

她都不敢看他眼睛，心脏狂跳：“干净了。”

“这里还有。”

话音刚落，吻落在她唇角，舌尖很轻地舔过那滴残留的甜汁。

“好了。”他笑得如沐春风。

前方两人直接倒吸一口凉气，目瞪口呆地转头，再不敢有一丝多余的好奇跟热情。

江淼今天情绪高涨，玩起来格外疯。

她玩过少女心爆棚的旋转木马，又连续坐了两次垂直坠落的过山车，又拉着纪炎去排光看一眼就头晕目眩的大摆锤。

排队地点临近硕大的人工湖边，正值风和日丽的好天气，青绿色的湖面漂着卡通造型的小船，三五人一船，多为家人组团出游。

排队大摆锤的人特别多，足足等了一小时才轮到他们。

江淼听着半空中传来的尖叫声，紧张又期待，心怦怦乱跳。

前一组人下来，工作人员安排下一组上去，江淼刚往前走两步，就听见不远处的人工湖传来几声惨叫，声音断断续续。

看热闹的人们纷纷往那处瞧，身后传来一阵议论声。

“好像有小孩掉湖里了。”

“都快到湖中央了，八成没得救。”

“救生衣也没穿，现在的家长一点安全意识都没有……”

江淼愣着，下意识往后瞧，刚还站在他身后的男人正以百米冲刺的速度穿进人群，动作敏捷地跨过几个拦路的栅栏，很快消失在她视野中。

江淼顿时心慌意乱，急切地挣脱人群追上去，等她气喘吁吁跑到湖边，那里已经围了一圈人，湖边仅留下男人的外套。

他跑到落水点附近，从桥上一头扎进湖中，朝着小孩落水处飞速游去。

三月的湖水依旧刺骨冰冷，江淼的心都提到嗓子眼了，目光紧跟着他游动的位置，身旁看戏的游客们叽叽喳喳说些什么，她一个字都听不进去。

稍后，及时赶到的纪炎成功救起落水小孩，上岸时，小孩已经面色铁青，全身湿透的男人一刻没耽误，人工呼吸加胸外按压，过程持续了十分钟之久。

周边所有人都悬着一颗心，大气不敢出。

“咳！咳！咳！”

终于，小孩吐出几口浑水，呼吸声慢慢恢复正常。

这时，园内的救助人员也赶到了。

小孩的父母吓得魂都散了，拉着纪炎各种道谢，直到这时，她紧绷的神经才得到一丝丝的舒缓。

他站得笔直，目光如炬：“我是消防员，这是我的职责所在。”

人群渐渐散去。

惊魂未定的江淼被他牵着往大摆锤那处走，走到半路，她执意停下。

男人刚从水里出来，身上还在滴水。

“怎么？”他以为她生气了，小心翼翼地低头看她，“你不是想玩吗？”

江淼细声解释道：“人太多，排队浪费时间。”

纪队长摸了摸头顶的湿发，看了眼排队的长龙，轻叹了声：“抱歉，我刚才……”

江淼知道他在纠结什么，直言打断：“救人第一，我才没那么小心眼。”

他听后长长地松了口气，伸手掐了她的脸：“老婆真好。”

“我们回家吧，我饿了。”她仰着头看他。

纪队长愣住：“你不是还有一堆想玩的吗？”

“不玩了，我想回家。”

她牵起他宽厚的掌心，冷水里浸泡太久，冰冷刺骨，可她却更用力地握紧，拉着他往园区出口方向走。

回家路上，副驾驶座上的江淼始终一言不发。

纪炎时不时侧头瞄她两眼，心里越发没底。

他知道自家姑娘温柔大气，善解人意，但这种事情发生不是一次两次了。

两人为数不多的几次外出约会，无一例外被各种奇奇怪怪的事情搅局。

她嘴上说着理解，心里多少有些难过。

回到家，她心急地催促他洗澡，纪炎还想说什么，话没出口，就被她硬生生推进浴室。

等他冲完热水澡，换了身干净衣服出来，客厅里瞧不见人影，他循着声音走向厨房。

某个厨艺不精的江淼正在试着做简易版可乐姜汤，驱冷御寒。

她刚往煮沸的锅里扔进切得乱七八糟的姜片，腰间一热，男人从身后抱住她，温烫的嘴唇贴了贴她的耳朵。

江淼怕痒地躲了下，嗓音很软："纪炎……"

他笑着，吻从耳后慢慢蔓延至下巴，一点点亲上她的唇，她没拒绝，从他怀里慢慢转身，两手交叉搂住他的脖子，踮起脚热情地吻上去。

直到满屋子都是姜汤香气，她才小口喘息着推开他，双眼泛起娇红的水汽，嗲嗲地细哼："先喝汤，小心着凉。"

他意犹未尽地舔舔唇："好。"

饭桌前，他当着她面喝下满满一大碗，江淼才露出满意的微笑。

厨房里响起流动的水声，纪炎正在厨房为她收拾残局，江淼坐在沙发等了半晌，等心急了，跑来厨房找他。

她呆看着他高大魁梧的背影，心间似炽热的暖流浅浅滑过，一时没忍住，上前抱住他精瘦的窄腰。

男人手上的动作顿了下，关了水，擦干净手，转身将她抱进怀里。

"今天不算，下次我们再去，陪你玩个够。"

她抬头娇嗔地瞪他："你欠我的可不止这一次。"

纪队长憨笑两声，自知理亏，算起旧账来他着实不占理。

“上次说带我去吃好吃的，结果遇上小偷，你追了人几里路，又去公安局走了一趟，最后回来给我煮面条。

“还有上上次，说带我去郊区泡温泉，半路撞上人家猪圈的猪跑上山，你又去追那两头猪，然后，温泉水变成家里的洗澡水……”

他尴尬地扯了扯唇角：“我的错。”

江淼见男人黝黑的脸泛起淡淡潮红，抿唇笑出声，两手捧起他的脸，踮脚亲了下喉间凸起的软骨。

“我没生气，我就是吐槽一下。”

他低头摸她的脸，笑道：“本就是我没做好，你拿小本子记账也是应该的。”

“你敢笑我小气。”她气得上手捶他。

“不敢。”男人握住软绵绵的小手，低声哄着，“老婆永远都是对的。”

江淼被哄得心花怒放，头深埋在他胸前，声线细软，似流淌过心间的清泉水。

“纪炎，你不要担心我生气，我从一开始喜欢你，就清楚你身上背负的使命。

“外公以前说，安宁和平是人民之福，保卫和平是消防之责。消防员真正的使命是奉献，要敢于负重前行，要用胸膛撑起安全的屏障，才能护佑一方和平。

“那时候我还小，总觉得这些话太过缥缈，但现在我能懂了。

“以后，不管你做什么事，我都会义无反顾地支持你，争取当你背后的合格称职的女人。”

江淼情真意切的一番话，听得男人红了眼圈。

其实一个人肩负重任并不艰难，只要身边人能理解，就算给予一点点的支持，那也是雪中送炭般的炙热。

“淼淼。”

他目光灼热地看着她，嗓音嘶哑：“如果知道自己会遇见你，我应该更早一点把你养在身边。”

她好奇地眨眼："多早？"

男人思索半晌："很早很早？"

"禽兽。"她作势朝他胸口用力抡几拳，"小孩你都不放过！"

"在纪叔叔眼里，你永远都是小孩。"

江淼低头红了脸："哼，老男人。"

他舌尖滑过腮帮，愉悦地笑出声，忽地抱起她往房里走，边走边亲。

"回房，吃嫩草。"

"……"

绕了一大圈，最后还是回到家里玩。

双人游戏。

不知疲倦，永无止境。

番外二 怀孕篇

关于生孩子这件事，纪炎充分尊重江淼的想法。

她说不想，他便做足安全措施，从不会一头热地只顾自己开心。

有一段时间，他去隔壁市的消防支队带队特训，半个月没回家，每晚只能在睡前跟她通视频电话以解相思之苦。

视频里的江淼脸色很差，没聊几句突然不见人了，然后视频那头传来一阵阵细弱的呕吐声。

她回来后脸色苍白，说话有气无力，看得他一阵心疼。

“是不是吃坏肚子了？”

“不知道，这段时间都这样……”她嘟着嘴抱怨，“都怪你，一去这么久，害我相思成灾，现在都出现生理反胃了，不知情的，还以为我怀宝宝了呢……”

话音落地，那头的纪队长愣住，沉默片刻，若有所思地看着她。

江淼茫然地道：“怎么了？”

他深呼吸，尾音浅浅发颤：“你这个月来事了吗？”

江淼歪头细想：“十五号啊，现在才十三号，还早着呢。”

纪炎叹息着揉了揉额，被面前的人打败了：“你经期是五号，现在都推迟一周了。”

江淼：“……”

她经期向来很准，基本没出现过推迟现象。

第二天第一大早，请假回来的纪队长心急地直接去学校抓人，拐她去医院做检查。

她下午有课，男人负责去拿抽血结果，说好了结果出来后给她打电话，结果一直等到快放学他都没跟她联系，打电话也不接，气得江淼都不想理他了。

可放学时，他又准时出现在校门口，一言不发地靠着车门抽烟，那表情说不出的凝重。

江淼心里憋着气，他又跟闷葫芦似的一个字都不说，两人沉默一路。

进了家门，憋屈半天的江淼再也不想理他，气哼哼地往房里冲。

男人将她拦在半路，从后面抱住她，埋在她颈边，长臂箍得很紧，勒得她浑身都疼。

江淼不舒服地扭：“你弄疼我了……”

“淼淼。”他声音在她耳边，很轻很轻。

江淼呼吸顿住，她能清晰感受到他异常紧绷的身体，突然间就心软了。

她以为怀孕只是个乌龙，他心里头失落了。

“唔……没怀上也没关系。”她柔声安慰，“你想要宝宝，我们以后努力就是……”

男人没出声，倏地将人转过来，弯腰直视她的眼睛。

他眼角微红，说话的声音都变了：“你掐我几下，我确定一下是不是在做梦。”

江淼听得一脸茫然：“嗯？”

刚严肃了一路的男人终于咧开嘴笑了：“我认真想了一下午，如果女儿像你，一定漂亮乖巧，我会好生护着，不准其他臭小子靠近。”

“你怎么知道是女儿？”

江淼顺口问了句，可话音落地，她自己愣了下，眨眨眼，半晌才磕磕巴巴地问：“你……你是说……我……我怀孕了？”

纪队长温柔地摸她的头：“医生说，宝宝现在还很小，三个月前都要注意。”

江淼愣了会儿，目光呆滞地看向自己平坦的小腹，她还是不相信。

“你骗人。”她抬头，满脸疑惑，“我们明明……都有好好做措施……不可能的……”

男人耐心解答：“你忘了上次，最后那盒用完了，你又等不及我出去买，然后就生扑上来，然后我……唔唔……”

她一把捂住他的嘴，羞得脸都红了：“不许说了。”

“好，不说。”

他的心情跟飞上云端一样，将人抱起来往沙发走，他坐着，将人按在腿上。

“往后的孕期会更折磨人，我的工作性质特殊，不能时刻陪在你身边，淼淼，让你受罪了。”

江淼搂着他的脖子，软声道：“我难受了，你得加倍补偿我。”

“好。”

她握着他的手，轻轻抚摸自己的肚子，虽然孩子还小，根本感觉不到，但她心头跟灌了蜜一样，眉眼捎着笑意，歪头问他：“如果是儿子，像你跟外公一样，当个正气凛然的男子汉不好吗？”

纪队温柔一笑：“那就我们两个男子汉来保护你。”

怀孕的前三个月，江淼的反应很严重，基本吃什么吐什么，时常吐得双眼泛红，胃酸灼心。

那段时间恰好赶上他去外省带队训练，没法一直陪在她身边，他只能照三餐给她打电话，

晚间两人视频时，他看着她惨白无血色的脸，心疼得眼眶都湿

润了。

熬过噩梦般的孕初期，本是小鸟胃的江淼忽然食欲大增，好吃的来者不拒，吃嘛嘛香。

江母担心她一人在家照顾不好自己，也怕胎儿在成长期营养不足，特意派近期未出远门的江父每日掐放学点去接人回家，顺便弄一大桌子她爱吃的菜，江淼吃好喝好，撑到嗓子眼都舍不得放下筷子。

这天饭毕，犯食困的江淼在沙发上昏昏欲睡，江母恐她窝着难受，将她赶进卧室，让她舒服地躺着睡觉。

时针指向晚上九点。

屋外的门铃声突然响起。

书房里的江父闻声赶来，眼神询问沙发上看新闻的江母。

“纪炎。”她淡声回答。

门一开，果不其然。

刚从外省回来的纪大队长，制服都未脱，风尘仆仆地赶来接老婆。

纪炎满头湿发，脸颊上全是水珠：“爸。”

江父从一开始就看中纪炎，后来又听闻他父母的事，深感惋惜，所以在面对他时，多了几分长辈的慈爱，平时不苟言笑的江教授也难得谈笑打趣。

“老婆又不会跑，你急什么？”

说完他转身走进洗手间，很快便拿了条干净的毛巾递给他：“擦擦，别生病了。”

“谢谢您。”

江父走到他跟前，压低声音道：“哪天你不忙，咱爷俩喝一杯。”

纪炎笑着应允：“一定。”

“咳！咳！”沙发上正襟危坐的江母忽然发声，妻管严晚期的江父识趣闪人，背着两手晃悠悠地走进书房。

自从他们结婚后，纪炎跟江母明面上还算过得去，至少在江淼跟前始终客客气气，也从未因言语过激出现不和谐。

但事实上，很多事情不提起，并不代表从未发生过，两人之间仍有芥蒂，表面功夫做得再好，一旦四目相对，仍免不了气氛尴尬焦灼。

江母当了大半辈子教导主任，声音一出口就带着几分压迫感："纪炎，你过来，我有话跟你说。"

纪炎没吭声，也没拒绝，标准军姿笔直地站在她跟前。再怎么说她也是江淼的母亲，同她针锋相对毫无意义，也没有必要。

江母放下手里的茶壶，抬眼看他，表情严肃认真："你平时工作忙我们理解，但怀孕可不是小事，淼淼打小身子骨就弱，怀孕独自在家没人照顾，万一有个什么意外，别说我们这关你过不去，就是跟她逝去的外公也没法交代。"

"我明白。"纪炎低声应着，"我已经在跟上头协调，看能不能尽量不出省带队，离她太远，我也不放心。"

"你那是远水救不了近火，要真出什么事，都不能及时赶到。"

男人深叹了声，无言以对。

"我跟她爸商量过了，这段时间先让她住回来，她外婆也说过几天来这里陪她养胎，一家人围着她，好过一个人在家冷冷清清，我们安心了，你也不用成天提心吊胆。"

她这番话有理有据，甚至连远在郊区的老太太都搬出来，让人想出口拒绝都难。

至少站在江淼的立场，这无疑是目前最佳的方案。

他低头同她对视，轻声应允："还是您考虑周到，我没有意见。"

见他回答如此爽快，刚还心存忐忑的江母面色缓和不少，语气也没之前那般生硬："淼淼在卧室，你去看看她吧，这丫头见着你又该疯了。"

思妻心切的纪炎闻言转身就往卧室冲，可没走两步又被江母沉声叫住。

她眉间褶皱渐深，似经过无数次内心挣扎后才愿意直面问题。

"纪炎，我跟你说句实话，我到现在都无法接受你的工作。"

男人回身，不卑不亢地看着她："我知道。"

"你可能认为我这人固执难缠，我不否认，但我也希望你能理解一个做母亲的心情。"她声音停了两秒，缓慢出声，"你在江淼外公手下，你应该了解他在工作上的尽忠职守，我相信他做到了消防员应该担负的责任，但在家庭里，他就是个来去无踪的隐形人，缺席我的童年、我的生活，甚至连我结婚那天都没出现，我对他有怨，也在情理之中。"

纪炎静默不语，耐心地等她的后话。

"淼淼爸爸的工作你也清楚，时常世界各地跑，别说陪伴她，一年到头都见不上几面。淼淼是我一手带大的，我承认我某些方面对她很严苛，虽算不上宠爱有加，但也的确做到了掏心掏肺。

"我要求不高，只希望她能找个门当户对的另一半，两人有相同爱好，对方能多点时间陪她。我是不想她走我跟她外婆的老路，毕竟当英雄的另一半，并不像表面那么光鲜亮丽，其中苦楚，也只能自己默默咽下。"

江母眼眸晦暗，叹息着摇了摇头，端起茶几上的茶杯，细抿了口，茶水已经凉了。

纪炎听后陷入沉默。

她的话让他不自觉地想起先后过世的父母。

大学毕业后，他受父亲的影响欲投身消防救援队，母亲闻讯后百般阻挠，可当时满腔热血的纪炎满脑子都是追随父亲，不顾她反对执意成为消防员。

后来，纪父在一次救援中为了救他牺牲。

纪母接受不了丈夫殉职的事实，一夜之间苍老了十岁，她哭倒在丈夫的遗像前，双目空洞。

那时似乎所有人都在安慰他，这件事并不是他的错。

可自那天起，纪炎就开始频繁做噩梦。

他比谁都难过，他比谁都想救回父亲的命，如果可以交换，他会毫不犹豫地保父亲舍弃自己。

不像现在，活着，比死了还艰难。

屋内半晌没人出声。

江母抬眼见他僵着脸心事重重，决定主动提及那件扯不清理还乱的往事。

“纪炎，关于你母亲的事，我很抱歉。”

纪炎眼眉一抬，眸底泛起凛冽的寒光，连呼吸都灼烧起来。

“那时候淼淼死活要跟你在一起，我也知道我拦不住，本想去见你母亲，让她给你施压，可我没想到她的状态比我想象中还要差。”

话说到这里，她不禁回想起当时的场景，阴暗的屋子门窗紧闭，干瘦如柴的老人跪在佛像前安静地拨珠念经。

“不管你信不信，我由始至终没说过一句刺激她的话，只是当我提起你的工作时，她情绪突然激动，扯烂佛珠朝我扔过来，嘴里念叨着‘老纪’什么的，我当时吓得不轻，转身就出门了。”

“我没想到她会……”她呼吸顿了顿，慢慢把话说完，“我虽没有半分要害人的想法，但事已至此，我也需要承担一部分的责任。”

那些纠缠不清的郁结一直藏在两人心底，既然她主动把话说开了，纪炎也不再排斥提起此事。

“其实在我妈去世前两天，她就已经开始闹绝食，但我当时工作忙完全抽不开身，原想隔天去看她，谁承想连她最后一面都没见到。”

纪炎低头，沉声道：“我替她整理遗物时才知道，那天是他们的结婚纪念日。

“这件事责任在我，如果我多一点时间陪伴她，或许遗憾就不会发生了。”

“做母亲的，哪有不盼着孩子好的，她大概是太过想念你父亲，所以才会一时想不开。”江母心头那块重石落地，长叹了声，嗓音放轻，

“逝者已去，你也不用太过自责。”

两人谈话间，卧室门突然打开。

睡醒的江淼口渴出来找水喝，结果一开门瞧见站在房中的纪炎，她一时间没压抑住兴奋，几步冲刺猛地挂在他身上，男人眼疾手快地接住，抱紧了才想起她腹中胎儿的存在，呼吸骤然一紧。

“你什么时候回来的？”

“刚刚。”

她抱着他絮絮叨叨，旁若无人地撒娇蹭他脖子：“你都不提前说，弄得我一点心理准备都没有。”

纪炎被逗笑了，抬手摸她披散在脑后的长发：“你想给我什么惊喜？”

“我想亲自下厨做一桌好菜，让你感受下家的温暖。”

男人眸光宠溺地盯着那张明媚的笑脸，忆起某些难以入口的“美食”勾唇低笑：“你确定是惊喜，不是惊吓？”

“纪炎！”被人当面戳破，她面上挂不住了，想张嘴咬他脖子。

结果她一抬眼，见着沙发上表情严肃的江母，吓得连忙从他身上下来。

刚才太过忘我，都忘了自己还在娘家，顿时尴尬得无所适从。

“妈……”

江母笑着摇头：“嫁出去的女儿，心也飞到别处去了，你赶紧跟他回家，少在这里碍我的眼。”

江淼见她不像平时那般一板一眼地训斥人，缠着纪炎的手臂一个劲地傻笑。

“妈，你最好看了。”

“少拍马屁！”

江母嘴上说着狠话，脸上却满面红光，目光看向纪炎：“你平时也别太惯她，该说她时不要嘴软。”

纪炎点头应允，微微一笑：“知道了。”

回家路上，江淼在车上昏昏欲睡，最后是纪炎将她抱回家的。

两人一段时间没见，她黏他黏得格外紧，恨不得当个人形挂件，分秒不舍分离。

临睡前，床头灯橘黄色的暖光拂过他凌厉的眉眼，眸光柔软细腻，他坐在床边将她抱进怀里，低声给她念童话故事。

江淼说这叫胎教，能让腹中成形的胎儿尽早熟悉爸爸的声音。

“纪炎。”

“唔？”

江淼摸了摸微微凸起的小腹，虽说才四个多月，但她总能隐隐感受到一些细微的动静。

“如果是个漂亮的闺女，她长大了也喜欢消防员，你会同意吗？”

纪炎沉眸思索片刻，双唇轻启：“不会。”

江淼压根没想过他是否定的答案，心急挣脱他坐起，满眼诧异：“为什么？”

“太累了，我会心疼她。”

“那如果她铁了心非要嫁呢？”

纪炎笑了，低头亲了亲她的脸，哄道：“那我就告诉她，你妈是家中老大，她同意了，我都听她的。”

江淼气恼地推他：“你就知道说好听的话哄我。”

他两手枕着头，越想越欢喜：“生个闺女也好，模样像你，性子温柔又黏人，我做梦都得笑醒。”

她愣了下，坏笑着挑他不爱听地说：“万一是个儿子，你还扔了不成？”

他一秒收起笑，分外认真地问：“可以吗？”

江淼气得双手上阵揉他帅气的俊脸：“你这人，双标无敌了。”

“依我看，八成是个闺女。”他勾起唇，笑得有几分傻。

“你怎么知道？”

他神秘地挑眉：“男人的第六感，贼稳。”

怀胎十月，江淼顺利产下一个健康的男宝宝，七斤八两，取名纪霖。

小家伙白里透红的小圆脸，粉唇肉嘟嘟的，黑眼珠澄亮似黑玛瑙，笑起来有两个甜甜的小酒窝。

几个月大的小婴儿依赖心极强，离了江淼怀抱就哇哇大哭，谁哄都不好使。

纪队长对这个实力抢人的臭小子一万个不满意，时常用他犀利的眼神冷冷地盯着卖萌吃手的小宝宝。

初为人母的江淼母爱泛滥，瞧着笑呵呵的小家伙心都要化了，怎么看都不够，偶尔还会责怪纪炎对儿子不友好。

某晚，小家伙吃饱喝足，横插在两人中间甜甜睡去。

江淼见男人板着脸满脸黑沉，忍不住出声戏谑道："第六感翻船了？"

纪炎侧目，面无表情地盯着梦里开心吐舌头的小家伙。

"满十八岁就送进部队，一秒都不耽误。"

"……"

"男子汉流血不流泪，卖萌撒娇能为国家冲锋陷阵？"

江淼倒吸一口凉气："他才五个月。"

"五个月看终身。"

江淼忍不住狂翻白眼。

这时，睡梦中的小婴儿忽然哇哇大哭，像是听见自家老爸提前制定的魔鬼计划。

江淼掀开小毯子一看，笑眼温柔："尿了。"

她刚要起身，纪炎先一步抱起，他心疼老婆平时带孩子辛苦，一般只要他在家，基本都是他来善后。

"你躺着，我来。"

话音还没落地，男人被突如其来的吐奶喷了一脸，屋里瞬间奶香四溢。

过于滑稽的场面乐得江淼前俯后仰，肩头剧烈颤抖。

纪大队长深吸一口气，冷眼看着吐完奶冲他傻笑的儿子，郁闷地闭上眼。

男人的第六感。

不靠谱。